Stefan Murr wurde 1919 als Enkel des Schriftstellers Ludwig Ganghofer in München geboren. Nach dem Abitur erlebte er den Zweiten Weltkrieg als Offizier. Die Eroberung Berlins durch die Sowjets befreite ihn aus einer Gefängnishaft, in die er wegen seiner Mitgliedschaft in einer Widerstandsgruppe geraten war. Von der Kriegsgefangenschaft in Rußland zurückgekehrt, widmete er sich dem Studium der Rechte, das er mit der Promotion abschloß. Als einer der ersten deutschsprachigen Autoren des Genres veröffentlichte Stefan Murr seit 1959 eine stattliche Reihe von Kriminalromanen. 1982 wagte er mit »Affäre Nachtfrost« den Schritt zum großen zeitgeschichtlichen Spannungsroman – eine Weiterentwicklung, welche mit »Die Toten der Nefud« und »Die Nacht vor Barbarossa« die rückhaltlose Zustimmung der Kritik fand.

Von Stefan Murr sind außerdem
als Knaur-Taschenbücher erschienen:

»Affäre Nachtfrost« (Band 1258)
»Die Toten der Nefud« (Band 1465)

Originalausgabe 1987

Umschlaggestaltung Adolf Bachmann
Umschlagfoto Photodesign H. Mall
Satz Compusatz, München
Druck und Bindung Elsnerdruck, Berlin
Printed in Germany 5 4 3 2 1
ISBN 3-426-01519-6

Stefan Murr:
Fünf Minuten Verspätung

Roman

Knaur®

ISBN 3-426-01519-6 780

Jeanne Blycks erfuhr die Wahrheit an einem Tag Anfang Juni. Sie lebte in der schönen, alten norwegischen Stadt Bergen und bewohnte dort in dem Vorort Mathopen ein an einen felsigen Kiefernhang gelehntes Haus. Das Haus war nicht üppig und luxuriös wie manches andere Haus in diesem noblen Vorort, denn sowohl Jeanne als auch ihr Mann Arne Blycks liebten die gediegene Anspruchslosigkeit norwegischen Patrizierlebens. Das Haus der Blycks war in seinem Unter- und Hauptgeschoß gemauert und blendendweiß verputzt. Das Obergeschoß bestand aus dunklen Holzbalken mit eingezogenen Altanen, von deren Rändern in den kurzen Sommermonaten Kaskaden von Blumen fluteten. Darüber lag ein schweres, schützendes Dach. Das Haus stand in einem zwischen gewachsenem Fels steil angelegten Garten, der mit seinem unteren Rand an eine schmale geteerte Küstenstraße stieß. Unterhalb dieser Straße zogen sich Kiefern und anderes Nadelgehölz bis hinunter an das felsige Ufer des Raunefjords. Dort lag das Bootshaus mit der Segelyacht und den Ruderbooten, denn fast jede norwegische Familie, die an einem Gewässer wohnt, hat mindestens ein Boot zu ihrer Verfügung. Von dem Haus der Blycks aus hatte man direkt nach Süden einen unvergleichlichen Ausblick über den Fjord und die bewaldeten, flachen Felsenufer, die ihn säumen, bis sie sich in der Ferne verlieren. In diesem Haus führte Jeanne Blycks seit fünfzehn Jahren das Leben einer Frau und Mutter zweier Mädchen von neun und dreizehn Jahren. Sie selbst war an dem Tage, an dem Arne aus Oslo anrief, knapp über siebenunddreißig und dachte mit keinem Gedanken daran, daß sich mit diesem Anruf ihres Mannes ihr Leben innerhalb eines einzigen Tages ändern könnte. Ihre Eltern aus Kanada waren, wie fast jedes Jahr um diese Zeit, zu Besuch in Mathopen. Pa lag in einem Liegestuhl irgendwo im Garten und las die Morgenzeitung. Ma klapperte in der Küche mit dem Frühstücksgeschirr und ließ anschließend die Spülmaschine brausen. Sie war es auch, die das Läuten des Telefons hörte und nach Jeanne rief, die oben in den Schlafzimmern und Bädern nach dem rechten sah. Jeanne lief nach unten. Sie trug, wie meist bei der Hausarbeit, Jeans, und das lange dunkle Haar war hochgesteckt. Die Ärmel ihrer einfachen weißen Leinenbluse hatte sie ein wenig aufgekrempelt. Die Augen waren sehr dunkel, zwischen braun und schwarz. Ihr Gesicht war oval, die Nase schmal und sie hatte einen zu großen Mund, den sie selten schminkte. Dennoch war sie sehr hübsch, allerdings von einem seltsam fremdartigen Reiz, der ihr, bevor die Leute in Mathopen sie näher gekannt hatten, den Namen »die Fremde« eingetragen hatte. Man hatte sie für eine Französin gehalten, bevor sich herumgesprochen hatte, daß das nicht stimmte. Näheres war über sie nicht bekannt geworden. Jeanne hatte immer ein Hauch von Geheimnis umgeben, der ihr selbst jedoch wenig bewußt geworden war. Ihren Eltern sah sie kein bißchen ähnlich.

Als sie jetzt den Telefonhörer von ihres Mannes Schreibtisch hochhob und ans Ohr nahm, hörte sie seine Stimme. Er war der Direktor des staatlichen meereswissenschaftlichen Instituts der Stadt und vor zwei Stunden zu einer wichtigen Konferenz bei der Regierung nach Oslo geflogen, von wo aus er anrief. Er sagte, nachdem er sich nach dem Befinden seiner Schwiegereltern erkundigt hatte: »Jeanne, hast du jemals meinen Banksafe geöffnet? Ich glaube nicht.«

»Nein«, antwortete sie. »Das Fach, wo deine wissenschaftlichen Arbeiten liegen? Du hast mich nie darum gebeten.«

»Aber du hast die Vollmacht dafür«, sagte ihr Mann. »Hör zu: In der mittleren Schublade auf der rechten Seite des Schreibtisches, wo du stehst ... hast du?«

Jeanne zog die Schublade heraus und sagte: »Ja, habe ich.«

»Dort liegt ein schwarzes Täschchen mit zwei Schlüsseln.«
Jeanne öffnete das Täschchen und holte die beiden sonderbar geformten Schlüsseln heraus. »Die Safeschlüssel zweihundertdreiundvierzig«, sagte sie.
»Ja«, antwortete ihr Mann. »In dem Fach ist eine flache Blechschachtel, die du gar nicht herauszuziehen brauchst. Du hebst nur den Deckel ein wenig hoch. In der Blechschachtel ist ein maschinegeschriebenes Manuskript, das ich hätte mitnehmen sollen. Ich habe es vergessen. Es ist eine Doktorarbeit. Ich brauche nichts weiter als den Namen des Korreferenten und die genaue Seitenzahl, alles andere habe ich im Kopf. Bitte fahre in die Stadt, such das heraus und telefoniere es mir durch. Ich gebe dir die Nummer.«
Arne Blycks gab seiner Frau die Nummer und fügte hinzu, sie solle versuchen, ihn noch vor zwölf Uhr dort zu erreichen. Sie versprach es und legte auf. Sie ging zu ihrer Mutter in die Küche und sagte, daß die Vormittagspläne sich geändert hätten, weil sie für Arne etwas in der Stadt zu erledigen habe. Aber das hätte auch sein Gutes, denn sie brächte die Mädchen von der Schule mit dem Wagen nach Hause; sie bräuchten dann nicht den Bus zu benützen. Jeannes Mutter war weit über fünfzig, aber sie sah noch jugendlich aus. Das Auffallendste an ihr waren große veilchenblaue Augen von rascher Beweglichkeit und eine zierliche, gerade Nase. Das ganze Gesicht unter einer in die Stirn fallenden dunkelblonden Haartolle hatte etwas von einem zutraulichen Pony und gleichzeitig einer kecken und dennoch liebenswürdigen Puppe, die es liebte, Überraschungen zu bereiten. Natürlich würde sie einkaufen, natürlich würde sie das Mittagessen kochen und natürlich würde sie auch sonst das Haus in Ordnung bringen. Es war alles genau, wie Jeanne es an ihr kannte. Und dennoch ahnte auch sie nicht, daß am Abend dieses Tages nichts mehr so sein würde, wie es am Morgen gewesen war. Jeanne zog sich um, holte

gegen halb elf den kleinen roten Wagen aus der in den Felsenhang hineingebauten Garage und fuhr in die Stadt. Die Bank residierte in einem großen Backsteingebäude aus der Gründerzeit in der Nähe des Vågen. Das Glück wollte es, daß Jeanne Blycks direkt am Strandkajen einen Parkplatz fand, was sonst so gut wie nie gelang. Sie stieg aus und verschloß das Auto. Die Sonne schien und glänzte hell, wie sie es nur im Norden kann, in den Fenstern der Häuser, die sich an den Hängen des Flöien hinaufzogen, und auf dem Wasser des Hafens. Gegenüber spreizte der alte »Staatsradet Lehmkuhl« seine grazilen weißen Masten in die klare Luft und Scharen von Möwen kreischten im Flug oder hockten auf den ausladenden Rahen. Jeanne Blycks genoß einige Sekunden das vertraute Bild der Holzgiebel der Bryggen in ihren Schattierungen von Braun, Rostrot, Ochsenblutton und Ocker. Weiter vorne krönte die Natursteinmasse des Bergenhus den Parkhügel am Festningskajen. Als sie das alles betrachtet hatte, betrat Jeanne die Bank. Im Gegensatz zu dem viktorianischen Äußeren des Gebäudes war die Schalterhalle hochmodern. Es gab, wie in den Schalterhallen aller Banken der Welt, auch einen Schalter, an dem die Formalitäten der Safebenützung erledigt wurden. Jeanne ging dorthin. Sie wies ihre Vollmacht und ihren Reisepaß vor, nannte das Kodewort und trug sich in das Benützerbuch ein, das der Angestellte vor sie hinlegte. Dann folgte sie dem jungen Mann über eine verborgene Wendeltreppe hinunter in die geheimen und durch raffinierte Anlagen gesicherten Tiefen des Tresorkellers. Vor der Stahlfachwand folgte das Zeremoniell mit den beiden Schlüsseln. Der Angestellte zog seinen wieder ab, verwahrte ihn würdevoll und ließ Jeanne in der tiefen Stille des unterirdischen Raumes allein. Sie zog das massive Türchen des Faches, in dessen Schloß ihr eigener Schlüssel noch steckte, auf und sah das flache Weißblechkästchen, von dem

Arne gesprochen hatte. Den Deckel konnte sie wirklich ohne Schwierigkeiten so weit lüften, daß sie das oberste Dossier, das in dem Kästchen lag, herausziehen konnte. Sie erkannte auf den ersten Blick, daß es sich um das maschinegeschriebene Manuskript handelte, von dem Arne gesprochen hatte, schlug es auf und schrieb ab, worum ihr Mann sie gebeten hatte. Sie steckte den Zettel ein, legte das Dossier zurück in die Weißblechschachtel und wollte den flachen Deckel wieder darüberschieben. Jedoch klemmte der Rand des Deckels irgendwo im Hintergrund des Faches. Ungeduldig zog Jeanne nach einigen vergeblichen Versuchen die ganze Kassette heraus, um den Deckel ordentlich aufsetzen zu können. Als sie die Schachtel in der Hand hatte, sah sie einen flachen bräunlichen Umschlag in großem Format, der unter der Kassette auf dem Boden des Stahlfachs lag. Die Schachtel noch in der Hand, erinnerte Jeanne Blycks sich daran, wie betont Arne ihr am Telefon eingeschärft hatte, sie brauche die Schachtel gar nicht erst herauszuziehen, um an das Manuskript zu gelangen. Es lag auch für eine so auf gegenseitiges Vertrauen eingestellte Frau wie Jeanne offen auf der Hand, daß ihr Mann nicht wünschte, daß sie diesen geheimnisvollen Umschlag sah. Nur warum? Es gab nichts, was Jeanne sich als Grund vorstellen konnte, irgend etwas vor ihr geheimzuhalten. Eine Frauengeschichte schied ohne den geringsten Zweifel aus. Arne war reif und erwachsen genug, um den infantilen Anfechtungen der Neugier und der Selbstbestätigungspsychose nicht ausgesetzt zu sein. Sie waren miteinander in jeder Hinsicht glücklich und keiner von ihnen wäre jemals auf den absurden Gedanken gekommen, das lebendige Einverständnis ihrer Ehe durch eines jener albernen Abenteuer aufs Spiel zu setzen, die manche Kreise auch in diesem Lande für fortschrittlich zu halten begannen. Wenn jedoch derartiges ausschied, was war es dann? Obwohl es Jeanne

Blycks klar war, daß Arne ihr den Inhalt des Umschlages vorzuenthalten wünschte, siegte rasch die natürliche Neugier. Sie legte die Weißblechkassette auf den Tisch in der Mitte des Raumes und holte den bräunlichen Umschlag aus seinem primitiven Versteck. Er war nicht zugeklebt und enthielt zwei weitere Briefumschläge in einem normalen Format, die beide an Jeanne Blycks adressiert, jedoch geöffnet waren. Nun erschien Jeanne ihr Interesse an diesen Schriftstücken sogar legitim. Sie zog die Briefe nacheinander aus ihren aufgeschlitzten Umschlägen und begann sie zu lesen. Der Absender war in beiden Fällen die Redaktion einer großen amerikanischen illustrierten Zeitschrift in Los Angeles. Der erste Brief, den sie las, trug ein Datum, das ungefähr drei Jahre alt war, war aber das zweite der beiden Schreiben. In ihm wurde auf den anderen, zeitlich vorangegangenen Brief Bezug genommen und bedauert, daß man auf diesen keine Antwort erhalten habe. Jeannes Spannung auf den Inhalt dieses Briefes wuchs. Sie zog ihn aus seinem Umschlag und las folgenden Text in englischer Sprache:

»Verehrte Mrs. Blycks, wir haben sehr lange recherchiert, um Ihre Identität und Ihren jetzigen Aufenthaltsort ausfindig zu machen. Unsere Redaktion für spannendes Zeitgeschehen ist auf die Ihnen bekannten Ereignisse gestoßen, die am 9. September 1949 mit dem Absturz eines Verkehrsflugzeuges der Luftfahrtgesellschaft Quebec-Airways begannen und in die Ihre persönliche Lebensgeschichte sehr eng verwickelt ist. Wir möchten diese ebenso spannende wie dramatische Story unserer Leserschaft präsentieren. Infolge Ihrer unmittelbaren Beteiligung an den genannten Ereignissen sehen wir Sie als Inhaberin der Rechte an und bieten Ihnen für deren Erwerb einen pauschalen Betrag von

fünfundachtzigtausend US-Dollar.

Wir werden diese Summe sofort nach Eingang Ihrer Einverständniserklärung auf jedes uns genannte Bankkonto überweisen. Der Kontrakt gilt erst dann als geschlossen, wenn uns Ihre Bestätigung vorliegt, daß Sie das Lizenzhonorar in Händen haben. Wir hoffen, daß das bald der Fall sein wird. Getreulich ihre...«

Es folgten der Titel der Zeitschrift und die Namen der beiden unterzeichnenden Bevollmächtigten. Jeanne ließ sich, das Schreiben in der Hand, auf dem Sessel nieder, der vor dem Tisch in der Mitte des Raumes stand und las den Text ein zweites und auch noch ein drittes Mal. Fünfundachtzigtausend Dollar war eine Summe, die Jeanne aus dem Handgelenk gar nicht in norwegische Kronen umzurechnen vermochte. Briefe, in denen von einem so großen Betrag die Rede war, hatte Arne ihr einfach unterschlagen und ganz offensichtlich auch seinerseits nicht einmal darauf geantwortet. Dafür mußte Dr. Arne Blycks, der die Rechtschaffenheit und Korrektheit in Person war, sehr wichtige Gründe haben. Welche konnten das sein? Was waren das für dramatische Ereignisse, die am 9. September 1949 ihren Anfang genommen hatten und von denen sie nichts wußte, obwohl, wie die Zeitschrift schrieb, ihre persönliche Lebensgeschichte in sie sehr eng verwickelt war? Es mußte so sein, daß Arne nicht wünschte, daß seine Frau über diese Ereignisse etwas erfuhr und daß ihm dieser Wunsch sogar einen Betrag von 85 000 Dollar wert war. Sich ein Bild über die Natur seiner Gründe zu machen, war ihr vollkommen unmöglich.
Ratlos ließ Jeanne den Brief sinken und starrte resigniert vor sich hin. Da sie aber in jeder Hinsicht eine praktische Natur war, dauerte ihre Ratlosigkeit nicht sehr lange. Sie beschloß, sich zunächst so zu verhalten, als sei nichts geschehen und als liege der Schleier des Geheimnisses, wie

es ihres Mannes Absicht war, noch immer über den Briefen unter der Weißblechkassette. Sie schob die Schreiben in ihre Kuverts zurück, diese in den großen Umschlag und brachte alles in die Lage, in der es auch vorher gewesen war. Sie verschloß das Fach, zog den Schlüssel ab und stieg die Wendeltreppe wieder nach oben. Sie fragte nach dem Kundentelefon und fand es in einer intimen Ecke der Schalterhalle. Von dort aus rief sie Arne unter der Nummer an, die er ihr am Morgen durchgegeben hatte. Sie sah auf die Uhr im Hintergrund der Halle. Es war zwanzig Minuten vor zwölf. Jeanne Blycks erreichte ihren Mann sofort. Er schien sich in einer Konferenz zu befinden und verhielt sich am Telefon knapp und sachlich. Jeanne gab ihm die Daten durch, die er erbeten hatte, und sagte ihm, sie habe es zeitlich so eingerichtet, daß sie die Mädchen von der Schule abholen und im Wagen mit nach Hause nehmen könne. Schließlich bat sie um seine Bestätigung, daß er mit der Sieben-Uhr-zwanzig-Maschine in Flesland ankommen werde, und versprach ihm, ihn dort abzuholen. Er war wie sonst. Aber Jeanne war sich nicht sicher, ob auch sie gewesen war wie sonst. Der Gedanke an die sonderbare Sache, der sie auf die Spur gekommen war, ließ sie den ganzen Tag über nicht mehr los. Ohne echtes Interesse hörte sie sich das Geplauder der beiden blonden Mädchen an, die sie auf die Rücksitze gepackt hatte und die von ihren Schulerlebnissen erzählten und sich dabei an Lautstärke überboten. Äußerlich waren sie beide ihrem Vater nachgeraten. Die sonderbare und bedrückende Stimmung dieses Tages verstärkte sich noch, als sie mit den Kindern aus der Garage kam und ihre Mutter ihr sagte, daß Arne vor einer Viertelstunde noch einmal aus Oslo angerufen und gebeten habe, daß nicht Jeanne, sondern René ihn am Flughafen abholen sollte. René, das war Pa, Jeannes eigener Vater. Einen Grund hatte Arne nicht angegeben, aber Jeanne wurde das Gefühl nicht

los, daß auch diese unerwartete Bitte mit den beiden Briefen unter der Weißblechkassette in Arnes Stahlfach zusammenhing. Beim Mittagessen saßen die Erwachsenen in ungewohnter Schweigsamkeit um den Tisch und nur die beiden Kinder schwätzten. Manchmal hielten sie inne, erstaunt, daß kaum jemand antwortete oder etwas fragte. Während Jeanne dies alles auf sich einwirken ließ, wurde ihr klar: Eine Verschwörung! Das war eine Verschwörung, die sich gegen sie richtete oder in unmittelbarem Zusammenhang mit ihr stand. Es überkam sie, ihrem Temperament entsprechend, die Lust, zum Frontalangriff überzugehen. Aber es war ihr auch bewußt, daß ihre Eltern wahrscheinlich das falsche Ziel eines solchen Angriffs waren. Das richtige Ziel war ihr Mann Arne. Sie würde warten, bis sie ihn im Visier hatte. So verging der Nachmittag. Ma brachte Brit zur Klavierstunde und Jeanne mühte sich mit Solveig um ihre kniffligen Mathematikaufgaben. Um fünf traf man sich auf der Steinterrasse zu einer einsilbigen Teestunde und gegen sechs holte Pa den Volvo aus der Garage, um die große Runde um die Fjordspitze und über Troldhaugen zum Flughafen Flesland zu machen.
Jeannes Vater, ein schwerer behäbiger Mann von Ende Sechzig, mit großflächigem, ein wenig gerötetem Gesicht, vorne etwas gelichtetem Haar, von dem man nicht recht wußte, ob es noch blond oder schon grau war, und mit durchdringenden blaugrauen Augen, zog es vor, nicht zum Gateway zu gehen, sondern wartete im Wagen auf dem Parkplatz. Und es hatte wirklich etwas von einer Verschwörung an sich, als Arne Blycks, im hellgrauen Flanell mit gelber Krawatte, eine flache Aktentasche in der Hand und einen hellen Regenmantel über dem Arm, auf den Wagen zukam, die Fondtür öffnete, Mantel und Mappe auf die Rücksitze warf und dann vorne zu seinem Schwiegervater einstieg.

»Möchtest du nicht selbst fahren?«
»Nein, nein, laß nur«, sagte Blycks und zurrte seinen Gurt fest. »Ich möchte mit dir reden.«
Der Wagen verließ den Parkplatz. Die Schranke hob sich. Jeannes Vater war im Begriff, sich auf floskelhafte Fragen einzulassen: Ob alles erfolgreich gewesen war, wie der Flug verlaufen sei, was für Wetter über dem Fjell geherrscht habe.
»Laß das«, sagte Blycks. »Es gibt etwas viel Wichtigeres. Ist dir an Jeanne heute irgend etwas aufgefallen?«
»Sie war verändert«, kam die Antwort. »Zerstreut und nervös. Aber erst seit sie heute mittag mit den Kindern aus der Stadt nach Hause kam. Ist das der Grund, warum ich dich abholen sollte und nicht sie?«
»Ja«, sagte Blycks. »Wir müssen damit rechnen, daß sie heute die Frage nach ihrer Herkunft stellen wird. Und wir müssen uns, bevor es soweit ist, schlüssig werden, was wir dann tun.«
»Wie kommst du auf so etwas, mein Junge? Ausgerechnet heute?«
Arne sagte: »Weil ich sie über alles liebe. Und weil ich jede Regung an Jeanne kenne. Auch ihre Stimme. Und ihre Stimme war befangen, als sie mich heute mittag in Oslo anrief.«
»Aber das muß doch einen Grund haben.«
Arne erklärte es seinem Schwiegervater. »Weil ich ein Esel bin, René. Ich habe ein Dokument vergessen, aus dem ich für die Regierung ein paar Daten brauchte. Ich habe Jeanne gebeten, sie mir herauszuschreiben und erst im letzten Moment daran gedacht, daß in dem gleichen Stahlfach auch die Anfragen aus den USA liegen. Ich habe Grund zu der Vermutung, daß sie diese Briefe gelesen hat. Sie wäre ein Übermensch, wenn sie es nicht getan hätte. Wenn sie es getan hat, wird sie fragen. Und wir können sie nicht mehr

belügen. Das wollte ich mit dir besprechen, bevor ich sie sehe.«
Es folgte ein ziemlich langes Schweigen. Dann hörte Blycks seinen Schwiegervater murmeln: »Ja, du bist in der Tat ein Esel, Junge. Es ist über Jahrzehnte gutgegangen. Und jetzt steht die Vergangenheit auf. Nur wegen deines lächerlichen Bankfachs. Warum hast du die Briefe nicht verbrannt?«
»Irgendwann wäre es ohnehin passiert«, sagte Arne. »Wir hätten uns rechtzeitig darauf vorbereiten sollen.«
»Ich war zu feige«, sagte der schwere Mann am Steuer neben Arne Blycks. »Ich gebe es zu. Ich habe es verdrängt und vor mir hergeschoben. Und jetzt ist sie fast achtunddreißig. Hat sie dir jemals eine Frage gestellt oder eine Andeutung gemacht?«
»Nein«, sagte Arne. »Niemals. Ihr Vertrauen ist unbegrenzt. Und sie konnte ja auch nicht ahnen, daß ich etwas weiß, das du selbst ihr verschwiegen hast. Es ist schwer, vorauszusagen, wie sie es aufnehmen wird. Ihr Verhältnis zu euch wird sich ändern, soviel ist sicher.«
»Aber nicht zu dir und den Kindern, Junge. Du stehst doch hinter ihr und fängst sie auf?«
Arne Blycks ging auf die Frage gar nicht ein, denn sie konnte nur rhetorisch sein. Jeannes Vater wußte genau, wie sehr Arne seine Frau liebte.
»Wer soll es ihr sagen?« fragte Arne. »Ich?«
Die Antwort kam wieder erst nach einer ganzen Weile: »Nein, mein Junge, ich muß das tun. Es ist meine letzte verdammte Pflicht und Schuldigkeit.«
»In einer Sache, die ein halbes Menschenalter zurückliegt«, sagte Arne, und sein Schwiegervater schwieg.
Sie schwiegen, bis sie zu Hause ankamen. Arne spürte sofort die Spannung, von der die Atmosphäre erfüllt war. Das Abendbrot und das Zubettgehen der beiden Mädchen verliefen fast wie sonst. Dafür sorgte schon das Tempera-

ment der Kinder. Zur Sache kam Jeanne, als die Mädchen verschwunden waren und die Küche aufgeräumt war. Sie saßen in tiefen Finnlandsesseln auf der natursteingepflasterten Terrasse. René rauchte seine Pfeife. Ma hatte ein Windlicht entzündet, obwohl die Sommernacht hell bleiben würde, wie es in diesen Breiten üblich ist. Sie sahen eine Weile auf die spiegelglatte Fläche des Fjords, die sich im Süden in einer tintigen Bläue verlor. Jeanne sagte: »Was sind das eigentlich für Ereignisse, die am 9. September 1949 ihren Anfang genommen haben?«

»Du hast die Briefe also gelesen?« fragte Arne.

»Ja«, antwortete Jeanne. »Sie waren schließlich an mich adressiert.«

Arne sagte: »Und nun möchtest du wissen, was es ist, das den Amerikanern fünfundachtzigtausend Dollar wert ist?«

»Nein«, sagte Jeanne. »Nein, das ist wirklich nicht das Wichtigste. Aber ich will wissen, was mein Mann vor mir für Geheimnisse hat.«

Es war zu ihrer Überraschung aber nicht Arne, der es ihr erzählte. Es war ihr eigener Vater, der die Pfeife aus dem Mund nahm und begann.

Der Mann im sandfarbenen Trenchcoat, der am Vormittag des neunten September 1949 das damals noch keineswegs pompöse Abfertigungsgebäude des Flughafens Ancienne-Lorette nahe bei Quebec-City betrat, war einsdreiundachtzig groß und einunddreißig Jahre alt. Er hieß René Bélèc. Er war blond, hatte ein glatt rasiertes, breitflächiges Gesicht, das Zuverlässigkeit ausstrahlte, und blaugraue Augen. Er trug in der linken Hand einen nicht allzu großen und auch nicht allzu schweren, dafür aber leidlich eleganten Handkoffer und in der rechten eine jener würfelförmigen, geräumigen Lederschachteln, wie sie von Damen zur Unterbringung ihrer kosmetischen Gebrauchsgegenstände benützt werden. Er trat mit dem Fuß gegen die Schwingtür, die in die Abfertigungshalle führte, und ließ seine Begleiterin vorangehen. Sie war einundzwanzig Jahre alt, hieß Bess Desmond und galt als Bélècs Verlobte. Sie war nicht besonders hübsch und auch nicht sehr groß, aber sie hatte eine reizende Stupsnase und lebhafte veilchenfarbene Augen. Sie trug ein großkariertes Homespun-Kostüm, einen flaschengrünen, lose geschlungenen Kaschmirschal und eine flotte Baskenmütze aus gleichem Material und von gleicher Farbe. Der Abfertigungsschalter der Quebec-Airways befand sich an der rechten Schmalwand der Halle. Bélèc und seine Begleiterin wandten sich dorthin und durchquerten den Raum. In der Nähe des Schalters stand eine kleine Gruppe von Menschen. Einige sahen ihnen entgegen. Bélèc war von ihrem Verhalten sonderbar berührt.

»Sieh dir das an«, sagte er zu Bess. »Sieht so aus, als ob sie auf uns warten.«

»Es ist ja auch schon viertel vor elf«, sagte Bess, nachdem sie einen Blick auf die elektrische Uhr an der Stirnwand der Halle geworfen hatte.

»Nein, nein, das ist es nicht«, knurrte Bélèc. »Irgendwas ist da nicht normal. Aber sie wird es uns sagen.«

»Sie«, das war Lucile Lésvêques, die an dem Schalter der Fluggesellschaft ihren Dienst versah, vierundzwanzig Jahre alt, auffallend hübsch und auffallend ernsthaft, als sie jetzt Bélèc und seiner Begleiterin entgegenblickte. Bélèc stellte die beiden Gepäckstücke vor dem Schalter ab. Bess Desmond holte ihre Riementasche, die sie über die Schulter gehängt hatte, nach vorn und entnahm ihr das Ticket nach Sept-Isles, für die DC-3 die vor wenigen Minuten aus Montreal gekommen war und pünktlich um elf Uhr wieder starten sollte, um über die Weiten des sich von hier aus stark verbreiternden St.-Lorenz-Stromes hinauf in den Norden des Landes zu fliegen. Man sah das Flugzeug, zweimotorig,

eine kleine Flagge während der Zwischenlandung lustig flatternd an das Cockpit gesteckt, mit geöffneter Tür und herangeschobener Gangway durch das große Panoramafenster draußen auf dem Rollfeld stehen, wo sein Frachtraum ent- und neu beladen wurde. Monteure überprüften auf Aluminiumleitern die mächtigen Triebwerke.
»Miss Desmond«, sagte Lucile Lésvêques, als sie Bess Desmonds Ticket geprüft hatte.
»Ja«, antwortete an ihrer Stelle Bélèc. »Sind wir etwa doch zu spät? Ich hoffe nicht, daß...«
»Nein, nein«, sagte Lucile und erhob sich von ihrem Drehsessel. »Sind Sie... ich meine...«
»Monsieur Bélèc ist mein Verlobter«, sagte Bess und lächelte über die ihrer Meinung nach unbegründete Verlegenheit des Mädchens. Lucile überlegte noch eine oder zwei Sekunden lang und sagte dann zu Bess und Bélèc: »Würden Sie für eine Minute mit in mein Büro kommen, Messieursdames? Ich habe Ihnen eine Bitte unserer Geschäftsleitung vorzutragen.«
Na, was habe ich dir gesagt, sollte der Blick Bélècs bedeuten, den er seiner Begleiterin zuwarf, als er ihre Gepäckstücke vom Fliesenboden hochnahm und Bess folgte, die ein Türchen durchschritt, das Lucile Lésvêques in der Deskverkleidung geöffnet hatte. Während das Mädchen dieses Türchen wieder schloß und die beiden Passagiere in den glasverkleideten Büroraum bat, bemerkte Bélèc, daß ein junger Flughafenangestellter das Gateway geöffnet hatte und die wartenden Fluggäste hinaus auf das Rollfeld treten ließ, wo sie einzeln und ohne allzugroße Hast hinüber zu der Gangway schritten, die an den Rumpf des Flugzeugs geschoben war. Bélèc beobachtete diesen Vorgang ohne großes Interesse. Später sollte er sich deshalb nur noch an unwesentliche Einzelheiten erinnern, unter anderem daran, daß sich unter diesen elf Personen auch vier Kinder befunden hatten.

»Miss Desmond«, sagte drinnen Lucile. »Unsere Geschäftsleitung läßt Sie fragen, ob es Ihnen nicht möglich wäre, Ihren Flug nach Sept-Iles auf Dienstag zu verschieben, wo wir schon vorsorglich in der gleichen Maschine einen Platz für Sie reserviert haben?«
In Bess Desmond wehrte sich etwas gegen dieses Ansinnen. »Können Sie mir sagen, warum um Himmels willen ich das tun soll?« fragte sie.
Lucile sagte: »Blicken Sie einmal da hinaus in die Halle, Mademoiselle. Die übrigen Passagiere hinauf in den Norden sind bereits in der Maschine. Sehen Sie die einzelne Frau da draußen, die noch wartet?«
Bess Desmond und Bélèc sahen diese Frau. Sie war vielleicht dreißig und trug trotz der trügerischen Wärme des Indian-Summer-Tages eine rosa Wollmütze auf dem Kopf. Ihr Gesicht war von Sommersprossen übersät. In der Hand hielt sie ein wenig krampfhaft eine abgescheuerte lederne Bügeltasche. Sie blickte erwartungsvoll durch die kreisrunden Gläser einer Nickelbrille zu ihnen herüber. Bélèc hätte Lucile gar nicht weitersprechen zu hören brauchen, um zu wissen, was für eine Art von Frau er vor sich hatte.
»Sie ist Hebamme«, fuhr Lucile fort. »Und sie muß hinauf nach Sept-Iles. Die dortige Hebamme ist gestern mit dem Motorrad tödlich gestürzt. Man hat hier über die Provinzverwaltung dringlichst baldigen Ersatz erbeten. Die Provinz hat bei uns rückgefragt, ob wir eine Möglichkeit sehen, Madame St. George mit diesem Flugzeug hinauf in den Norden zu bringen. Monsieur McConanchie hat versprochen, alles zu versuchen.«
»Der Boß der Quebec-Airways«, sagte Bélèc erklärend zu Bess gewandt. »Kann man ja alles verstehen. Aber es interessiert mich, wie Sie ausgerechnet dazu kommen, Miss Desmond danach zu fragen.«
»Nun, wir haben natürlich alle Voranmeldungen überprüft,

um herauszufinden, wem wir diese Anfrage überhaupt zumuten können«, antwortete Lucile. »Bei einer Anzahl von Passagieren war es schon auf den ersten Blick ausgeschlossen, daß sie uns ihre Zustimmung geben würden. Andere haben wir in der Kürze der Zeit gar nicht erreicht. Wieder bei anderen haben wir einfach nach dem Zweck ihrer Reise rückgefragt und bei Mademoiselle Desmonds Firma erfahren, daß sie direkt in Quebec-City wohnt und daß sie in einen dreiwöchigen Urlaub hinauf in den Norden fliegt. Und da dachten wir uns, daß wir wenigstens fragen...«

»Das ist ja...«, wollte Bess auffahren, aber dann hielt sie ein Blick Bélècs durch die Glasscheiben hinaus in die Halle davon ab. Dort stand noch immer völlig unbeweglich die Hebamme Henny St. Georges und starrte durch ihre kreisrunde altmodische Nickelbrille unter der rosaroten Wollmütze erwartungsvoll zu ihnen herein. Ein zweiter Blick hinaus auf das Rollfeld zeigte Bélèc, daß das Fähnchen vom Cockpit der DC-3 bereits abgenommen war und daß die beiden Flughafenbediensteten an die rollbare Gangway gelehnt darauf warteten, diese von dem Rumpf des Flugzeuges wegzufahren. Die langsam rotierenden Propeller beschrieben in der Sonne glitzernde Scheiben vor den Mäulern der beiden riesigen Motoren.

»Es kann natürlich auch alles gutgehen«, sagte Lucile. »Aber es wäre besser, wenn die Hebamme zur Verfügung stünde.«

Der vorwurfsvolle Blick ihres Verlobten, die betuliche Geschäftigkeit der Angestellten und die glotzende Unbeweglichkeit der Frau dort draußen mit ihrer lehrerinnenhaften Nickelbrille und der unpassenden rosa Wollmütze reizten Bess Desmond zum Widerspruch.

»Ich bin absolut sicher, daß alles gutgeht«, sagte sie. »Dort oben weiß man doch, wenn eine Niederkunft bevorsteht. Und wenn es so wäre, hätte man es Ihnen gesagt.«

»Bess«, sagte Bélèc in einem gleichzeitig mahnenden und bittenden Ton, als hätte er zum Ausdruck bringen wollen, daß sie sich wegen einer solchen Kleinigkeit doch nicht anstellen solle.
»Ich sehe das gar nicht ein, René«, erwiderte sie aufsässiger, als ihr eigentlich zumute war. »Die sollen sich rechtzeitig kümmern, dann findet sich schon ein Weg.«
»Hör mal«, sagte Bélèc. »Für dich ist es doch wirklich gleichgültig, ob du heute nach Sept-Iles kommst oder erst am Dienstag.« Bélèc wandte sich der Angestellten zu. »Und in der Dienstagmaschine haben Sie doch einen Platz für Miss Desmond, sagten Sie?«
Lucile schlug ihre Buchungskladde auf und überprüfte sie vorsorglich ein weiteres Mal. »Natürlich«, sagte sie. »Sie könnten dann zusammen reisen. Wir hofften sehr, Ihre Zustimmung zu bekommen«, fügte sie mit einem flehenden Blick auf Bélèc hinzu, dem sie den notwendigen Einfluß auf Bess anscheinend zutraute. Danach sah sie auf ihre Armbanduhr und rückte sie am Handgelenk zurecht.
»Es ist mir wirklich überhaupt nicht recht«, sagte Bess zu Bélèc gewandt. »Erstens toben sich in meiner Wohnung schon die Tüncher aus, zweitens läuft mein Urlaub bereits seit heute und drittens habe ich Sally telegrafiert, daß sie mich abholt, mit mir Vorräte einkauft und mich dann hinauf zum Blockhaus fährt, wo ich alles wohnlich machen will, bis du am Dienstag nachkommst.«
»Ich bin auch mit ein bißchen mehr Unbequemlichkeiten zufrieden«, sagte Bélèc. »Wenn tatsächlich da oben etwas schiefgeht, würdest du das wirklich verantworten wollen?«
Lucile Lésvêques blickte von einem zum anderen.
»Nein, das will ich natürlich nicht«, sagte Bess. »Das weißt du genau.«
»Eben«, antwortete der Mann. »Und außerdem hat Lucile

recht. Wir könnten dann zusammen reisen. Ich hätte absolut nichts gegen eine solche Lösung.«
»Also, von mir aus«, sagte Bess. »Wenn du mir so kommst, kann ich schließlich nicht anders.«
Sie löste sich etwas widerwillig den flaschengrünen Wollschal vom Hals, gab damit aber immerhin die Unwiderruflichkeit ihres Entschlusses zu erkennen. Lucile Lésvêques bräuchte mit der Hebamme gar nicht mehr zu sprechen. Sie gab ihr nur ein erleichtertes, zustimmendes Zeichen durch die Glasscheibe. Mme. St. Georges nickte zum Dank, nahm ihr Köfferchen in die andere Hand und wandte sich dem Gateway zu, wo der Angestellte geduldig gewartet hatte, wie sich die Angelegenheit entwickeln würde und sich jetzt aus seiner lümmelnden Stellung aufrichtete, um Henny St. Georges hinaus auf das Rollfeld zu lassen. Als sie das Gitter durchschritten hatte, schloß der junge Mann das Türchen, zog den Schlüssel ab und schlenderte davon. Durch die Panoramafenster hindurch beobachteten Bélèc und Bess Desmond, wie die junge Frau, die soeben dazu verurteilt worden war, an Bess' Stelle zu sterben, munter ihr Köfferchen schlenkernd auf die Gangway zuschritt.
»Laß uns nach oben gehen und zusehen, wie die Maschine startet«, schlug Bélèc vor. Lucile dankte im Namen der Gesellschaft und ließ ihre beiden Besucher wieder nach draußen in die Halle. Bélèc bat das Mädchen, die beiden Gepäckstücke für kurze Zeit zu verwahren und ging dann mit Bess zu der breiten Treppe, die auf das Flachdach hinaufführte. Draußen wurde die Gangway von dem silberglänzenden Rumpf der Maschine geschoben und der ovale Einstieg von innen geschlossen, nachdem die Stewardeß, in der Öffnung stehend, noch einmal gewinkt hatte. Als Bélèc und Bess das Dach erreichten und an das Geländer traten, hatte die Maschine schwerfällig gedreht und rollte holpernd zur Take-off-Linie. Bélèc und Bess beobachteten,

wie sie dort wieder gewendet wurde, das glitzernde Cockpit in die helle Vormittagssonne reckte und auf ihr Take-off wartete. Auf dem Dach befanden sich noch etwa zehn oder zwölf andere Personen. Von ihnen hatte Bélèc sich nur wenige Einzelheiten gemerkt. In Erinnerung geblieben war ihm als rührender Eindruck ein etwa dreißigjähriger, blasser dunkelhaariger Mann, der ein dreijähriges Mädchen auf dem Arm hielt, das er aufforderte, zu dem startenden Flugzeug hinüberzuwinken, obwohl dort niemand mehr das Winken dieses Kindes hätte bemerken können. Das kleine Mädchen winkte und winkte, während drüben die Luftschrauben des Flugzeuges donnernd auf Starttouren gebracht wurden, die Maschine sich in Bewegung setzte, beschleunigte, bis der Hecksporn vom Boden abhob und schließlich das Fahrwerk sich langsam von der Piste löste und eingezogen wurde. In flacher Parabel gewann die CP-CUA Höhe und drehte nach Nordwesten ab, wo sie in dem glasigen Dunst des Spätsommertages verschwand.

»Dieser Tausch hat die Gesellschaft auch noch Zeit gekostet«, sagte Bess. Bélèc schob den Ärmel zurück und sah auf seine Armbanduhr.

»Genau fünf Minuten«, sagte er. »Aber das werden sie schon verkraften.«

Die Tatsache, daß es in diesem besonderen Fall anders war, sollte gleichzeitig Fluggeschichte und Kriminalgeschichte machen. Aber das wußte René Bélèc in diesem Augenblick noch nicht, als er seinen Arm unter den Bess Desmonds schob, um sich, während sie zurück zum Treppenschacht schlenderten, mit ihr zu beraten, auf welche Weise sie den unverhofften gemeinsamen freien Tag am besten verbringen konnten.

Ungefähr zur gleichen Zeit, da Bélèc und seine Verlobte das Flughafengebäude in Ancienne-Lorette verließen, war auch

Patrick Simard aus seinem Blockhaus getreten, hatte die Tür versperrt und den Schlüssel unter dem schützend vorspringenden Dach verborgen, wo Freunde oder der Briefträger ihn finden konnten. Er hatte seine Kescher geschultert, den Korb umgehängt und den breitrandigen Hut aufgesetzt, um zu Fuß zu seinen Fanggründen zu gelangen. Patrick Simard war ein Einsiedler und Aalfischer und zu dieser Zeit 58 Jahre alt. Vom Leben in der Wildnis abgehärtet, war er von einfachem, aufrechtem Gemüt und starker psychischer und körperlicher Widerstandskraft. Sein Blockhaus lag etwa eine Stunde von den Altwässern und Waldbuchten des Stromufers entfernt, wo er täglich seinem Geschäft, dem Aalfang, nachging. Sein Blockhaus gehörte theoretisch zur Gemeinde Sault au Cochon, lag von deren Zentrum aber noch weiter entfernt als von seinen Fanggründen. Nach gemächlichem Marsch befand er sich schon in der Nähe des Stromufers, als er das gewohnte dröhnende Motorengeräusch des sich nähernden Flugzeugs hinauf in den Nordosten vernahm. Das Flugzeug befand sich zu dem Zeitpunkt, da es das Kap Tourmente überflog, in der Regel etwa fünfzehn Minuten auf der Strecke und hatte ziemlich genau achtzig der über vierhundert Kilometer bewältigt, die es nach Baie-Comeau, dem nächsten Landeplatz am Nordufer der Trichtermündung des St.-Lorenz-Stromes, zurückzulegen hatte. Es hielt dabei eine vorgeschriebene Reiseflughöhe von eintausendneunhundert Metern ein, die für seine beiden, mit normalem Flugbenzin laufenden Sternmotoren die günstigsten Betriebsbedingungen bot. Kanada war damals, und ist auch heute noch, ein Land fast ohne Menschen. Es war deshalb nicht erstaunlich, daß die Maschine der Fluglinie, seit diese vor etwa drei Jahren eingerichtet worden war, im täglichen Leben des einsamen Aalfischers Pat Simard eine gewisse, aus seinem Tageslauf kaum noch hinwegzudenkende Rolle eingenommen hatte. Simard besaß nämlich eine betagte Taschenuhr mit Alpaccadeckel und einer Silberkette, die täglich aufgezogen werden mußte, was der alte Mann gelegentlich vergaß. Er hatte es sich deshalb zur Gewohnheit gemacht, auf seinem Weg zum Strom stehenzubleiben, diese Uhr hervorzuziehen und sie nach dem vorbeifliegenden Flugzeug zu kontrollieren, oder auch sie aufzuziehen und dann zu stellen – je nachdem. Dabei hatte er seit vielen Jahren Tag für Tag die ungewöhnliche Pünktlichkeit dieses Flugzeuges festgestellt. Es überflog mit ganz geringfügigen Differenzen die Waldkuppe des Kap Tourmente, um dann seinen Kurs hinaus auf die Weite des St.-Lorenz-Trichters zu nehmen, der an dieser Stelle schon eine Breite von fünfzehn bis zwanzig Kilometern hat. An diesem neunten September bemerkte Patrick Simard zum ersten Mal, seitdem er das Flugzeug beobachtete, eine zwar kleine, aber ungewöhnliche Abweichung. Seine Uhr schien nämlich, als er das Geräusch der sich nähernden Maschine vernahm, erstaunlicherweise um ungefähr fünf Minuten vorzugehen. Simard glaubte zuerst, er habe vergessen, die Uhr aufzuziehen, und elf Uhr zwanzig, die Zeit, die sie anzeigte, sei die Zeit, zu der sie vielleicht während der Nacht stehengeblieben war. Aber dann erinnerte er sich daran, daß er sie schon beim Kochen seiner beiden Frühstückseier benützt hatte, drückte die Daumenkerbe und richtete die Zeiger von elf Uhr zwanzig zurück auf elf Uhr fünfzehn Minuten. Aber in diesem Augenblick erstarrte er in unfaßbarem Erschrekken. Er sah noch immer auf das Zifferblatt der Uhr, als sich das Flugzeuggeräusch schräg über ihm plötzlich dramatisch veränderte. Zuerst erreichte ihn das Dröhnen einer dumpfen Erschütterung und danach gingen die Motoren fast schlagartig auf eine so übersteigerte Tourenzahl, daß es in den Ohren schmerzte. Als der Fischer in seiner völligen Einsamkeit entsetzt nach oben blickte, sah er, daß ein Teil der Maschine offenkundig explodiert war und einzelne von dem Rumpf abgetrennte oder aus ihm herausgeschleuderte Teile taumelnd durch die Luft wirbelten, während das Flugzeug selbst, mit fast bis zum Kreischen gesteigerter Motorendrehzahl, über die linke Tragfläche gekippt senkrecht auf den Erdboden zustürzte. Nach wenigen Sekunden, in denen Simard, zur Salzsäure erstarrt, das entsetzliche Bild in sich aufnahm, verschwand das abstürzende Flugzeug für ihn hinter der Waldkuppe des Kap Tourmente. Wie betäubt und mit angstvoll geschlossenen Augen wartete der Mann auf das, was kommen mußte. Und auch kam. Obwohl Simard ein völlig sinnloses Stoßgebet zum Himmel geschickt hatte, daß es vielleicht doch nicht kommen möge: Über die Waldkuppe herüber drang das dumpfe Wummern, das von dem aufschlagenden Flugzeug verursacht wurde, das Splittern und Krachen der Bäume, die dabei zerbarsten und das in einem schrillen Crescendo endende letzte Aufheulen der beiden Vickers-Motoren. Gleichzeitig glaubte Simard ein leises Zittern des Waldbodens wahrzunehmen. Als der Aalfischer die Augen wieder öffnete und die Hände von den Ohren nahm, an die er sie gepreßt gehabt hatte, war es totenstill. Nichts prasselte, niemand schrie. Allerdings hatte auch das Zwitschern der Vögel aufgehört, und da die Luft völlig unbewegt war, rauschte nicht einmal der Wind in den Wipfeln der Tannen, über die vor Simards entsetzten Augen nach einer ihm endlos erscheinenden Zeit eine gelbgraue Wolke aufstieg und langsam zerflatterte. Nachdem Simard sein Entsetzen niedergekämpft hatte, warf er, wo er gerade stand, seine Kescher und den Korb zu Boden, schmiß die Fellweste und den breitrandigen Hut darauf und begann, während er die Ärmel seines gestreiften Hemdes hochkrempelte, in das Unterholz des Waldes einzudringen, der die steilen Flanken des Kap Tourmente auch heute noch bedeckt. Er kämpfte sich durch dorniges Strauchwerk, keuchte Steilhänge aufwärts, watete durch kniehoch liegendes vertrocknetes Astwerk, das von den Bäumen gefallen war. Zurückfederndes Gestrüpp schnitt durch sein Gesicht und zeichnete es mit Striemen. Von Zeit zu Zeit blieb er stehen, um zu lauschen, ob sich irgend etwas rührte in der tödlichen Stille des Waldes. Aber es rührte sich nichts. Etwas nördlich der höchsten Erhebung der Waldkuppe überquerte Simard heftig atmend die zum Strom zu abfallende Rippe des Berges und stieß nach etwa einer Stunde auf die ersten Spuren der Katastrophe. Es handelte sich um den verkrampften, leblosen Körper eines Kindes und um mehrere ringsum verstreute, teilweise aufgesprungene Gepäckstücke, deren Inhalt durcheinandergewirbelt umherlag oder auf ausladende Tannenäste geschleudert worden war. Simard tastete nach dem Puls des Mädchenkörpers und spürte keinen. Das Kind war tot. Simard schob ihm die Lider über die gebrochenen Augen, wappnete sich, bat Gott um Kraft und stieg weiter den hier sanft abfallenden Hang nach unten. Von dort wehte ihm ein stärker werdender Geruch nach heißem Metall, Staub und Benzindunst entgegen. Zwar hatte Patrick Simard seine Vorstellungskraft bereits auf das Schlimmste vorbereitet. Aber die Wirklichkeit des Schauplatzes überstieg alles. Das Flugzeug war ebenso senkrecht auf die Erde aufgeprallt, wie Simard es hatte vom Himmel stürzen sehen. Sein Vorderteil war zusammengestaucht und auseinandergeplatzt, die Luftschrauben hatten sich tief in den Waldboden gefressen und ihn bis zur obersten Feuchtigkeitsschicht aufgewühlt. Das Heck mit dem charakteristischen Höhen- und Seitenleitwerk ragte anscheinend unbeschädigt und fast in der Höhe der Baumwipfel senkrecht zum Himmel. Beide Tragflächen waren außerhalb der Motorblöcke abgerissen und hingen verbogen, gestaucht und verbeult zwischen den Bäumen. Das einzige, was Simard vernahm, als er jetzt mit jagendem

Herzschlag stehenblieb und den Schauplatz überblickte, war ein leises, kaum wahrnehmbares Plätschern. Mit Entsetzen registrierte der Fischer, daß aus einem der Tanksysteme in den Tragflächenstümpfen Treibstoff austrat und sich auf dem Waldboden ausbreitete, ehe er langsam versikkerte. Erst in diesem Augenblick fiel ihm auf, daß bei dem Absturz und dem Aufschlag der Maschine kein Brand entstanden war. Simard besaß genügend technisches Verständnis, um zu begreifen, daß die Tanks des Flugzeugs noch fast voll Flugbenzin sein mußten, nachdem es in Ancienne-Lorette aufgetankt worden war und noch tausend Kilometer Flug bis hinauf an sein Ziel vor sich gehabt hatte. Er begriff auch die Gefahr, in der er selbst sich befand und die sich in dem intensiven Brennstoffgeruch zu erkennen gab, der aus dem leisen Glucksen und Plätschern des auslaufenden Benzins emporstieg und die Luft mit einer Wolke hochexplosiver Dämpfe schwängerte. Eine geringfügige Reibung, ein schräg in einem Sonnenstrahl liegendes zerbrochenes Instrumentenglas, ja möglicherweise allein die brütende Mittagshitze der hochstehenden Sonne konnten jede Sekunde eine Katastrophe auslösen. Patrick Simard sprach später niemals mehr über seine Eindrücke und seine Gemütslage beim Anblick der Opfer des Unglücks. Übrigens auch nicht bei seiner polizeilichen Vernehmung. Er fühlte sich weder befugt noch befähigt, zu beschreiben, was er gesehen hatte. Der Mund war ihm für immer verschlossen. Aber in diesem Augenblick wußte er genau, was von ihm verlangt wurde, und setzte Prioritäten. Er hetzte von Leiche zu Leiche, soweit die Körper für ihn überhaupt zugänglich waren, und suchte nach Leben. Als er keines mehr fand, machte er sich klar, daß sein eigenes Bewußtsein in diesem Augenblick das einzige auf der ganzen Erde war, das registriert hatte, was geschehen war, und daß er dies alles so schnell wie möglich melden mußte. Der Weg zurück zum Strom, obschon er der nächste gewesen wäre, brachte gar nichts. Ebensowenig wie ein Marsch zu seiner Blockhütte. Die einzige Möglichkeit, rasch mit der Außenwelt in Kontakt zu kommen, bot der Schienenstrang der Canadian-Northern-Railways, der in einem weiten Bogen hinter dem Bergrücken durch den Wald führte. Obwohl Patrick Simard nicht einmal genau wußte, welches von hier aus der kürzeste Weg war, um die Eisenbahnstrecke zu erreichen, und auch nicht, an welcher Stelle er dann auf sie stoßen würde, machte er sich unverzüglich auf den Weg, von dem er glaubte, daß er der richtige war. Er war es wirklich. Nach wiederum einer Stunde hetzenden und atemlosen Marsches erreichte er die Gleise etwa vierzig Kilometer ostwärts von St. Joachim. Nördlich war kein lebendes Wesen zu entdekken. Als Simard aber die in der dunstigen Ferne verschwimmende Strecke nach Süden entlangblickte, bemerkte er in etwa einem Kilometer Entfernung eine Bewegung. Dort waren Streckenarbeiter tätig, die mit einer Motordraisine vom Norden heruntergekommen waren, um Schwellenverschraubungen nachzuziehen. Simard kletterte auf den Damm und rannte gestikulierend und rufend auf diese Arbeiter zu. Einer von ihnen bemerkte den schreienden und rennenden Mann, schwang sich auf die Draisine und fuhr Simard entgegen. Er war der erste Mensch, der außer dem Fischer erfuhr, was sich ereignet hatte. Das geschah um dreizehn Uhr fünfundvierzig am Nachmittag des neunten September, etwa eine Dreiviertelstunde nach der Zeit, zu der die Maschine flugplanmäßig in Baie-Comeau am Nordufer des Stromes hätte zwischenlanden sollen. Der Mann auf der Draisine nahm Patrick Simards Schreckensbericht entgegen und verständigte seine Kollegen. Dann legte er den völlig erschöpften Simard möglichst bequem auf sein Gefährt und machte sich mit der Draisine auf den Weg nach dem etwa 42 Kilometer entfernten St. Joachim, das er kurz nach drei Uhr nachmittags erreichte. St. Joachim war ein Dorf, das aus sechzehn Gebäuden, meist Blockhäusern, und einem Bahnhof bestand, der Durchreisenden allenfalls durch die charakteristische Form eines eisernen Wassergerüstes zum Nachtanken des Speisewassers der Lokomotivkessel in Erinnerung blieb. Die Siedlung brütete in der hellen Nachmittagssonne vor sich hin. Es war kein Mensch zu sehen. Von dem, was geschehen war, war noch nichts bis hierher gedrungen. Die Ankunft der klappernden Draisine riß den Fahrdienstleiter aus seinem nachmittäglichen Schlaf. Er schob sich die Mütze aus dem Gesicht, starrte die beiden Männer, die vor ihm standen, an und erhob sich dann. Erst nachdem er sich den Bericht Simards hatte wiederholen lassen, setzte er den Morseticker in Betrieb.

Als die Nachricht über den Flughafen Ancienne-Lorette zu dem mächtig aufragenden burgähnlichen Hotel »Fontenac« gelangte, wo sich gleichzeitig das Air-Terminal und die Direktion der Quebec-Airways befanden, rückten die Uhrzeiger langsam auf vier Uhr nachmittags vor. Grant McConanchie, der Präsident der Quebec-Airways, war ein großer, breitschultriger Mann, erfolgsgewohnt, ein typischer unkomplizierter und menschenfreundlicher Amerikaner, den, solange man sich erinnern konnte, noch niemals jemand anders als im korrekten dunklen Anzug mit Weste und Krawatte und mit kerzengerade gescheiteltem, dunklem, schon etwas schütter werdendem Haar im Dienst gesehen hatte. Von der telegraphischen Mitteilung war McConanchie nicht überrascht. Längst war aus Baie-Comeau über Funk gemeldet worden, daß die DC-3 überfällig war. Der Präsident wollte indessen keine Panik entfesseln, bevor feststand, daß das Flugzeug nicht irgendwo notgelandet oder direkt weiter hinauf nach Sept-Iles weitergeflogen war, nachdem über Baie-Comeau zum Zeitpunkt der vorgesehenen Zwischenlandung ein heftiges Gewitter mit Sturmböen getobt hatte. McConanchie hatte aus diesem Grunde zunächst strengstes Stillschweigen über den Vorfall angeordnet und dann gewartet. Als indessen das Telegramm aus St. Joachim auf seinem Schreibtisch lag, gab es keinen Zweifel mehr über das Schicksal der Maschine und ihrer dreiundzwanzig Insassen. McConanchie hatte immer darum gebetet, daß der Himmel ihm eine Situation wie die, in der er sich jetzt befand, ersparen möge. Und bis heute waren diese Gebete auch erhört worden. Jetzt, da Gott ihm treulos geworden war, mußte Grant McConanchie sich darüber schlüssig werden, was zu geschehen hatte. Sein erster Impuls war es natürlich gewesen, öffentliches Aufsehen so lange wie irgend möglich zu vermeiden. Als er auf die Armbanduhr blickte, war er sich klar darüber, daß das nicht mehr lange möglich sein würde. Die ersten Telegramme aus Baie-Comeau, oder sogar aus Sept-Iles, wo man vergeblich auf Angehörige wartete, die mit dieser Maschine hätten ankommen sollen, mußten schon da sein oder jeden Augenblick eintreffen und ihre Runde in der Stadt machen. Das konnte sich die Gesellschaft auf keinen Fall leisten, eine Balkenüberschrift morgen in den Zeitungen: FLUGZEUG DER QUEBEC-AIRWAYS VERUNGLÜCKT, GESELLSCHAFT SCHWEIGT. Irgendwann würde er ohnehin vor den Reportern stehen und antworten müssen: Jawohl, eine unserer Maschinen ist verunglückt. Es ist der erste Unfall in der Geschichte unserer Gesellschaft. Nein, wir wissen nichts, absolut nichts. Jawohl, wir haben sofort eine technische Kommission gebildet und losgeschickt. Wo das ist? Am Kap Tourmente, ungefähr fünfzig Meilen nordostwärts. Die Ergebnisse werden morgen früh vorliegen, aber wahrscheinlich gibt es keine Überlebenden. Grant McConanchie seufzte und sagte zu seinem zweiten Mann Cliff Singlefield: »Lassen Sie die Presse zusammentrommeln, Cliff. Je schneller wir es hinter uns haben, desto besser.« Die nächsten Maßnahmen, nachdem die Zeitungen alarmiert worden waren, lagen teilweise nach dem Dienstreglement der Geschäftsleitung fest, oder ergaben sich von selbst. In höchster Eile ließ der Präsident das linieneigene Investigation-Department verständigen, das für die Überprüfung von Vorfällen zuständig war, bei deren Zustandekommen kriminelle Einwirkungen nicht auszuschließen waren. Der Coroner, eine Art staatsanwaltschaftlicher Untersuchungs- und Überwachungsbeamter, wurde alarmiert. Das Verkehrsministerium, das eine Verpflichtung zur Teilnahme an den Untersuchungen schwerer Verkehrsunglücke hatte, mußte informiert werden und verständigte seinerseits die Kanadische Staatspolizei, die »Royal Canadian Mounted Police«. Sie schickte zunächst berittene Polizeibeamte zum Kap Tourmente, um die Unglücksstelle, so gut es eben ging, zu sichern. Es begann bereits zu dämmern, als die sechsköpfige Einsatzgruppe aus Quebec in St. Joachim eintraf und dort auf dieselbe Motordraisine umstieg, mit der drei Stunden vorher Patrick Simard hier eingetroffen war. Sie trommelten den noch immer verstörten Aalfischer aus seinem Erschöpfungsschlaf. Eine richtige polizeiliche Protokollaufnahme unterblieb jedoch und mußte auch unterbleiben, da der Leiter der Gruppe kein Polizeibeamter, sondern ein höchst versierter Luftfahrtingenieur namens Frank M. Francis war. Die Zeit drängte, da es rasch Abend wurde. Francis ließ sich in der Bahnstation von St. Joachim die wichtigsten Eindrücke in Stichworten mitteilen. Er stutzte, weil Simard blaß wurde, als er bemerkte, wie Francis einige Bündel Kienfackeln aus dem Lastauto in die Draisine umladen ließ.

»Was haben Sie denn?« fragte der Ingenieur, als Simard gestikulierend zu stammeln begann.

»Das können Sie nicht machen, Sir«, hörte er Simard sagen.

»Da oben läuft Flugbenzin aus. Ein einziger Funke und die Stelle ist ein Flammenmeer. Sie dürfen auch nicht rauchen. Keiner darf rauchen dort. Sie müssen mit allem, was Sie sehen werden, fertig werden, ohne zu rauchen.«
Also verging nochmals eine Viertelstunde, bis Francis alles an elektrischen Batteriescheinwerfern und auf andere Weise gesicherten und geschützten Handlampen hatte zusammenkratzen lassen, was in St. Joachimer Bahnbetriebsschuppen verfügbar war. Francis übergab den Aalfischer dem örtlichen Constable mit dem Auftrag, ihn zu der für neun Uhr dreißig des kommenden Tages im Hotel »Fontenac« einberufenen Konferenz zur Verfügung zu halten. Erst gegen dreiviertel sieben begann die Draisine mit ihren sieben Insassen in die nun immer rascher hereinbrechende Nacht hineinzurollen. Die Kommission erreichte die Unglücksstelle, als es schon vollständig finster war. Die Untersuchung gestaltete sich angesichts der grauenvollen äußeren Umstände äußerst schwierig. Manche der Beteiligten haben über diese Nacht, solange sie lebten, niemals wieder gesprochen. Im gespenstischen Schein der Handscheinwerfer, halb benebelt von dem Dunst des noch immer aussikkernden Benzins, begannen die Männer mit der Identifizierung der Opfer, während Francis persönlich sich an die technische Untersuchung des Wracks machte. Die Ergebnisse, zu denen er dabei gelangte, waren erschreckend. Übernächtigt und ohne eine einzige Minute geschlafen zu haben, trug Francis sie am Vormittag des zehnten September im Dienstgebäude des Coroners einer mit Absicht klein gehaltenen Gruppe entsetzter Männer vor.

Colonel Rudyard G. Swarts leitete die Royal Canadian Mounteds in der Provinz Quebec. Er betrat am zehnten September um acht Uhr sein Büro, in dem bereits fünf andere Männer versammelt waren und auf ihn warteten.

Swarts trat hinter seinen Schreibtisch, ließ einen Stapel Morgenzeitungen auf die Mahagoniplatte klatschen und sagte: »Der Beste von uns ist gerade gut genug für diese Ungeheuerlichkeit, Messieurs. Setzen Sie sich und lassen Sie uns darüber sprechen.«

Die Männer nahmen Platz. Vier von ihnen wußten bereits, wovon der Colonel redete. Der fünfte war Inspektor René Bélèc. Er hatte als einziger keine Ahnung. Er war am Vortage mit seiner Verlobten im Wagen weit nach Süden gefahren. Sie hatten in einem warmen See gebadet und später irgendwo etwas getrunken und Snacks gegessen. Gegen elf Uhr abends hatten sie die City von Quebec wieder erreicht und die Nacht in Bélècs Wohnung verbracht. Kurz nach sieben Uhr hatte sie der Anruf der Zentrale geweckt mit der Mitteilung, daß der Commander seine fünf Inspektoren pünktlich um acht Uhr in seinem Büro zu sprechen wünschte. Fluchend war Bélèc aus dem Bett gefahren, hatte sich hastig rasiert, gewaschen und angezogen, und nun saß er hier, griff als einziger nach den Zeitungen auf Swarts Schreibtisch und las vor Entsetzen erstarrt die Balkenüberschrift: LINIENMASCHINE IN DEN NORDOSTEN ABGESTÜRZT. DREIUNDZWANZIG TOTE. KEINE ÜBERLEBENDEN. Darunter, kleiner gesetzt: Ursache des Unglücks völlig ungeklärt, Behörden stehen vor Rätsel. Bélèc überflog den Artikel und sah dann fast blicklos hoch. Vor seinem inneren Auge stand wieder das Gesicht der Hebamme Henny St. George, etwas verspiegelt hinter der Glasscheibe der Abfertigungsbox, regungslos, erwartungsvoll und ein wenig stupide, eine hingegebene Sklavin ihrer hohen Pflichten. Er sah die unpassende babyrosa Wollmütze vor sich und die kreisrunden Brillengläser, durch die stark vergrößerte hellblaue Augen zu ihnen in das Abfertigungsbüro hereinblickten, in fast naiver Erwartung, wie die ebenso aparte wie energische Bess Desmond sich entscheiden würde. Vor diese fast zwanghafte Vision schob sich das Bild von Bess selbst, die sich gegen den ihr vorgeschlagenen Tausch wehrte, er hörte Bess sprechen, dann sich selbst und seine primitiven Argumente, mit denen er Bess überredet hatte, einzulenken. Er sah Lucile Lésvêques wieder durch die Glasscheibe nicken und Henny St. George, das Bügelköfferchen in der Hand, sich umwenden und durch das Gateway gehen, um zu sterben. Plötzlich bemerkte der Inspektor, daß alle anderen auf ihn schauten, und sein Blick wurde so klar, wie er selbst von Natur aus war. »Wußten Sie das noch gar nicht?« hörte er den Colonel nicht ohne Erstaunen in der Stimme fragen.

»Keine Ahnung«, sagte Bélèc. »Ich war außerhalb und bin erst nachts zurückgekommen. Und Sie wissen ja, nach zehn Uhr abends ist Quebec ein Dorf. Wie ist das passiert? Gibt es schon Erkenntnisse?«

»Eine technische Kommission hat die ganze Nacht hindurch an der Unfallstelle gearbeitet.«

»Wo ist das genau?« fragte Bélèc und beugte sich erneut über die Zeitung. Aber der Colonel war schneller. »Am Kap Tourmente bei einem winzigen Fischer- und Fallenstellerdorf namens Sault au Cochon. Unzugängliches, bergiges Waldgebiet. Mit dem Kraftfahrzeug nicht zu erreichen. Die Absturzstelle liegt in der Luftlinie eine halbe Meile vor dem Ufer des St.-Lorenz-Stromes. Mehr weiß ich auch nicht.«

Jemand wiederholte Bélècs Frage, ob es schon Vermutungen über die Ursache des Unglücks gebe. Swarts antwortete: »Das ist der Grund, warum ich Sie so früh herausgetrommelt habe. Für neun Uhr dreißig hat Chief-Ingenieur Francis eine Konferenz beim Coroner einberufen, wo er unter strengster Geheimhaltung Einzelheiten über die Ergebnisse der Arbeiten von heute nacht bekanntgeben wird.«

»Warum unter strengster Geheimhaltung?« wurde gefragt.

»Well, Gentlemen, das ist exakt der Punkt«, sagte der

Colonel. »Auch Francis selbst hatte es zuerst nicht glauben wollen, aber es scheint festzustehen, daß eine Explosion stattgefunden hat, und die Herren von der Quebec-Airways werden das mulmige Gefühl nicht los, daß es dabei nicht mit rechten Dinge zugegangen sein könnte. Und für diesen Fall, ich meine für den Fall, daß ein Bundesgesetz berührt wäre, ist unsere Zuständigkeit gegeben, wie Sie wissen. Gesellschaft und Ministerium halten es für dringend erforderlich, daß von Beginn der Untersuchungen an ein Mann von uns mit von der Partie ist, damit volle Information gewährleistet wird. Die Leitung dieser Untersuchung wird hohes Engagement, ungewöhnlichen Zeitaufwand und persönlichen Einsatz erfordern. Bevor ich mittels dienstlicher Weisung einen von Ihnen dafür bestimme, möchte ich fragen, ob einer an der Bearbeitung dieser Sache freiwillig interessiert ist.« Colonel Swarts sah in die Runde und sein Blick blieb auf dem Gesicht Bélècs haften, der langsam die Zeitung, die er noch in der Hand hielt, in ein schmales Format falzte, sie in die Höhe hob und sagte: »Ich bin daran interessiert, Sir.«

»Sie?« sagte Swarts überrascht. »Aber bis zum Ende Ihres Urlaubs hat das keine Zeit, Bélèc. Die Konferenz ist für neun Uhr dreißig einberufen.« Der Colonel sah auf seine Armbanduhr. »Heute, wohlgemerkt. Ich glaube nicht, daß es Sinn hat...«

Inspektor Bélèc unterbrach seinen Chef und sagte: »Ich werde diesen Urlaub nicht antreten, Sir. Ich werde ihn verschieben oder überhaupt nicht nehmen. Ich wiederhole, daß ich an diesem Auftrag interessiert bin und bitte, ihn mir zu erteilen.« Bélèc schob die schmalgefaltete Morgenzeitung in einer Geste endgültiger Entschlossenheit in seine äußere Rocktasche und erhob sich. »Falls keiner der anderen etwas dagegen hat«, fügte er hinzu.

Dagegen hatte keiner etwas, aber alle interessierten sich für die Gründe Bélècs, diese Sache so rasch und so kompromißlos zu übernehmen. Bélèc überlegte eine Weile, ehe er antwortete: »Meine Gründe sind ganz persönliche. Fast private. Aber ich möchte vorerst nicht gerne darüber sprechen.« Er wandte sich dem Colonel zu. »Diese Sache wird bei mir in den besten Händen liegen, Sir. Das schwöre ich Ihnen. Wo, sagten Sie, findet die Konferenz statt? Und wann?«

»Um neun Uhr dreißig im Büro des Coroners Dr. Marceau.«

Bélèc nickte und sah auf die Armbanduhr. Er würde, bevor er sich dorthin begab, noch Zeit haben, mit Bess zu telefonieren. Er verließ die anderen, die diskutierend im Büro des Colonels zurückblieben, und begab sich in sein eigenes Dienstzimmer. Von dort aus rief er in seiner Wohnung an. Bess Desmond war gerade im Bad und befand sich nicht in der besten Stimmung, als sie, nur in ein Badetuch gewickelt und mit nassen Haaren, ans Telefon eilte und abhob.

»Hör mal«, sagte sie, als Bélèc ihr nicht eben in der geschicktesten Weise mitgeteilt hatte, daß nicht nur ihr gestriger Flug ausgefallen sei, sondern aus dem ganzen gemeinsamen Urlaub im Norden nichts werden würde, auf den sie sich mit dem Recht absolut durchschnittlicher Bürger gefreut hatten. »Hör mal, René, ich glaube, du bist nicht mehr recht bei Verstand.«

Bélèc fragte sie, ob sie schon die Zeitungen gelesen habe. Bess sagte ihm, nein, das habe sie nicht getan, aber soeben habe sie die Nachricht im Radio gehört. »Und das halsen sie jetzt ausgerechnet dir auf. Gibt es denn bei euch niemand, der keinen seit Monaten eingeplanten Urlaub hat, den er braucht und auf den er sich freut?«

»Ich habe mir das selber aufgehalst«, erklärte Bélèc. »Und ich fühle mich verpflichtet dazu.«

»Es ist immer dasselbe«, knurrte Bess Desmond in die

Sprechmuschel. »Sobald ihr eine Uniform tragen dürft und einen Diensteid geschworen habt, denkt ihr nicht mehr an euch selbst, an eure Familien und eure Freunde. Bei Sally war es auch so.« Sally Desmond war Bess' Schwester. Ihr Verlobter war Navigationsoffizier bei der Air-Force gewesen, hatte sich freiwillig zu einem Bombenangriff auf Berlin gemeldet, von dem sich später herausgestellt hatte, daß er der definitiv letzte war, und war von diesem Einsatz nicht mehr zurückgekehrt. Bélèc wußte es und schwieg. Er hörte Bess hinzufügen: »Die Nazis hätten auch kapituliert, wenn Robert nicht mehr hätte dran glauben müssen. Und ihr würdet auch herausfinden, warum dieses Flugzeug abgestürzt ist, wenn ein anderer als René Bélèc sich darum kümmern würde. Es gibt noch mehr gute Leute, nicht nur dich.«

»Vielleicht versteht du das nicht«, sagte Bélèc. »Ich fühle mich nicht an dem Tod der zweiundzwanzig anderen beteiligt, aber an dem Tod der Henny St. George. Ich habe dich bekniet, auf diesen Platztausch mit ihr einzugehen. Hättest du nicht eingewilligt, wärst du selbst unter den Toten. Das läßt mir keine Ruhe. Ich bin es dieser Hebamme schuldig, herauszufinden, warum sie sterben mußte.« Nach einer Pause setzte er hinzu: »Und auch dir.«

»Schuldig, schuldig«, Bess hatte in ihrer Erregung mißverstanden, was Bélèc gesagt hatte. »Und wenn es ein anderer Passagier gewesen wäre, der auf den Tausch eingegangen wäre? Wärst du dann auch schuldig an dem Tod der Hebamme?«

Bélèc antwortete in aufsteigendem Ärger: »Es war aber kein anderer, sondern du warst es. Und ich war es, der dich dazu überredet hat. Ich habe auch ganz bewußt nicht von schuldig gesprochen, sondern von beteiligt. Ich bin ohne meinen Willen in diese Sache verwickelt worden, und ich bin es, der sie lösen muß. Wir sollten dankbar sein, daß wir noch die

Möglichkeit haben, auf nichts weiter als einen Urlaub zu verzichten. Denk an die, die sich mit der Endgültigkeit herumschlagen müssen, ihre Angehörigen nie mehr wiederzusehen. Es ist möglich, daß du das wirklich nicht verstehst, aber es ist so.«

Erstaunt bemerkte Bélèc, daß, während er noch redete, am anderen Ende der Leitung aufgelegt worden war. Verblüfft sagte er »Hallo?«, nahm den Hörer vom Ohr und betrachtete ihn den Bruchteil einer Sekunde lang, ehe er die Gabel drückte und eine neue Nummer wählte. Er erreichte seinen Mitarbeiter, den Corporal Gérard Houde, und teilte ihm mit, daß er sofort seine Geschäfte an einen Stellvertreter abzugeben und sich für die Untersuchung der Ursachen der Luftfahrtkatastrophe vom Vortag bereitzuhalten habe. Dazu, das gleiche für seinen eigenen Dienstbereich anzuordnen, kam Bélèc jetzt nicht mehr. Er verschob es auf den Nachmittag und machte sich auf den Weg zum Dienstgebäude des Coroners, das an einem ruhigen Platz der Innenstadt gelegen war und wo er wenige Minuten nach der festgesetzten Zeit eintraf. Jemand brachte ihn im zweiten Stock zu dem Büro Dr. Marceaus. Bevor Bélèc es betrat, bemerkte er auf einer der hochlehnigen Eichenbänke, die den Flur säumten, einen einfachen Mann in Manchesterhosen und einer ärmellosen groben Weste, der sich offenbar seit längerer Zeit nicht rasiert hatte und sich ungeschickt und devot halb erhob, als der Inspektor rasch vorüberschritt. Das Gebäude der Justizbehörden stammte aus viktorianischer Zeit. Auch das Büro Dr. Marceaus war dunkel und würdevoll eingerichtet. Als Bélèc es betrat, sah er sich fünf Männern gegenüber, die dort bereits versammelt waren und von denen er drei kannte. Er begrüßte den Coroner, einen Mann Mitte Fünfzig, mit sorgenvollen Zügen und einer ungebärdigen Tolle fast weißen Haupthaars, Captain Alphonse Matte, Chef der Kriminalpolizei der Provinz, und

Alain Guillemette, Chef der Detektivabteilung der Stadt Quebec.
Dem breiten und mächtigen Amerikaner Grant McConanchie wurde er vorgestellt und ebenso Frank M. Francis, einem untersetzten und drahtigen Vierziger mit englischem Oberlippenbart und Halbglatze, dem die Strapazen der verflossenen Nacht unübersehbar in den scharfgeschnittenen Gesichtszügen geschrieben standen. Mit seinem Kommen hatte Bélèc McConanchie unterbrochen, der jetzt fortfuhr: »Sie sehen also, Gentlemen, die ungeheure Bedeutung, die dieses Unglück für unser Unternehmen und die gesamte zivile Luftfahrt hat. Der erste Absturz in der langen Geschichte unserer Gesellschaften überhaupt. Captain Laurin, einer unserer erfahrensten Piloten, Richard Steinmeister, der Navigator, kannte und beherrschte die Route über den Strom im Schlaf bei Tag und Nacht. Er hat sie mehr als dreihundertmal navigiert. Es ist mir ein Rätsel.«
Im Raum war es kühl. Dennoch mußte McConanchie sich mit einem Taschentuch den Schweiß vom Haaransatz trocknen.
»Mister McConanchie«, sagte der Chefingenieur in das entstehende Schweigen hinein. »Es ist davon auszugehen, daß an Bord eine Explosion stattgefunden hat.«
Was Francis sagte, wirkte in dem würdigen Raum zunächst selbst wie eine Explosion, die ein tödliches Schweigen nach sich zog. Francis hob während dieses Schweigens eine Aktentasche vom Boden hoch und entnahm ihr Berechnungen und Papiere, die er sorgsam auf seinen Knien ausbreitete. »Jawohl, eine Explosion«, wiederholte er, als das geschehen war. »Und meine Ergebnisse decken sich mit den Beobachtungen des Mannes, der draußen auf dem Korridor auf seine Einvernahme wartet und der diese Explosion gehört und auch gesehen hat. Aber lassen Sie mich zunächst

vortragen: Unter unbeschreiblichen äußeren Arbeitsbedingungen, bei Dunkelheit, im dichten Unterholz und ständig gefährdet durch auslaufenden Treibstoff, konnten wir folgende Tatsachen feststellen: Erstens, das Flugzeug stürzte als Ganzes, kompakt mit laufenden Triebwerken, senkrecht vom Himmel. Beim Durchschlagen des Baumbestandes rissen beide Tragflächen außerhalb der Motorblöcke ab und knickten nach oben. Der Rumpf wühlte sich bei noch immer auf Höchsttouren laufenden Luftschrauben in den Waldboden. Die Zelle stauchte und drückte sich zusammen, wobei wohl die meisten Insassen den Tod fanden. Es hat beim Aufschlag weder einen Brand noch eine Explosion gegeben. Das ist sehr selten, aber es gibt uns die Möglichkeit, an der Aufklärung weiterzuarbeiten.«

»Aber Sie sprachen doch von einer Explosion«, sagte McConanchie, der anscheinend als erster wieder eines Wortes mächtig war.

»Diese Explosion hat nicht am Boden stattgefunden«, sagte Francis nüchtern, »sondern als das Flugzeug noch auf Kurs und in der Luft war. Wir können noch nicht genau sagen, in welchem Teil oder an welcher Stelle der Maschine sie eingetreten ist, weil wir einzelne Bauelemente erst nach und nach sichern und in die Labors transportieren können. Aber der Zeuge Simard draußen hat sie gehört und einige Anzeichen an den Wrackteilen bestätigen das.«

»Aber was, um Himmels willen, kann an Bord einer DC-3/D 280 explodieren?« fragte Bélèc, als Francis an dieser Stelle seines Berichtes angelangt war. »Und warum explodierte es?«

Francis antwortete: »Wir Techniker müssen bekanntlich immer mit dem Eintreten des schlimmsten Falles rechnen, weil wir sonst der wachsenden Verantwortung nicht gerecht werden würden, die der Fortschritt den Menschen auferlegt. Die bordspezifischen Möglichkeiten einer Explosion liegen also für jeden Flugzeugtyp schon bei seiner Entwicklung fest. In jeder Maschine befindet sich hinter dem Sitz des Kopiloten ein Feuerlöscher mit einem Kohlensäuredruck von tausend psi. Wir haben diese Flasche unbeschädigt gefunden. Aus den Akkumulatoren unter dem Fußboden des Mittelganges hätte theoretisch Wasserstoff austreten und sich mit Luft zu hochexplosivem Wasserstoffgas verbinden können. Jedoch wurden beide Akkumulatoren in den Trümmern der Maschine an ihrem normalen Platz gefunden. Die Druckbehälter für die Fahrwerkhydraulik scheiden schon deswegen aus, weil der Druck, unter dem die glyzerinartige Flüssigkeit steht, viel zu gering ist. Ein explosives Benzin-Luft-Gemisch hätte theoretisch in Frage kommen können, aber ich sagte schon, daß das Wrack nicht einmal nach dem Aufschlag auf dem Boden gebrannt hat. Die letzte Möglichkeit wäre eine starke Konzentration von Kohlenmonoxyden von den Motoren her im Fluggastraum gewesen. Wir haben vorsorglich Blutproben der Leichen entnommen, um das festzustellen. Man hat mir die Ergebnisse vor zehn Minuten durchtelefoniert. Sie waren negativ. Die fünf bordspezifischen Explosionsmöglichkeiten scheiden bei diesem Unglück eindeutig und mit Sicherheit aus.«

»Und dennoch soll eine Explosion stattgefunden haben?« sagte Captain Matte schockiert. Guillemette fügte nach einer Pause, in der das Geräusch der riesigen alten englischen Standuhr deutlich zu hören war, hinzu: »Das heißt mit anderen Worten ... das bedeutet also ...« Er brach mit einem verlegenen Räuspern ab.

Francis heftete seine eisengrauen Augen auf das Gesicht des Chefs der Detektivabteilung und sagte: »Sprechen Sie es ruhig aus, Guillemette, einer von uns muß es ja doch irgendwann sagen: Explodiert ist etwas, das sich normalerweise nicht an Bord eines Flugzeuges dieses Typs befindet... jawohl. Davon müssen wir ausgehen. Und nun schlage ich vor, daß wir uns anhören, was der Zeuge zu sagen hat.«

Der Coroner griff zum Telefon und wies einen Beamten an, Patrick Simard, den Aalfischer vom St.-Lorenz-Strom, in das Konferenzzimmer zu bringen, wo die sechs Männer ihm gespannt entgegenblickten. Einer von ihnen schob dem Fischer einen der hochlehnigen Eichenstühle hin, auf den Simard sich niederließ, nachdem er die Handflächen am Hosenboden abgewischt hatte. Ganz offenkundig war er noch niemals in einem solchen Raum und unter solchen Männern gewesen. Er war bereit, diesen Umständen uneingeschränkten Respekt entgegenzubringen, als er, nachdem ihm einer dieser Männer einen Stuhl zurechtgerückt hatte, bemerkte, daß es gerade umgekehrt war. Frank M. Francis wandte sich ihm zu und sagte: »Monsieur Simard, wir kennen uns ja bereits seit gestern nachmittag. Ich möchte Ihnen zum Ausdruck bringen, daß ich und alle diese Männer hier...« Er nannte der Reihe nach Namen und Rang der Anwesenden. »...vor Ihrer Person und Ihrer Handlungsweise die allergrößte Hochachtung empfinden. Sie haben gestern, Ihres fortgeschrittenen Alters nicht achtend, unter Einsatz Ihrer Gesundheit und vielleicht sogar Ihres Lebens als erster den Ort dieser entsetzlichen Katastrophe gesucht, erreicht und ihn dann unter erheblichen Strapazen schnellstens gemeldet. Sie haben uns schließlich davon abgehalten, uns dem gefährlichen Platz mit offenem Licht zu nähern und durch all dies wertvolle Stunden erspart, die es uns vielleicht ermöglichen, die Ursachen dieses entsetzlichen Unglücks aufzuklären. Regierung und Polizei des Landes sind Ihnen zu allergrößtem Dank verpflichtet.«

Es trat ein Schweigen ein und jeder sah, daß der einfache Mann zunächst gar nicht wußte, was er auf diese feierliche

Ansprache erwidern sollte. Schließlich sah er auf seine Hände und sagte: »Ich habe nur getan, was jeder andere auch getan hätte, Messieurs. Und wenn ich Ihnen noch weiter behilflich sein kann, dann sagen Sie's.«

»Sie könnten versuchen, nochmals alles zusammenzufassen und zu Protokoll zu geben, was Sie beobachtet haben«, sagte McConanchie. »Zunächst vom Augenblick an, als Sie das Flugzeug hörten, bis zu dem Moment, da es auf dem Erdboden aufschlug.«

In seiner oft stockenden und manchmal auch abschweifenden Erzählweise berichtete der alte Mann etwa folgendes: Nahezu seitdem der Kurs hinauf nach Baie-Comeau und Sept-Iles regelmäßig beflogen wurde, habe er sich freitags und dienstags an das Flugzeug gewöhnt. Mittwochs und sonnabends komme die Maschine zurück, fliege dann aber einen etwas anderen Kurs, nicht direkt über sein Blockhaus und sein Fanggebiet hinweg. Auch an diesem Tage sei er, als das Motorengeräusch etwa zur gewohnten Zeit hörbar geworden war, stehengeblieben und habe das Flugzeug beobachtet.

»Und warum taten Sie das, Monsieur Simard?« fragte Guillemette.

»Nun«, sagte der Alte. »Ich habe eine Schwäche für Flugzeuge, Monsieur Guillemette. Es ist immer eine kleine Abwechslung, wenn das Flugzeug vorüberfliegt. Ein bißchen etwas von der großen Welt. Allzuviel davon haben wir ohnehin nicht hier oben.«

»Das glaube ich«, sagte Guillemette. »Fahren Sie fort, Monsieur Simard.«

»Ich stellte also meine Uhr, wie ich das immer mache, und noch während ich das tue, höre ich in der Luft einen starken Knall ... ich schaue nach oben ... und ...« Noch in der Erinnerung verschlug es dem Fischer die Sprache und er schwieg.

»Und?« drängte Guillemette. »Sie müssen sagen, was Sie

gesehen haben. Es ist wahrscheinlich die wichtigste Aussage in diesem Fall.«

»Ich schaue also nach oben«, setzte der Fischer erneut an, »und sehe, wie das Flugzeug seine Lage völlig geändert hat und senkrecht auf den Erdboden zustürzt.«

Chefingenieur Francis schaltete sich ein: »Sie haben also das Flugzeug noch kompakt und als Ganzes wahrgenommen, Monsieur Simard? Es war nicht zerfetzt, zerrissen oder in einzelne Teile auseinandergefallen?«

»Nein, Monsieur«, sagte der Alte. »Nicht das Flugzeug ist explodiert, sondern etwas an Bord des Flugzeugs. Das Flugzeug selbst war für meine Augen ganz. Nur irgendein Gegenstand schien nach dem dumpfen Knall von ihm abgerissen oder aus ihm herausgeschleudert worden zu sein und trudelte neben dem abstürzenden Rumpf zu Boden. Am Schluß war dieses Stück sogar langsamer als das Flugzeug, das von seinen Motoren mit rasender Geschwindigkeit zur Erde heruntergezogen wurde, und stürzte dann in die Qualmwolke, die der Aufprall verursachte.«

»Die Steuerung«, sagte McConanchie in das entstehende Schweigen hinein.

»Natürlich«, sagte Francis düster. »Laurin muß noch versucht haben, mit vollen Touren ein Trudeln zu verhindern und die Maschine abzufangen, aber es mißlang, weil die Steuerung beschädigt oder zerstört war.« Er wandte sich wieder an Simard. »Was das neben dem Flugzeug abstürzende Teil gewesen sein könnte, können Sie nicht sagen, Monsieur Simard?«

Der Fischer schüttelte den Kopf. »Nein, Monsieur. Ich war so entsetzt, daß ich darauf nicht geachtet habe. Jedenfalls war es kein Mensch, soviel ist sicher.«

»Können Sie wenigstens über die Größe etwas sagen?« insistierte der Chefingenieur. »Tischplatte, Handtuch, Schranktür, Matratze?«

Wieder schüttelte Simard den Kopf. »Es war unregelmäßig«, sagte er dann. »Es könnte ein Teil der Außenhaut gewesen sein. So groß wie eine kleinere quadratische Tischplatte.«
»Das ist wenigstens etwas, Francis«, sagte Captain Matte und stellte sodann, ohne es selbst zu wissen, dem Fischer die entscheidende Frage: »Sie sagten vorhin, daß Sie Ihre Uhr gestellt haben. Warum taten Sie das?«
»Aus Gewohnheit«, sagte der Alte. »Das Flugzeug ist immer pünktlich. Ich habe sehr selten meine Uhr zu regulieren gehabt. Gestern war eine Ausnahme.«
»Und?« fragte Guillemette. »Ging Ihre Uhr vor oder nach?«
»Ich kann mich nur noch daran erinnern, daß ich sie stellte«, sagte der Fischer. »Nicht mehr an Einzelheiten.«
»Es kommt darauf ja wohl auch nicht so entscheidend an«, sagte McConanchie. »Bitte schildern Sie uns, was Sie sahen, als Sie die Absturzstelle erreichten.«
Der Fischer schwieg, während alle ihn ansahen.
»Also, was, Monsieur Simard?« drängte Guillemette. Erst nach einer ganzen Weile raffte der alte Mann sich auf, um zu antworten. »Es war das Schlimmste, was ich jemals gesehen habe. Und ich habe neunzehnhundertachtzehn in Flandern eine ganze Menge gesehen. Aber diese zerrissenen Frauenkörper... diese Kinderleichen... Können Sie es nicht nachlesen, Sir?«
»Es hat ihm einen Schock versetzt«, sagte der Chefingenieur. »Ersparen Sie ihm die Schilderung. Wir haben diesen Teil der Wahrnehmungen wirklich bereits schriftlich... hier...«
Francis suchte ein Blatt aus den Dokumenten, die auf seinen Knien lagen, und reichte es McConanchie, der es überflog. »Können Sie den Mann jetzt verstehen?« Erschüttert sagte McConanchie: »Ja, Francis, das kann ich.« Er wandte sich an den Fischer. »Sie brauchen im Augenblick nichts mehr

auszusagen, Monsieur Simard.« Der Fischer stand schwerfällig auf. Matte fügte hinzu: »Wir danken Ihnen, Monsieur Simard. Wenn Sie draußen noch ein paar Minuten warten wollen?«
Simard erklärte sich bereit, das zu tun. Der Bedienstete, der ihn hereingebracht hatte, begleitete ihn hinaus und schloß hinter sich die Tür. Als das geschehen war, lösten die Männer den Blick von dem dunklen Holz des Türflügels. Sie sahen Francis an, der sagte: »Was wir jetzt haben, ist fürs erste die Summe aller derzeit überhaupt möglichen Erkenntnisse, Gentlemen.«
Captain Matte hatte seine Nerven nicht mehr unter Kontrolle und murmelte halblaut: »Verdammt noch mal, Francis, machen Sie es nicht so spannend. Sagen Sie uns schon, was als Resultat dabei herausgekommen ist.«
Francis sammelte seine Gedanken und sagte nach einer kurzen Pause: »Alles, was wir während der Nacht gesichtet und gesichert haben, sowie die Aussagen des Fischers Simard lassen nur einen einzigen zwingenden Rückschluß zu: Die Ursache für den Absturz des Flugzeugs war eine heftige Explosion an Bord, die unter anderen Schäden, die sie bewirkte, auch die Steuerungsanlage in Mitleidenschaft gezogen hat. Dabei können wir noch nicht mit Sicherheit sagen, ob das Flugzeug die Explosion überlebt hätte, wenn der Schaden an der Steuerungsanlage nicht eingetreten wäre.«
»Und was kann es gewesen sein, das explodiert ist?« fragte McConanchie. »Wir müssen es endlich deutlich aussprechen. Sagen Sie es ganz brutal, Francis, wenn es schon irgend etwas gibt, das Sie sagen können.«
In diesem Augenblick läutete auf dem Schreibtisch des Coroners das Telefon. Marceau hob den Hörer auf und meldete sich. Dann gab er ihn an Francis weiter, der aufstand und neben den Schreibtisch trat, wo er zuhörte, was

man ihm durch das Telefon mitteilte. Er stellte die eine oder andere Rückfrage technischer Natur, beugte sich über den Schreibtisch und schrieb ein paar Zahlen auf einen Zettel, den Marceau ihm hinschob. Schließlich legte er den Hörer wieder auf, schob den Apparat zurück und sagte: »Unsere Leute haben das abgerissene Teil des Flugzeugs entdeckt, das Simard neben der abstürzenden Maschine, oder hinter ihr her, hat zu Boden trudeln sehen. Es handelt sich um die herausgesprengte türähnliche Ladeklappe des linken vorderen Gepäckraums hinter dem Pilotensitz, da, wo sich auf der Steuerbordseite der Arbeitsplatz des Funkers und Navigators befindet. Ich muß mich also...«, fügte Francis nach einer kleinen Pause hinzu, »... nach diesem Telefonanruf selbst ergänzen: Explodiert ist ein Stoff, der sich normalerweise nicht an Bord einer DC-3 / D 280 befindet, und zwar im linken vorderen Gepäckraum. Das hat seine Bedeutung deswegen, weil sich im Bodenschacht unter diesem Raum auch die Elektromotoren und Seilzüge für die Seiten- und Höhensteuerung am Rumpfende befinden. Die Explosion hat also gleichzeitig den Rumpf heftig aufgerissen und die Steueranlage zerstört. Ein genial ausgesuchter Platz.«
Francis schwieg. Er schwieg lange. Auch die anderen schwiegen lange, während ihre Gehirne versuchten, das, was Francis angedeutet hatte, zu ordnen und zu analysieren. Schließlich war es Captain Matte, der als erster wieder sprach: »Sie wollen damit doch nicht etwa sagen...?«
»Ich will damit nicht mehr sagen, Captain, als das, was ich gesagt habe. Mehr zu sagen wird Ihre Aufgabe sein.«
In diesem Augenblick schaltete sich Inspektor Bélèc ein und sagte: »Wissen Sie denn, was Sie da reden, Francis? Das bedeutet praktisch, daß ein betriebsfremder Sprengkörper mit einem Gepäckstück an Bord gekommen und dort explodiert sein muß.«
Guillemette sagte ungeduldig: »Also was? Ein Unglück?

Zufall? Leichtsinn? Ein Verrückter? Oder ganz gewöhnliche landläufige Dummheit? Wer, verdammt noch mal, der seine fünf Sinne noch beisammen hat, schleppt schon... wieviel müßte es denn gewesen sein, wenn Sie recht hätten, Francis?«

»Schwer aus dem Ärmel zu schütteln«, antwortete der Ingenieur. »Das hängt von der Qualität des Sprengstoffes ab. Zwischen zwanzig und dreißig Pfund vielleicht.«

»Schön! Wer also schleppt schon dreißig Pfund Sprengstoff in einem Koffer an Bord eines Flugzeugs, um sich selbst damit in die Luft zu jagen?«

»Sagen Sie das nicht, Guillemette«, knurrte Captain Matte vor sich hin. »Bei uns sammeln sich da mehr Erfahrungen an als bei Ihnen im innerstädtischen Bereich. Da gibt es unzählige Motive: von Geisteskranken über sexuell Abwegige bis hin zu Politneurotikern und Versicherungsschwindlern.«

»Und außerdem«, sagte McConanchie, »gibt es vorläufig nicht den geringsten Anhaltspunkt, daß so ein Sprengstoff in einem Gepäckstück befördert worden sein muß. Diese Maschine nimmt auch Stückgut mit.«

»Das heißt also«, sagte Bélèc, »Frachtstücke, die jedermann, ohne selbst Passagier zu sein, aufgeben und befördern lassen kann, ähnlich wie bei der Eisenbahn.«

»Genau so«, sagte McConanchie. »Exakt. Wir können keineswegs davon ausgehen, daß ein Passagier einen Koffer voll Sprengstoff mit an Bord genommen hat, um dort ein Opfer seiner eigenen Dummheit oder Abartigkeit zu werden.«

»Ist das nicht ein bißchen weit hergeholt, Sir?« sagte Captain Matte zweifelnd. Aber McConanchie antwortete: »Das, was ich sage, muß Ihnen allerdings zunächst etwas hysterisch vorkommen, Gentlemen. Aber es hat seine guten Gründe.«

»Und welche sind das, Sir?« fragte Bélèc. Der Amerikaner fuhr fort: »Vor drei Wochen lag auf meinem Schreibtisch ein interner Bericht über einen Zwischenfall bei einer philippinischen Fluggesellschaft. Ein Verkehrsflugzeug ist dort am siebten Mai durch einen Sprengkörper im Luftfrachtraum zerstört worden und stürzte mit dreizehn Personen an Bord ins Meer. Nur der Zufall führte zur Entdeckung eines Komplotts von fünf Leuten, die zugleich mit dem Flugzeug und seinen Insassen nur einen einzigen Mann beseitigen wollten und ihn auch beseitigt haben, der dieser Gruppe als künftiger Firmenchef im Wege stand. Durch Untersuchungen am Flugzeugwrack oder an den Toten hätte weder die Unfallursache noch der Unfallablauf rekonstruiert und damit auch keinerlei Motiv aufgedeckt werden können, denn dieses liegt Tausende von Fuß tief an einer noch heute unbekannten Koordinate der philippinischen See. Die Sache wäre ein Rätsel geblieben bis ans Ende aller Tage, hätte nicht einer der Verschwörer aus Dummheit und Eitelkeit geplaudert und damit sich selbst und die anderen verraten.«
Guillemette sagte, als McConanchie geendet hatte: »Die philippinische See liegt Tausende von Meilen von hier entfernt, Sir.«
»Unbestreitbar«, erwiderte der Firmenchef. »Aber glauben Sie, daß dieser Bericht nur auf meinem Schreibtisch lag und nicht vielleicht auch auf den Schreibtischen anderer Gentlemen, die damit unvergleichlich mehr anzufangen wußten?«
Nach einer Weile sagte Captain Matte mit belegter Stimme: »Wenn der Rückschluß stimmt, der sich hier aufdrängt, Messieurs, dann sei Gott der aufblühenden Luftfahrt gnädig.«
McConanchie warf dem Captain einen dankbaren Blick zu und sagte: »Ich sehe, daß Sie jetzt mein Unbehagen besser

verstehen, und ich bitte Sie, all Ihre Intelligenz, Ihre Möglichkeiten und Machtmittel zu mobilisieren, um herauszufinden, was hier geschehen ist.«

Es entstand eine jener dumpfen Pausen, an deren Ende plötzlich alle Personen einer Runde auf einmal zu reden beginnen. Aber Inspektor Bélèc setzte sich durch.

»Tausende von Fuß tief in der philippinischen See, sagten Sie, Sir?« Die anderen verstummten. McConanchie antwortete: »Das sagte ich, ja, warum, Inspektor?«

»Das bringt mich auf einen entsetzlichen Gedanken«, sagte Bélèc. »Guillemette, würden Sie nicht nachsehen, ob der Fischer draußen noch wartet?«

Guillemette hatte den kürzesten Weg zur Tür, öffnete sie und rief Patrick Simard herein, der wirklich gewartet hatte, wie es von Captain Matte erbeten worden war. Er betrat das Zimmer, und Bélèc sprach ihn an: »Sie sagten vorhin, Monsieur Simard, Sie hätten das Flugzeug *etwa* zur gewohnten Zeit gehört und dann Ihre Uhr nach der vorüberfliegenden Maschine reguliert, das stimmt doch?«

»Jawohl, Monsieur, das stimmt«, bestätigte der Fischer.

»Zur Beantwortung der Frage, ob Sie Ihre Uhr vor- oder zurückgestellt haben, ist es nicht mehr gekommen, weil einer von uns diese Antwort für nicht so wichtig...«

»Ich war das«, sagte McConanchie betreten. »Aber was wollen Sie damit?«

»Monsieur Simard«, wandte sich Bélèc erneut an den Fischer, »können Sie sich wirklich nicht erinnern, ob Sie Ihre Uhr nach vor- oder nach rückwärts stellten?«

Langsam schüttelte Patrick Simard den Kopf. »Nein«, antwortete er. »Die Aufregung war zu groß. Ich habe das nicht im Gedächtnis behalten.«

»Was würden Sie sagen, wenn ich behaupten würde, daß Sie Ihre Uhr nach rückwärts gestellt haben, Monsieur Simard? Würden Sie mir vertrauen und das bestätigen?«

Der alte Mann zuckte mit den Schultern und sah Bélèc ratlos an, der ihm in der Haltung eines Jagdhundes, der das Wild in der Witterung hat, gegenüberstand.
»Tragen Sie diese Uhr auch heute bei sich?« fuhr Bélèc fort.
Simard zog an einem Kettchen, das aus seiner Westentasche hing, die alte Uhr heraus und ließ den Deckel aufschnappen.
»Haben Sie diese Uhr nach dem Ereignis vom neunten September noch einmal reguliert?« fragte Bélèc.
»Nein, Monsieur«, sagte der Fischer erstaunt.
Jetzt endlich merkten die anderen Anwesenden, worauf der Inspektor hinauswollte. Einer nach dem anderen zog die Uhr aus der Westentasche oder schob den Ärmel vom Handgelenk zurück.
»Meine Herren, wie spät ist es bei Ihnen?« fragte Bélèc.
Da alle in Positionen arbeiteten, in denen man auf genaue Uhrzeit angewiesen ist, kam die Antwort mit geringfügigen Abweichungen einstimmig: »Zehn Uhr zehn.«
Bélèc wandte sich an den Fischer: »Und bei Ihnen, Monsieur Simard?«
Der Fischer blickte erstaunt auf das Zifferblatt seiner alten Alpaccauhr und dann in die Runde der Männer, die ihn gespannt ansahen. »Auf meiner Uhr ist es erst zehn Uhr fünf«, sagte er. »Sind Sie ein Hellseher, Monsieur Bélèc?«
»Nein«, sagte der Inspektor. »Nein, wirklich nicht. Nicht im geringsten. Aber es konnte gar nicht anders sein. Ihr Bericht, Sir, von dem Zwischenfall in der philippinischen See hat mich darauf gebracht. Diese wenigen Minuten markieren wahrscheinlich ein neues Blatt in der blutigen Geschichte der Kapitalverbrechen. Aber das können Sie nicht wissen, Simard. Monsieur Marceau, vielleicht besteht die Möglichkeit, diesen Teil der Aussage Monsieur Simards in Ihrem Büro noch protokollieren zu lassen? Es handelt sich wahr-

scheinlich um einen Beweis von unschätzbarem Wert.«
Bélèc wandte sich wieder an den Fischer. »Danach können Sie nach Hause zurückkehren, Monsieur Simard. Eine Ausfertigung dieses Protokolls werde ich Ihnen zugehen lassen, damit Sie bis zum Prozeß im Gedächtnis behalten können, was Sie soeben erlebt haben.«
»Prozeß?« Diese Frage stand unausgesprochen in den überraschten Gesichtern der Männer. Nur McConanchie hatte ihr entsetzt Ausdruck verliehen.
»Später, Messieurs«, sagte Bélèc und fügte zu Simard gewandt hinzu: »Für eine Entschädigung ihres Zeitaufwandes und Ihrer Mühen wird gesorgt werden. Das Land ist Ihnen zu Dank verpflichtet.«
Mit diesen Entscheidungen hatte Inspektor René Bélèc von der Royal Canadian Mounted Police wie selbstverständlich, fast unmerklich und völlig unwidersprochen, die führende Rolle in der Aufklärung dieses Falles übernommen. Nachdem der Coroner einen Büroangestellten herbeitelefoniert und Simard mit diesem den würdevollen Raum verlassen hatte, wurden Fragen gestellt.
»Prozeß, Bélèc? Dafür muß es einen Schuldigen geben. Wie stellen Sie sich das vor?«
»Es gibt einen Schuldigen«, sagte Bélèc. »Patrick Simards alte Taschenuhr ist der Beweis dafür.«
Bedenken wurden laut. »Ob der alte Mann nicht manchmal schon unkontrolliert handelt? Ob er nicht doch schon ein wenig senil ist? Ob nicht seine alte Taschenuhr bisweilen doch vor- oder nachgeht?«
Bélèc sagte: »Mit achtundfünfzig ist ein Naturmensch wie Simard nicht senil, Gentlemen. Und Patrick Simards alte Taschenuhr geht auf die Minute richtig. Es war das Flugzeug, das mit einer Verspätung von fünf Minuten gestartet ist. Ich selbst habe diese Verspätung nicht nur beobachtet, sondern sogar mit verursacht. Dadurch, daß ich meine

Verlobte überredete, der Hebamme Henny St. George ihren Platz zu überlassen, die nunmehr an ihrer Stelle zu den Opfern gehört.«

Erst nach einer Weile murmelte McConanchie betreten: »Von alldem habe ich ja noch gar nichts gewußt.«

»Das brauchten Sie auch gar nicht zu wissen, Sir«, sagte Bélèc. »Das sind Belanglosigkeiten, die so lange in den routinemäßigen Ablauf des Flugbetriebs gehören, bis sie, meist unvorhergesehen, eine Bedeutung erlangen.«

»Und welche Bedeutung, Bélèc?« fragte der Coroner. Der Inspektor durchquerte anstelle einer Antwort das Zimmer und blieb an der gegenüberliegenden Wand zwischen den beiden Fenstern vor einer großen, eichengerahmten altertümlichen Landkarte stehen, mehr ein Wandschmuck, eine Antiquität, als eine Zweckkarte, wie man sie sonst in Büros zu verwenden pflegt. Sie zeigte den nordöstlichen Teil Kanadas und in besonderer Deutlichkeit, farblich abgestuft, die sich zu den Tiefen des Nordatlantik hin verbreiternde Trichtermündung des St.-Lorenz-Stromes.

»Wenn Sie alle zu mir herüberkommen, und Sie ein Lineal mitbringen, Monsieur Marceau, dann kann ich Ihnen das in allen Einzelheiten erklären.«

Die Männer umstanden Bélèc und sahen zu, wie der Inspektor mit Hilfe des Lineals einen feinen Bleistiftstrich von dem Flughafen Ancienne-Lorette quer über die Breite des Stromes bis zu der am Nordufer liegenden kleinen Ansiedlung Baie-Comeau zog. Dort, wo diese Linie das Kap Tourmente berührte, markierte er sie mit einem Kreuz.

»Sie sehen hier den wahrscheinlichen Kurs des Flugzeugs. Ich nehme einmal an, daß der Kurs der geographischen Geraden entspricht, Mister McConanchie?« Der Präsident nickte bestätigend. Bélèc fuhr fort: »Dazu paßt auch die tatsächliche Absturzstelle hier am Kap Tourmente.« Der Inspektor zeigte mit der Spitze seines Bleistiftes auf die

Stelle. Dann fuhr er fort: »Und nun lassen Sie uns ein wenig rechnen. Welche Reisegeschwindigkeit entwickelt eine Maschine dieses Typs?«

McConanchie sagte, daß man bei einer DC-3 bei voller Zuladung und günstigen Witterungsbedingungen, wie sie gestern geherrscht hatten, in einer Höhe von 6000 bis 7000 Fuß mit einer Reisegeschwindigkeit von gut 220 Meilen pro Stunde rechnen könne.

»Schön«, sagte Bélèc, »wenn dieses Flugzeug in einer Stunde zweihundertzwanzig Meilen zurücklegt, dann legt es in fünf Minuten den zwölften Teil dieser Strecke zurück, nicht wahr? Das sind etwa achtzehn Meilen. Hätten Sie die Güte, Monsieur Marceau, mit Hilfe des Maßstabs an Ihrem Lineal auf dem gedachten Kurs des Flugzeugs von der Absturzstelle am Kap Tourmente auf der Strecke nach Baie-Comeau schräg über den Strom eine Strecke von achtzehn Meilen abzustecken und an dieser Stelle ein weiteres Kreuz einzuzeichnen?«

Der Coroner tat auch dies, trat dann zurück und gab den Blick auf die Karte frei. Jeder konnte sehen, daß sich das von ihm eingezeichnete zweite Kreuz in der Mitte der Trichtermündung des Stromes befand, dort, wo die Tiefeneinfärbung sich zu einem satten Blau verdichtete. Alle starrten auf diese Stelle, dann in das Gesicht Bélècs. Der sagte trocken:

»An dieser Stelle hätte sich das Flugzeug zum Zeitpunkt der Explosion befunden, wenn es rechtzeitig gestartet wäre. Hat jemand von Ihnen gute Augen? Welche Tiefenangabe steht in der Nähe dieser Stelle eingetragen?«

Der Mann mit den guten Augen war Captain Matte. Aber er sagte: »Um das festzustellen, brauche ich meine guten Augen gar nicht, Messieurs. Als passionierter Yachtsegler weiß ich auch so, daß diese Stelle ziemlich genau über dem sogenannten *Devils-Hole* liegt, dem Teufelsloch, das allen

Navigatoren nur zu gut bekannt ist, weil dort eine Tiefe von weit über zweitausend Fuß gemessen wird, die deutliche Strudel, Strömungen und Unterschiede in der Wassertemperatur hervorruft und deshalb beim Befahren des Stromes nach Möglichkeit gemieden wird.«
»Danke, Captain«, sagte Bélèc. »Ich darf Sie daran erinnern, daß die Höhe des Empire State Building in New York City ohne Antenne eintausendeinhundertfünfundfünfzig Fuß beträgt. Die Reste des Flugzeugs lägen also anstatt auf der Waldkuppe des Kap Tourmente in doppelter Hochhaustiefe auf dem Grunde des St.-Lorenz-Stromes und wären für alle Ermittlungsarbeiten verloren.«
Nach einer Weile fügte Francis hinzu: »Und alles, was meine Leute und ich gesichert haben, hätte niemals mehr gesichert werden können.«
»Mit anderen Worten«, sagte der Coroner, »alles, was wir wissen und vielleicht noch erfahren werden, verdanken wir nur dem Zufall, daß das Flugzeug fünf Minuten Verspätung hatte.«
»Für einen Coroner denken Sie von den Menschen entschieden zu gut«, sagte Bélèc düster. »Der Bericht McConanchies von dem Drama in der philippinischen See hat uns darauf gebracht: Dieser Zufall ist kein Zufall. Die Explosion dieses Sprengkörpers wurde mit kühler Raffinesse und exaktem Kalkül vorausberechnet, und zwar für einen Punkt, an dem jeder Anhalt, jeder Beweis, jede Möglichkeit, irgend etwas herauszufinden, für immer vernichtet gewesen wäre. Nur der Umstand, daß der Inspektor der Royal Mounteds René Bélèc seine Verlobte überredet hat, ihren Platz in dem Flugzeug an eine Hebamme abzutreten, die ihn dringender brauchte, gibt uns die Möglichkeit, auf eine Aufklärung überhaupt zu hoffen.«
»Wissen Sie eigentlich, was Sie da reden?« sagte McConanchie mit tonloser Stimme.

»Ich weiß es.«
»Wer?«
»Keine Ahnung.«
»Warum?«
»Keine Ahnung, Sir.«
»Haben Sie für diese These den geringsten Beweis?«
»Nein. Ich weiß nur, daß jemand die Berechnung, die wir eben gemacht haben, auch angestellt hat. Sie ist aber von der Verspätung durchkreuzt worden. McConanchie hat recht, die philippinische See ist in einem übertragenen Sinn vielleicht doch nicht so weit weg, wie wir anfangs dachten. Wir müssen damit rechnen, daß jemand dieses Flugzeug absichtlich zum Absturz gebracht hat.«
»Bélèc«, sagte der Coroner mit einer Betonung, als wolle er den Inspektor davor zurückhalten, sich unrettbar in eine fixe Idee zu verrennen, aber Bélèc ging nicht auf die gute Absicht ein.
»Es ist Ihre Aufgabe als Coroner, Marceau, am trügerischen Glanz des Anscheins zu zweifeln«, sagte er. »Meine Aufgabe ist es, dem möglichen Wahrheitsgehalt eines trügerischen Anscheins auf den Grund zu gehen. Das Eis, auf dem ich mich bewegen muß, ist dabei zwangsläufig dünner als das Ihre. Aber ich warne uns alle – mich eingeschlossen –, aus Trägheit oder Feigheit den bequemeren Weg einzuschlagen und darauf zu vertrauen, daß alles nur ein böser Zufall war.«
Nach einer Weile des Schweigens, das auf diese Worte hin eingetreten war, sagte McConanchie düster: »Wenn das stimmt, und wenn wir die Wahrheit nicht herausfinden, können wir in Kürze einpacken, Gentlemen. Dann werden die Fluggesellschaften fürchten müssen, demnächst in die Hände von Gangstern und Erpressern jeglicher Couleur und Motivation zu fallen. Und dann – jemand sagte es heute schon – sei Gott der zivilen Luftfahrt gnädig.«

»Es ist unsere Aufgabe, herauszufinden, ob es so ist«, sagte Captain Matte. »Sie haben sich für diese Aufgabe freigemacht, Bélèc. Unsere Unterstützung haben Sie. Wenn ich der Regierung irgendeine Maßnahme empfehlen soll, die Sie für richtig halten, dann sagen Sie es.«
»Am meisten würde es mir nützen«, sagte Bélèc, »wenn Sie verhindern könnten, daß Presse und Öffentlichkeit etwas von diesen Vermutungen erfahren. Irgendwo, nicht allzuweit von uns entfernt, sitzt ein kaltblütiger Massenmörder wie die Spinne im Netz und wähnt sich in Sicherheit. Es darf nichts geschehen, was ihn dieses Gefühl verlieren läßt.«
Captain Matte machte sich eine Notiz.
»Wer kann nur so etwas tun?« fragte jemand. »Ein Verrückter? Oder ein Teufel?«
Bélèc zuckte mit den Schultern und schwieg. Aber er war fest entschlossen, es herauszufinden.

»Was tun?« fragte Corporal Gérard Houde, ein liebenswürdiger, etwas pausbäckiger junger Mann von 26 Jahren mit rundem Gesicht und intelligenten blaugrauen Augen unter schon ein wenig schütter werdendem blondem Haar. Bélèc schätzte ihn, weil er niemals auf Befehle wartete, sondern im Gegenteil die Initiative ergriff, so oft es nur eben ging. Die Frage »Was tun?« zeugte deshalb, nachdem Bélèc berichtet hatte, gemessen am gesamten Persönlichkeitsbild dieses Mannes, eher von einem ungläubigen Entsetzen als von einer sachlichen Ratlosigkeit. Ihre Unterhaltung hatten die beiden Männer bisher im Stehen geführt. Jetzt setzte sich Bélèc hinter seinen Schreibtisch und wies auf den Stuhl davor. Corporal Houde nahm Platz. Bélèc antwortete ihm:
»Ein Teil der Konferenzteilnehmer neigt zu dem Wunsch, es möge sich erweisen, daß meine Schreckensvision nur eine Chimäre ist. Sie wissen, was man unter einer Chimäre versteht?«

»Ich nehme an, ein Hirngespinst, Sir.«
»So ist es. Um dieses unterbewußte Wunschziel zu erreichen, würde es genügen, möglichst wenig zu tun.«
Der Corporal nickte zustimmend. Sein Chef fuhr fort: »Meine Vorstellung ist eine andere. Ich bin überzeugt, daß meine Schreckensvision beweisbar ist und daß wir sie beweisen müssen. Weil der nächste Flugzeugabsturz schon auf dem Programm steht, wenn wir es nicht tun. Verstehen Sie mich bis hierhin, Gérard?«
Die Anrede mit dem Vornamen allein hätte dem Corporal signalisiert, um was es in dieser Sache ging, wenn er es nicht ohnehin schon gewußt hätte. Houde nickte wieder.
»Wir müssen also eine zweigleisige Strecke eröffnen«, fuhr Bélèc erneut fort, und es klang ein wenig so, als würde er zu sich selbst reden. »Das eine Gleis sind die Techniker, das andere sind wir. Die Techniker müssen herausfinden, wie, und wir müssen rauskriegen, wer und warum.«
Inspektor Bélèc schien sich, nachdem er das gesagt hatte, einen Ruck zu geben. Er sah seinen Corporal an und fügte wie zusammenhanglos hinzu: »Francis ist ein großartiger Bursche. Weiß, wo's langgeht, Houde. Wir müssen ihn unterstützen. Das Wichtigste ist, den Mund zu halten. Der Kerl, der da dahintersteckt, lauert doch jetzt auf Neuigkeiten, Nachrichten, Vermutungen, Spekulationen. Wir geben, solange es überhaupt geht, nur bekannt: Tragischer Unfall, Ursache ungeklärt, Ermittlungen laufen, sind aber schwierig. Das geht eine gewisse Zeit, aber irgendwann müssen wir Farbe bekennen. Dann wird er aufwachen. Bis dahin müssen wir soweit sein, daß uns die Öffentlichkeit nicht mehr schadet. Das Ganze ist ein Wettrennen gegen die Zeit.« Wie um sich das selbst zu bestätigen, sah Inspektor Bélèc auf die Armbanduhr und fügte dann hinzu: »Ein Wettrennen, das für den Täter mit fünf Minuten Verspätung begonnen hat. Von daher müssen wir ihn aufrollen.«

»Und wie wollen Sie das machen, Sir?«
Als Antwort gab Inspektor Bélèc in dieser Sache seine ersten konkreten Weisungen:
»Machen Sie sich möglichst rasch mit Mister Francis, dem Cheftechniker der Fluggesellschaft, bekannt. Die Nummer habe ich hier schon irgendwo stehen, warten Sie ...« Bélèc kramte sein Notizbuch hervor, schlug es auf, suchte und reichte es dem Corporal aufgeschlagen über den Schreibtisch. Houde schrieb sich die Nummer auf und gab das Buch zurück. Bélèc fuhr fort: »Ich brauche die Fotos der Unfallstelle, schwarzweiß, Hochglanz, Format achtzehn-vierundzwanzig, ohne Rand. Dann brauche ich einen Plan der Flugzeugzelle mit sämtlichen Sitzplätzen, einschließlich derer der Crew, durchnumeriert von eins bis dreiundzwanzig.« Bélèc wartete, bis sein Corporal alles aufnotiert hatte, und fuhr dann fort: »Dazu beschaffen Sie mir eine Liste aller dreiundzwanzig Insassen des Flugzeugs, auch einschließlich der Crew, ebenfalls durchnumeriert von eins bis dreiundzwanzig, die Nummern passend zu den Nummern der Plätze, die diese Personen innehatten. Dazu Vornamen, Alter, Beruf, Familienstand, Heimatort, Ort des Reiseantritts, Reiseziel.«
Der Corporal notierte es sich. »Alles?« fragte er.
»Alles«, sagte Bélèc. »Und das alles brauche ich so stark vergrößert, daß ich es vom Schreibtisch aus lesen kann, auf eine Schultafel geheftet, die Sie dort drüben in die Ecke stellen und beleuchtbar machen. Die Akten werden nicht das Wichtigste sein. Wir werden unsere Intuition brauchen. Und noch etwas: Der technische Teil des Falles wird unter Leitung von Mister Francis bearbeitet. Fragen Sie ihn, welche Maßnahmen er trifft und wie sie durchgeführt werden sollen. Für die Leichenfreigabe und die Trümmersicherung braucht er die Zustimmung des Coroners, und der stützt sich auf uns.«

Während der Corporal sich daranmachte, seine Aufträge auszuführen, bestieg Bélèc im Innenhof seinen Roadster und steuerte ihn hinaus nach Ancienne-Lorette, um einen ersten Schritt zur Erfüllung der schweren Pflichten zu tun, die er sich selbst auferlegt hatte. Die Abfertigungshalle des Flughafengebäudes bot jetzt, mehr als 24 Stunden nach dem Bekanntwerden der Katastrophe, wieder ein fast normales Bild. Über dem Abfertigungsschalter der Quebec-Airways hing ein Pappschild mit dem Hinweis, daß Auskünfte über das Unglück die Geschäftsleitung erteile, dazu die Adresse und die Telefonnummer. Da im Augenblick keine Abfertigungen stattfanden, sah Lucile Lésvêques, während sie Vordrucke ordnete, den Inspektor die Halle durchqueren und auf den Schalter zukommen. Sie erkannte ihn sofort. Bei ihren Überlegungen, was der Anlaß seines Besuches in Ancienne-Lorette sein könne, kam sie auf zwei Möglichkeiten: Es war denkbar, daß Bélèc sich einfach dafür bedanken wollte, weil sie schließlich nicht ganz unbeteiligt daran war, daß Bélècs Verlobte den Todesflug mit der CP-CUA nicht angetreten hatte. Wahrscheinlicher jedoch war, daß er genau das gleiche beabsichtigte, was vor ihm schon elf andere getan hatten, nämlich seinen und Miss Desmonds Flug mit dem anscheinend unsicher gewordenen Flugunternehmen hinauf in den Norden annullieren zu lassen. Nicht im entferntesten allerdings rechnete sie mit dem, was der Inspektor wirklich von ihr wollte. Sie sah ihm wortlos entgegen, als er vor den Schalter trat und sie begrüßte. Danach sagte sie: »Schrecklich, Monsieur. Sie wollen Ihren Flug quittieren. Ich kann mir schon denken, warum Sie kommen.«
Bélèc antwortete: »Das glaube ich nicht, Mademoiselle Lésvêques. Und ich will auch nicht verschweigen, daß es mir äußerst unlieb wäre. Kann ich Sie ein paar Minuten in Ruhe sprechen? So daß uns mit absoluter Sicherheit niemand zuhören kann?«

Das Mädchen warf ihm einen erstaunten Blick zu und sagte: »Aber sicher, Monsieur Bélèc, hier rückwärts im Büro, solange kein Passagierverkehr ist. Wenn jemand zum Schalter kommt, müssen Sie mich so lange entschuldigen.«

Der Inspektor nickte, das Mädchen öffnete ihm einen Schwenkdurchlaß in der Thekenwandung und bat ihn nach hinten, wo sie, während Bélèc sich niederließ, die Tür sorgfältig schloß und sich gegen die Schreibtischkante lehnte, um zu hören, was Bélèc ihr so Geheimnisvolles anzuvertrauen hatte. Als der Inspektor anfing zu reden, stockte ihr sekundenlang der Atem.

»Wenn ich recht unterrichtet bin, waren Sie es doch auch, die nicht nur die Passagiere dieses Fluges abzufertigen, sondern auch später die Schreckensmitteilung an die Angehörigen weiterzugeben hatten, die sich nach Bekanntwerden des Absturzes hier eingefunden hatten?«

Das Mädchen nickte. »Das ist richtig, Monsieur. Es war entsetzlich. Es war irgendwie so wie ein Lauffeuer. Über das Unglück war noch nichts Bestimmtes bekannt, da begannen sich hier schon die Leute anzusammeln und schluchzend nach ihren Angehörigen zu fragen.«

»Sie erinnern sich an alle, Lucile?«

»Bei weitem nicht. Es waren furchtbare Szenen, die sich da draußen abgespielt haben. Alles drängte, weinte und rief durcheinander. Solange noch gar nichts bekannt war, mußte ich sagen: Wir wissen noch nichts, überhaupt nichts. Später dann: Keine Überlebenden, alle tot, niemand hat überlebt, nein, alle tot... alle tot. Alle!«

»Sie wissen keine Namen?«

Das Mädchen schüttelte den Kopf. »Bei einem solchen Durcheinander, Monsieur, und wenn Sie ohnehin niemand helfen können, da prägen sich Ihnen keine Namen ein... nur Gesichter, verzweifelte, ratlose, ungläubige, entsetzte Gesichter von Menschen, die nicht mehr weit davon entfernt sind, Sie persönlich für schuldig an dem zu halten, was geschehen ist.« Lucile Lésvêques schwieg eine kleine Weile und fuhr dann fort: »Noch einmal möchte ich das nicht machen müssen. Mein Gott, wenn ich nur an einzelne von ihnen denke. An die alte Dame, die einfach nicht glauben wollte, daß ihre ganze Familie, Sohn, Schwiegertochter, Zwillinge, niemals wiederkommen würden, tot, ausgelöscht aus ihrem Leben. Sie müssen sich irren, Miss, schrie sie, Sie müssen sich irren, und trommelte mit ihren Fäusten gegen die Glasscheibe, bis ich um ihre Pulsadern zu fürchten begann. Es muß die Familie Monestier gewesen sein. Oder um die junge Frau, die ihren Mann und ihre siebenjährige Kleine niemals wiedersehen würde. Oder den totenbleichen jungen Mann mit der Dreijährigen auf dem Arm, der Angehörige unter den Opfern hatte...«

Flüchtig geisterte die Erinnerung durch Bélècs Gehirn. »Ich sah die beiden winken, als das Flugzeug startete. Wissen Sie Namen?«

Lucile Lésvêques schüttelte wieder den Kopf. »Ich sah sein verzweifeltes Gesicht nur durch die Glasscheibe. Sein Mund formte den Namen, aber ich verstand ihn nicht. Und die Kleine hatte noch gar nicht begriffen, was eigentlich geschehen war.«

Das Mädchen schwieg, von der Erinnerung überwältigt, erschüttert und ergriffen. Dann schüttelte es zusammenhanglos noch einmal den Kopf. Es entstand ein langes Schweigen, während dem man das Motorengedröhn vom Rollfeld bis hier herein hören konnte. Endlich sagte Bélèc: »Und Sie haben niemand beobachtet, dessen Reaktion oder Benehmen nicht äußerste Trauer, äußerstes Entsetzen, äußerste Ratlosigkeit hat erkennen lassen?«

»Aber wo denken Sie hin?« sagte Lucile. »Es gibt niemand, der in einem solchen Fall nicht hofft, es könnte Überlebende

gegeben haben. Und es gibt niemand, der nicht hofft, gerade sein Angehöriger sei darunter.«
Aber Bélèc ließ sich nicht von seinem Vorhaben abbringen. Was immer in diesem Fall geschah, er mußte es genau wissen. »Und Sie haben auch niemand beobachtet, dessen Reaktion oder Benehmen übertrieben erschien, gekünstelt, gespielt, vorgetäuscht? Oder gar kühl? Verhärtet? Triumphierend? Befriedigt?«
»Um Himmels willen, Monsieur. Es war ein einziges Tränenmeer. Nichts war anormal. Warum stellen Sie diese Fragen, Monsieur Bélèc?«
»Sind Sie verschwiegen, Lucile?«
»Wenn es wichtig ist, können Sie sich auf mich verlassen.«
»Es ist wichtig. Sie haben sich geirrt, als Sie vorhin sagten, es gebe in solchen Fällen niemand, der nicht hofft, es könne Überlebende gegeben haben.«
»Wie können Sie so etwas sagen?« fragte das Mädchen entsetzt.
»Nun, in diesem Fall gibt es jemand, der hofft, es könne keine Überlebenden gegeben haben, Lucile. Und von dem es sehr leicht möglich ist, daß er sich hier unter die Verzweifelten gemischt hat, um sich dafür eine erste Bestätigung zu holen.« Lucile Lésvêques war sprachlos. Der Inspektor stand auf und trat näher an sie heran. Er dämpfte seine Stimme. »Dieses Flugzeug ist nicht durch Zufall abgestürzt, Lucile. Machen Sie sich mit dem Gedanken vertraut, daß alle diese dreiundzwanzig Menschen Opfer eines skrupellosen Massenmörders geworden sind. Und zwar nicht durch Leichtsinn, Versagen oder Versehen, sondern mit voller, unverhüllter Absicht.«
Lucile Lésvêques starrte den Inspektor mit vor Schreck geweiteten Augen sprachlos an. Bélèc fuhr fort: »Sagen Sie jetzt nichts. Alles, was Sie sagen können, weiß ich ohnehin schon. Aber beantworten Sie mir noch ein paar Fragen.

Glauben Sie, daß es die Angehörigen aller Passagiere waren, die sich hier zusammengefunden hatten?«

»Nein, Monsieur Bélèc. Ich brauche das nicht zu glauben, denn das weiß ich konkret: Wegen des Schicksals einiger Passagiere ist nämlich von auswärts angerufen worden, und diese Anrufe wurden notiert.«

Das Mädchen löste sich von der Schreibtischkante, zog den Sessel zurück und setzte sich, wobei es eine Notiz aus einem Schnellhefter heraussuchte. »Wir hatten sieben Passagiere und vier Besatzungsmitglieder, die das Flugzeug nicht erst in Quebec, sondern bereits in Montreal bestiegen haben. Wegen zehn dieser elf Personen ist hier angerufen worden. Wollen Sie die Namen haben?«

»Die vier Mitglieder der Crew ergeben sich ja aus der Liste, die ich bekomme«, sagte Bélèc. »Das kann ich mir selbst heraussuchen. Und wer waren die sieben anderen?«

»Bei dreien von ihnen ging es um eine Gruppe. Wegen dieser drei wurde aus den Staaten angerufen, aus New York, und zwar von der Verwaltung der Kennecott-Copper-Company. Elliot Stannard war der Präsident dieser Gesellschaft, Storke und Provost seine Direktoren. Alle drei US-Bürger.«

Bélèc sah hoch. »Dann ist mit einem Schlag der ganze Konzern ohne Führung?«

»In New York sagen sie es.«

»Haben Sie Namen?«

»Angerufen hat ein Assistant-Director namens Parker. Ich schreibe Ihnen das alles auf. Auch Adresse, Telex und Telefon.«

»Hatten sie irgendeinen Verdacht?«

»Aber, Inspektor«, sagte das Mädchen. »Sie haben nicht die geringste Ahnung von Ihrer Vermutung. Sie glauben doch felsenfest an einen Unfall und haben Schadenersatzansprüche angemeldet.«

»Natürlich«, sagte Bélèc und fuhr sich vage mit der flachen Hand über die Stirn. »Ich vergaß. Und die restlichen vier dieser elf?«
Lucile Lésvêques las Namen und Berufe vor: »Malcolm McEnroe, Geschäftsinhaber aus Montreal, einundvierzig Jahre alt; Roland Prèsques, Koch aus Vancouver, sechsunddreißig Jahre alt, und Bertram Smith, Holzeinkäufer aus Sept-Iles, dreiunddreißig Jahre alt.«
Während Lucile alle diese Angaben für Bélèc auf einen Zettel schrieb, fragte der Inspektor: »Und nun ist noch einer übrig, der nicht in Quebec eingestiegen ist und für den auch niemand angerufen hat. Wer ist das?«
Das Mädchen las ab: »Das ist ein Mann namens Lewis B. O'Connor, vierundvierzig Jahre alt, Versicherungsagent in Montreal, Adresse und Telefonnummer habe ich hier. Wollen Sie sie haben?«
»Schreiben Sie es zu dem übrigen, Lucile. Alle anderen zwölf Passagiere sind Bürger aus Quebec und haben das Flugzeug hier in Ancienne-Lorette bestiegen?«
Lucile Lésvêques nickte und wollte etwas sagen, verschluckte es aber dann. Bélèc bemerkte es. »Darunter auch die Hebamme, Henny St. Georges, wollten Sie sagen, nicht wahr?«
Das Mädchen zögerte. Schließlich sagte es: »Auf meiner Liste steht immer noch der Name Elisabeth Desmond, Angestellte aus Quebec-City, einundzwanzig Jahre alt, Monsieur Bélèc.«
Der Inspektor seufzte. »Es wird mich nicht mehr loslassen, bis ich ihn habe«, sagte er.
»Und wenn Sie sich irren, Monsieur?«
Bélèc stand auf. »Darauf hoffen die anderen auch, Lucile, ganz einfach, weil es bequemer wäre. Aber ich irre mich nicht.«
Die fanatische Überzeugung, mit der der Inspektor sprach,

hatte für Lucile Lésvêques etwas beinahe Beängstigendes. Sie sah ihm nach, als er, nachdem er ihre Notizen zu sich gesteckt hatte, das Büro verließ und kerzengerade aufgerichtet quer durch die Halle ging, bis die gläserne Schwingtür des Ausgangs hinter ihm zufiel.

René Bélècs Überzeugung, daß er sich nicht irrte, festigte sich, als er am Montagmorgen sein Büro betrat. Houde hatte die Anordnungen des Inspektors vom Vortag bereits befolgt. Flugzeugplan und Passagierliste waren stark vergrößert und übersichtlich angeordnet auf eine große Schultafel aufgebracht, die an der von Bélèc bezeichneten Stelle stand. Im Dienstzimmer des Inspektors warteten drei Männer auf ihn. Es waren Corporal Houde, Captain Matte und Frank M. Francis, der Chefingenieur der Quebec-Airways. Man setzte sich und Bélèc berichtete von seinem gestrigen Besuch bei Lucile Lésvêques. Besondere Aufmerksamkeit erregte, was er über die Führungsspitze des Kupferkonzerns und über den Versicherungsagenten Lewis O'Connor erzählte und von seiner Sekretärin sofort zu Protokoll nehmen ließ. Schließlich sagte Francis: »Wenn wir bei Bélècs Version bleiben wollen, daß die CP-CUA nicht durch eine Verkettung tragischer Umstände, sondern mit voller Absicht zum Absturz gebracht worden ist, dann können wir gleichzeitig davon ausgehen, daß der Urheber dieses Absturzes Technik und Bedienung dieses Flugzeuges sehr genau studiert hat.« Er stand auf, trat an die Wandtafel und ergriff einen Zeigestab. »Unsere technischen Ermittlungen sind soweit fortgeschritten, daß sich die Vermutung, die wir schon am Unfallort hatten, erhärtet hat, daß eine Explosion im vorderen linken Gepäckraum des Flugzeugs stattgefunden hat. Zu der Bezeichnung ›linker vorderer Gepäckraum‹ eine Erklärung: Das Flugzeug verfügt über insgesamt drei Gepäck- und Frachträume. Einen großen rückwärtigen, einen größeren rechten vorderen und einen kleineren linken vorderen. Alle drei sind nur von außen her zugänglich. Der linke vordere Frachtraum bildet mit seiner Vorderwand gleichzeitig die Rückwand des Pilotensitzes, während auf der rechten Seite, hinter dem Sitz des Kopiloten, der Arbeitsplatz des Funkers und Navigators angeordnet ist. Vom Cockpit aus läuft unter dem linken Gepäckraum hindurch die Verseilung zu den Verwindungsklappen der linken Tragfläche, sowie die Verseilung zum Höhen- und Seitenruder der Hecksteuerung. Wer an dieser Stelle eine genau berechnete Explosion stattfinden läßt, tötet den Piloten und zerstört gleichzeitig die linke Flächenverwindung und die gesamte Höhen- und Seitensteuerung der Maschine.« Francis legte den Zeigestab, mit dem er seine Ausführungen erläutert hatte, zurück, nahm seinen Platz wieder ein und entzündete sich eine Zigarette. Er fuhr fort: »Und genau dieses Bild von dem Absturz entsteht, wenn man die Aussage des Aalfischers Simard zerlegt, analysiert und richtig deutet. Sie erinnern sich: Die Explosion blies die Zugangsklappe des linken vorderen Frachtraums nach außen und zerriß die linke Flächenverseilung. Simard hat ausgesagt, daß das Flugzeug über die linke Fläche kippte, als es abstürzte. Der Explosionsdruck tötete sofort den Piloten, so daß er keine Möglichkeit mehr besaß, auf Kurs oder Antrieb der Maschine einzuwirken. Simard hat ausgesagt, daß das Flugzeug mit auf Hochtouren laufenden Motoren zu Boden stürzte. An keinem anderen Platz der Maschine bestand eine auch nur annähernd ähnliche Chance, den Absturz sofort und sicher herbeizuführen wie hier.«

Francis' Worten folgte ein Schweigen. Dann sagte Bélèc: »Die Todesursache Laurins, ist das Vermutung oder erwiesen?«

»Erwiesen«, sagte Matte. »Die Obduktion, die heute in

den Nachtstunden auf Veranlassung des Coroners vorgenommen wurde, hat genau das ergeben.«
Francis sagte: »Wäre die Maschine pünktlich gestartet, dann wäre sie an dem Punkt abgestürzt, den Bélèc schon am Sonnabend errechnet hat. Aber diesen Punkt würden wir nicht einmal kennen. Technisch und rechtlich wäre die Maschine verschollen.«
»Das bedeutet«, sagte Captain Matte, der das für seine Stellung notwendige juristische Studium absolviert hatte, »daß eine Reihe von Motiven wegfällt, für deren Annahme der durch die Existenz einer Leiche zu führende Nachweis erforderlich wäre. Zum Beispiel ein Versicherungsbetrug oder der Mord an einem Ehegatten im Stil von Dr. Crippen. Ein nur verschollener Ehegatte löst kein Liebesproblem.«
»Aber nur, wenn der Täter auch so weit denkt wie Sie«, sagte Bélèc. »Und wenn er aus dem, was er denkt, die richtigen Schlüsse ziehen kann. Auf diese präzise Logik verlasse ich mich lieber nicht, Matte.«
Wie um sich seine Worte zu bestätigen, griff der Inspektor zum Telefon, nahm den Zettel zur Hand, auf den Lucile Lésvêques ihm gestern die Telefonnummer des Lewis O'Connor notiert hatte und ließ sich eine Verbindung mit diesem Anschluß herstellen.
»Der einzige Tote, nach dem sich bisher noch niemand erkundigt hat, ist nämlich ausgerechnet ein Versicherungsagent«, verkündete er, während er auf die Verbindung wartete. Dann veränderte sich seine Stimmlage und er sagte indigniert: »Hallo? Wer ist dort?« Wobei er das Wörtchen »Wer« bedeutungsvoll betonte. Sein Gesprächspartner wiederholte leidenschaftslos und fast gelangweilt: »Hier spricht Lewis B. O'Connor. Was wollen Sie denn?«

Bess Desmond stand vor dem Badezimmerspiegel und überprüfte ihr Aussehen. Sie konnte zufrieden sein, und sie war es auch. Ein ovales, um Kinn und Wangen fast noch mädchenhaftes Gesicht blickte ihr entgegen, mit Augen von einem Veilchenblau, dessen Tiefe etwas Besonderes war. Lange dunkle Wimpern und ein voller Mund mit ein wenig wie vorwurfsvoll aufgeworfenen Lippen machten das Gesicht interessant und reizvoll, und Bess war stolz darauf, nicht im landläufigen Sinne hübsch zu sein. Nein, daran konnte es nicht liegen. Sie hatte von René seit ihrem Telefongespräch am Samstagmorgen nichts mehr gehört. Im Verlauf des Samstagvormittag hatte sie sein Apartment verlassen, nachdem sie es aufgeräumt hatte. Dann war sie nach Hause gefahren und hatte in ihrer eigenen Wohnung, die die Anstreicher über das Wochenende verlassen hatten, nach dem Rechten gesehen und darauf gewartet, daß Bélèc sie anrief. Aber das war nicht geschehen. Sie hatte mit ihrer Mutter darüber gesprochen, was zu tun sei, und die Mutter hatte ihr geraten, auf keinen Fall einzulenken. Männer seien alle gleich. Ihr Interesse an den Frauen müsse immer größer sein als das Interesse der Frauen an ihnen. Wenn man den Männern den kleinen Finger reiche, dann befinde man sich binnen kurzem nicht nur mit der ganzen Hand, sondern mit Haut und Haar in ihrem gefräßigen Maul. Zwar hatte Bess Desmond die verallgemeinernden Gemeinplätze ihrer Mama sofort richtig eingestuft und sich auch rasch daran erinnert, daß sie es gewesen waren, deretwegen sie daheim ausgezogen war. Sie hätte auch auf der Stelle am Telefon einflechten können, daß es bei ihnen zu Hause genau anders herum gewesen sei, aber sie hatte darauf verzichtet, weil etwas anderes es war, das sie zu demselben Ergebnis geführt hatte, das ihre Mutter ihr angeraten hatte, und das war ihr ausgeprägter Dickkopf. Ihre Hoffnung auf einen Durchbruch der Vernunft bei Bélèc war bestärkt worden, als sie gestern, am Montag, auf dem Flughafen angerufen hatte, um sich den heutigen Flug bestätigen zu

lassen. Sie hatte Lucile Lésvêques an den Apparat bekommen und sie gefragt, ob der Inspektor seinen Flug für Dienstag quittiert habe.
Das Mädchen hatte geantwortet: »Nein, Miss Desmond. Monsieur Bélèc war am Sonntag hier draußen und hat über eine Stunde mit mir gesprochen. Ich habe ihn ausdrücklich gefragt, ob er nach diesen schrecklichen Ereignissen seinen Flug für morgen quittieren wolle, aber er sagte mir, daß er wegen etwas anderem und viel Wichtigerem komme. Von quittieren war nicht die Rede.«
»Und hat er Ihnen gesagt, was das Wichtigere war?«
»Schon. Aber ich darf es Ihnen nicht mitteilen.«
»Es ist gut, Lucile, er hat es mir auch gesagt.«
»Ich glaube, daß wir ihm am meisten helfen können, wenn wir das alles für uns behalten, Miss. Ich bin sicher, Ihr Verlobter wird die Wahrheit herausfinden.«
Dann hatte das Mädchen Bess Desmond den Flug bestätigt, und Bess hatte das Gespräch beendet. Anschließend war ihr durch den Kopf gegangen, wie es wohl komme, daß ein fremdes Mädchen sich Gedanken darüber machte, wie man René am besten helfen könne, während ihr bewußt wurde, daß sie selbst in dieser Sache bisher nur an sich gedacht hatte. Also würde sie Bélèc eine faire Chance geben und mit ihrer Mitteilung, daß Bélèc keinen Flug quittiert habe, hatte Lucile Lésvêques nicht wenig dazu beigetragen.
Und nun war der Dienstag angebrochen. Bess Desmond stand vor ihrem Spiegel und überprüfte ihr Äußeres. Es gab keinen Zweifel, daß sie ein attraktives, modernes junges Mädchen war und daß René Bélèc sie liebte. Und sie ihn auch. Seine Zuverlässigkeit, seine unerschütterliche Gelassenheit und seine distanzierte und kritische Intelligenz. Was mochte nur in ihm erwacht sein, in diesen hektischen Tagen. Aber das würde vergessen sein. In einundeinhalb Stunden würde er neben ihr sitzen, und sie würden drei

Wochen lang ihren ersten gemeinsamen Urlaub mit Angeln, Fischebraten und Krebsefangen verbringen, den sie sich so hart verdient hatten. In froher Stimmung zog Bess sich an, frühstückte und versorgte ihre Wohnung. Schließlich ergriff sie das würfelförmige Schönheitsköfferchen, das an jenem tragischen Freitag Bélèc getragen hatte, rief ein Taxi herbei und ließ sich nach Ancienne-Lorette fahren. Es gab nichts, was geeignet erschien, alle ihre positiven Erwartungen zu enttäuschen. Als das Taxi auf den Platz vor dem Flughafen einbog, bemerkte Bess auf dem benachbarten großen Parkplatz den maronifarbenen Chevrolet-Roadster Bélècs mit hochgeschlagenem, hellem Allwetterverdeck. In der Abfertigungshalle konnte sie ihn nirgends entdecken. Sicher würde er sie überraschen und im Flugzeug entweder schon auf dem Platz neben ihrem sitzen oder kurz vor dem Abflug mit einem »Hi, Darling« auftauchen, irgendein Bündel verstauen und sich neben ihr niederlassen. Diese Version hielt Bess Desmond aufrecht, bis die Gangway weggezogen und die Einstiegstüre geschlossen wurde. Einspruch zu erheben und zu erklären, daß sie noch jemand erwarte, verbot ihr ihre Selbstachtung. In ihr keimte die Furcht, sie könne den Betrieb aufhalten und niemand würde kommen. Bélèc wußte, wann die Flugzeuge starteten, und bei diesem wußte er es sogar besonders genau. Wenn er nicht kam, hatte er sie ganz einfach versetzt. Als das Fähnchen vom Cockpit der Maschine abgezogen wurde und die Motoren aufdonnerten, um sie zum Abrollpunkt zu bringen, wechselte Bess' Stimmung zu einer wirren Mischung aus Enttäuschung, Zorn und in einer Ecke ihres Wesens noch tief verwurzeltem kindlichem Trotz.

Der Inspektor sah durch die große Panoramascheibe hindurch die DC-3/D-280 anrollen, Geschwindigkeit aufnehmen und abheben.

»Da startet sie, Sir«, sagte Willie Lamond.
»Du lieber Himmel«, sagte Bélèc, als das Fahrwerk im Bauch des Flugzeugs verschwand. »Und ich habe es einfach vergessen.«
Was er denn so Wichtiges vergessen habe, erlaubte sich der junge Flughafenangestellte zu fragen, und Bélèc antwortete: »Ich habe schon am Sonntag vergessen, meinen Flug zu annullieren. Und was viel schlimmer ist, ich habe heute vergessen, daß in diesem Flugzeug meine Verlobte sitzt und wahrscheinlich auf mich gewartet hat.«
»Das wird sich gewiß reparieren lassen«, sagte der junge Mann aufmunternd und kam dann rasch zur Sache: »Aber der Start hat Sie unterbrochen, Sir. Sie wollten etwas über den Unglückskurs der gleichen Maschine vom vorigen Freitag hören. Womit kann ich Ihnen helfen?«
Willie Lamond war ein schlanker Mann von vierundzwanzig Jahren, etwas blutarm, blaß und mit spitzer Nase und spitzem Kinn, aber dunklen, lebhaften und intelligenten Augen. Er bekleidete den Rang einer Art Fracht-Chefs oder Supercargo der Flughafengesellschaft und wußte in dieser Eigenschaft über alle Einzelheiten der Beladungsmöglichkeiten und Frachtverkehrspraxis der in Ancienne-Lorette landenden und startenden Maschinen Bescheid.
»Wie ist das mit den drei Frachträumen dieses Typs bei dem Kurs hinauf in den Norden?« fragte Bélèc.
»Wie soll das sein, Sir?« fragte Lamond. »Ganz normal. Was wollen Sie exakt wissen?«
»Nun, es geht mir darum, zu erfahren, ob bestimmte Anordnungen oder Gewohnheiten für die Beladung dieser verschiedener Räume bestehen.«
»Aber natürlich«, sagte Lamond. »Wir müssen auf Rationalität und Pünktlichkeit bedacht sein. Es darf beim Laden und Umladen dieser Maschinen kein langes Hin und Her eintreten, wo der eine Hü schreit und der andere Hott. Bei der DC

drei nach Sept-Iles sieht das so aus: Der hintere Frachtraum ist ausschließlich für das Handgepäck der Passagiere bestimmt. Dort kommt kein Stückgut hinein. Vorne rechts ist der größere der beiden Stückguträume. Sehen Sie...«
Lamond griff nach einem Faltplan, der die Umrisse des Flugzeugs zeigte, aber Bélèc winkte ab. »Lassen Sie das, Lamond. Das habe ich im Maßstab eins zu zehn in meinem Büro. Ich kenne jeden Quadratzentimeter dieser Maschine im Schlaf. Was ist mit dem vorderen rechten Raum?«
Lamond legte den Faltplan wieder beiseite und erklärte: »Diesen Raum haben wir ausschließlich dem Kurs Montreal-Baie-Comeau – Sept-Iles vorbehalten. Er wird also hier in Quebec überhaupt nicht geöffnet.«
Inspektor Bélèc nickte und machte sich eine Notiz auf seinen Block. Dann sagte er: »Und was ist mit dem linken vorderen Raum?«
»Den machen wir hier vollständig leer, Sir. Dort wird nur Stückgut von Montreal nach Quebec gestaut und umgekehrt. Das beherrscht unser Personal im Schlaf. Das geht alles im Handumdrehen.«
Fast schien es so, als erwarte Willie Lamond ein Lob für seine perfekte Organisationsleistung. Er war deshalb nicht wenig überrascht, als er statt dessen die trockene Antwort Bélècs hörte: »Dann können wir also davon ausgehen, daß alles, was sich zwischen Quebec und Sept-Iles oder besser Baie-Comeau im linken vorderen Gepäckraum befunden hat, hier in Ancienne-Lorette dort hineingelangt ist.«
Einen Augenblick lang stutzte der junge Mann und gebrauchte dann sein Lieblingswort: »Exactly, Sir. Aber was wollen Sie damit anfangen? Ist irgendwas mit dem linken vorderen Gepäckraum?«
Diese Antwort bestätigte Bélèc, wie perfekt das Verschwiegenheitsgebot sogar gesellschaftsintern bisher befolgt worden war. Und er war weit entfernt davon, Lamond ins

Vertrauen zu ziehen. Durch die Glasfenster der Arbeitskanzel Lamonds konnte er draußen in der Abfertigungshalle eine Meute von vier oder fünf Reportern herumlungern sehen, die auf ihn warteten. Es ging hier darum, einen skrupellosen Schwerverbrecher dingfest zu machen und keineswegs die Neugier einer sensationslüsternen Öffentlichkeit zu befriedigen. Er sagte: »Wir müssen herausfinden, auf welche Weise das Flugzeug abgestürzt ist, Lamond. Und eine der möglichen Theorien hält eine technische Unregelmäßigkeit in diesem Bereich für denkbar, das ist alles.«

Er klappte sein Notizbuch zu, steckte es ein und erhob sich. Er warf einen Blick hinaus zu der Gruppe der Journalisten und setzte hinzu: »Und so können Sie es auch durchaus darstellen, wenn Sie gefragt werden sollten. Ist im übrigen bei der Beladung dieses Frachtraumes irgend etwas Besonderes aufgefallen oder bemerkt worden?«

Die Annahme der Frachtstücke sei Sache von Geoffrey Bonnard, draußen an der Stückgutrampe, sagte Lamond, und wenn Bélèc wolle, könne er ihn gerne dorthin begleiten. Bonnard war etwa ebenso alt wie Lamond, trug einen düsteren, dunklen Kinnbart, hatte kurzgeschorenes dunkles Haar und tiefliegende Augen. Er holte die Stückgutliste vom vergangenen Freitag hervor, zählte nach und erklärte, daß es zweiundvierzig Stück gewesen seien, alle innerhalb des zugelassenen Formates und Gewichtes von dreißig Pfund, und daß ihm bei keinem irgend etwas Besonderes aufgefallen sei. Alle seien ordnungsgemäß adressiert, mit Absender versehen gewesen und anstandslos bezahlt worden. Bélèc stand vor einem Rätsel. Zwar hatte Francis beiläufig von etwa dreißig Pfund Sprengstoff gesprochen, die in der Lage seien, ein solches Flugzeug vom Himmel zu holen. Aber ordnungsgemäß adressiert und mit Absender versehen? So konnte es doch nicht gewesen sein.

»Wer bringt diese Stücke?« fragte er. »Was sind das für Leute?« Und Bonnard antwortete: »Das ist unterschiedlich, Sir. Privatleute, Geschäftsleute, Spediteure, Botenfirmen, Taxifahrer. An Einzelheiten kann ich mich beim besten Willen nicht mehr erinnern. Bedenken Sie, daß ich in der Zwischenzeit das Frachtgut für zweiunddreißig weitere Maschinen abgefertigt habe.«

Da in diesem Augenblick ein Kunde erschien und ein Paket auf die eisenbeschlagene Rampe warf, mußte Bonnard das Gespräch abbrechen. Und da tat Bélèc etwas, das sich später als ein großer Schritt vorwärts und gleichzeitig als großer Fehler erwies. Er fragte nämlich Geoffrey Bonnard, ob er ihm nicht die Stückgutliste der Freitagsmaschine zu treuen Händen mitgeben könne. Er würde einen Abzug machen und sie unverzüglich zurückgeben. Bonnard warf einen fragenden Blick auf Lamond, der zustimmend nickte. Bonnard faltete das Schriftstück und übergab es Bélèc, der es zu sich steckte. Bélèc verließ die Büros und trat in die Halle, wo sich die Journalisten auf ihn stürzten.

»Gibt es etwas Neues? Haben Sie eine Theorie? Gibt es schon Hinweise? Spuren? Verdacht? Wie weit sind die Ermittlungen?«

Bélèc blieb endlich stehen und sagte: »Schreiben Sie mit, Messieursdames: Wir untersuchen einen tragischen Unfall, der wahrscheinlich durch ein Zusammenwirken technischer Unregelmäßigkeiten zustande gekommen ist. Die Ermittlungen gestalten sich schwierig und werden Zeit beanspruchen.«

Eine Frau fragte: »Der junge Mann da drinnen hat Ihnen ein Papier ausgehändigt, Monsieur Bélèc. Was war das für ein Papier?« Bélèc erschrak. Wenn er die Wahrheit sagte, wußte alle Welt Bescheid, in welche Richtung sich seine geheimen Vermutungen bewegten. Nach kurzem Zögern log er kaltblütig: »Die internen Dienstvorschriften für die

Flugzeugwartung, Messieursdames. Wir können nicht ausschließen, daß ein Wartungsfehler vorgelegen hat. Und nun lassen Sie mich meinen Pflichten nachgehen, guten Tag.«
Als später die Reporter auch Lamond und Bonnard ausfragten, stellte die Journalistin Bonnard die gleiche Frage, die sie auch Bélèc gestellt hatte. Geoffrey Bonnard, geschmeichelt durch das betuliche Interesse der Zeitungsleute, antwortete bereitwilligst: »Das war die Liste aller Frachtgutstücke, die die abgestürzte Maschine am Freitag an Bord hatte. Mit Absender, Adressat, Gewicht und Preis, Messieursdames. Monsieur Bélèc hat mich darum gebeten. Warum er das getan hat, kann ich nicht sagen.«

Das Haus in der Haliburton-Road war ein einfaches zweistöckiges Bürgerhaus und lag in einer stillen Gegend des alten Stadtkerns von Montreal. Erst beim zweiten Hinsehen bemerkte Bélèc, daß er es mit einem hübschen Klinkerbau im englischen Stil zu tun hatte, daß die Tür Beschläge aus Messing aufwies und die Fenster nach außen zu öffnende Klappläden besaßen. Der Mann, der die Tür öffnete, war mächtig und korpulent. Er hatte ein großflächiges, teigiges und etwas eingedrückt wirkendes Gesicht, eine auffallend hohe, fast kastenförmige Stirn, die in weit zurückgezogene Geheimratsecken überging. Das Haar war schütter und von unbestimmter Farbe, die Augen waren durchdringend und von einem besonders hellen Wasserblau. Der Mann fuhr, während er öffnete, in das Jackett und bestätigte auf die Frage Bélècs, daß er Lewis B. O'Connor heiße und von Beruf Generalagent einer großen Lebensversicherungsgesellschaft auf Gegenseitigkeit sei. Der Mann bat Bélèc ins Haus, führte ihn im Erdgeschoß in eine Art Büro und sagte: »Sie waren das also, der vor ein paar Tagen das eigenartige Telefongespräch mit mir geführt

hat, Mister Bélèc. Ich bin mir bis heute noch nicht schlüssig, was Sie eigentlich damit wollten.«
»Bevor wir uns weiter unterhalten«, sagte Bélèc, »muß ich Sie bitten, sich mit Ihrem Reisepaß bei mir auszuweisen.«
Das Gesicht des Riesen mit dem teigigen Teint wurde eisig.
»Glauben Sie mir etwa nicht, Inspektor?«
»Meine Bitte hat andere Gründe«, sagte Bélèc, und sein Gastgeber erhob sich.
»Dann bitte ich Sie ein paar Minuten um Geduld. Ich muß ihn heraussuchen.«
Der Mann verließ den Raum und undeutlich konnte Bélèc ihn eine Weile über sich im Oberstock herumkramen hören. Schließlich polterte er die Treppe wieder nach unten, betrat das Büro und hielt Bélèc einen Führerschein und einige andere Ausweise mit Lichtbild hin. »Ich hoffe, daß Ihnen das genügt, Sir.«
Bélèc nahm dem Iren die Papiere gar nicht erst ab. »Ich sprach von Ihrem Reisepaß«, sagte er. »Und das nicht ohne Grund.«
O'Connor schob die Dokumente zusammen und pfefferte sie zornig auf einen Arbeitstisch. »Das ist eine verdammte Kleinkrämerei, Mister. Ich muß ihn erst suchen. Ich habe ihn verlegt, oder er steckt irgendwo drin, jedenfalls finde ich ihn im Augenblick nicht.«
Bélèc sagte: »Das glaube ich Ihnen.« Er griff in die Brusttasche und holte einen Paß heraus, den er geschlossen seinem Gegenüber reichte. »Denn ich habe ihn hier bei mir, Mister O'Connor.« Der Ire schlug den Paß auf, erstarrte und ließ sich, wie hypnotisiert noch immer auf sein eigenes Gesicht blickend, auf seinem Drehstuhl nieder. Schließlich sah er wortlos hoch und in das Gesicht des Inspektors.
»Woher ich das habe, fragen Sie sich?« sagte Bélèc nach einer Weile des gegenseitigen Sichanstarrens. »Nun, Ihr Passport nahm teil an dem Todesflug der CP-CUA. Unser

Personal fand ihn bei einem Mann, der in der Passagierliste der Quebec-Airways eingetragen ist als Lewis B. O'Connor, Versicherungsagent, wohnhaft in der Haliburton-Road in Montreal. Um den Mann, bei dem sich dieser Paß befand, hat sich bisher noch niemand gekümmert. Er wird nirgends vermißt, nicht gesucht, und wir konnten ihn aus diesem Grund auch als niemand anderen identifizieren, denn als Lewis B. O'Connor aus der Haliburton-Road in Montreal.«
»Was wollen Sie damit eigentlich zum Ausdruck bringen?« sagte der Ire. Bélèc stellte eine Gegenfrage: »Haben Sie eine Lebensversicherung auf Ihre Person abgeschlossen, Mister O'Connor?«
»Natürlich, sogar mehrere. Mein Unternehmen gewährt mir eine Vorzugsprämie dadurch, daß es mir gutschreibt, was ich bei anderen als Provision verdienen würde. Warum wollen Sie das wissen?«
»Was würden Sie sagen, wenn ich Ihnen meine Gedanken entwickeln würde, nämlich daß Sie eine hohe Summe versichern, sich dann einen Mann anheuern, dem Sie viel Geld dafür zahlen, daß er mit Ihrem Paß hinauf nach Sept-Iles fliegt. Sie jagen das Flugzeug in die Luft, und Ihre Frau beansprucht auf diesen Todesfall die Versicherungssumme, während Sie im Untergrund verschwinden.«
Der Ire faltete auf seinem Drehstuhl die Hände vor dem mächtigen Bauch und sah seinen Besucher belustigt an.
»Was ich dazu sagen würde? Daß das für Sie zu schön wäre, um wahr zu sein, Mister. Ich kann mich ja in Ihre Lage ganz gut hineinversetzen, aber das klappt aus ein paar Gründen nicht: Erstens hätten Sie mich, wenn es so wäre, schon am Telefon gar nicht mehr erwischt. Zweitens säße ich jetzt nicht hier in aller Seelenruhe vor Ihnen und hörte mir den Unsinn an, den Sie mir erzählen. Drittens habe ich überhaupt keine Frau und auch sonst niemand, mit dem ich in Komplizenschaft meine Gesellschaft betrügen könnte, und

viertens habe ich aus diesem Grunde keinerlei Interesse an einer Todesfallentschädigung, sondern ausschließlich an einer Auszahlung auf den Erlebensfall. Und darauf ist auch meine Police ausgestellt. Wenn Sie sich überzeugen wollen...« Der Mann deutete eine Bewegung an, als wolle er sich erheben und die Dokumente heraussuchen, aber Bélèc winkte müde ab.

»Lassen Sie das«, sagte er. »Sie haben recht. Ich weiß das, seit Sie mir die Tür geöffnet haben. Aber ich mußte der Sache nachgehen. Ich muß noch anderen Spuren nachgehen, und ich bin keineswegs sicher, die richtige zu finden. Wer ist der Mann, der mit Ihrem Paß hinauf nach Sept-Iles wollte und in den Tod flog?«

»Keine Ahnung.«

»Seit wann vermissen Sie den Paß?«

»Seit zehn Minuten. Sie haben es doch selbst miterlebt.«

»Und Sie haben keinerlei Vermutung oder Verdacht, wer ihn entwendet haben könnte?«

»Nein, nicht den geringsten.«

Bélèc erhob sich schwerfällig. »Ich würde trotzdem eine Anzeige gegen Unbekannt erstatten, damit die hiesige Polizei der Sache nachgehen kann. Schon in Ihrem eigenen Interesse, Mister O'Connor, denn Ihr Name ist in eine äußerst dreckige Geschichte verwickelt. Am besten nehme ich das Dokument wieder mit. Sie können das dann in Ihrer Anzeige erwähnen, das wird die Sache beschleunigen. Daß dieser Teil des Falles aufgeklärt wird, wird für Sie wichtiger sein als für mich.«

Auf dem Rückweg nach Quebec lag das Gefängnis Bordeaux an Bélècs Weg. Weithin sichtbar krönte der düster drohende, festungsartige Ziegelbau die Kuppe eines langgestreckten Hügels. Dort oben wurden damals – seit die Provinz britisch geworden war, durch den Strang – die verhängten Todesurteile vollstreckt, und Inspektor Bélèc ertappte sich bei dem zu diesem Zeitpunkt noch vagen und leicht zu verdrängenden Gedanken, daß er erst dann wieder zur Ruhe zurückfinden würde, wenn er seinen Mann dem Dunkel der Anonymität entrissen und ihn, lebend oder tot, dort oben wissen würde.

Der Heimweg über die einsamen Highways zurück nach Quebec war mehr als hundert Meilen lang, und die Fahrt des Inspektors dehnte sich bis tief in die Nachtstunden hinein. Sie bot ihm Gelegenheit, den Stand der Dinge eingehend zu überdenken. Die technisch-wissenschaftliche Seite der Ermittlungen war dem ›Institut de Médecine légale et de Police Scientifique‹ übertragen worden, das an der Universität von Montreal über eines der modernsten gerichts- und kriminalwissenschaftlichen Laboratorien des nordamerikanischen Kontinents verfügte. Dorthin wurden nach und nach die untersuchungswesentlichen Teile des zertrümmerten Flugzeuges verbracht. Bélèc hatte vor seinem enttäuschenden Besuch bei dem Iren O'Connor ein Gespräch mit den beiden Männern geführt, deren Aufgabe es war, anhand dieses Materials die Art und die Wirkungsweise des Sprengstoffes und des Zünders zu ermitteln, die für den Anschlag Verwendung gefunden hatten. Das waren Professor Franchère Pèpin und Dr. Bernard Pèclet, beides Wissenschaftler von hoher Zuverlässigkeit und starkem Verantwortungsgefühl. Sie hatten zugesichert, daß sie nicht ruhen würden, bis sie ihren Anteil zu der Aufklärung der Katastrophe beigetragen haben würden. Guillemette befand sich in New York City, um im vierzigsten Stockwerk eines Hochhauses an der 5th Avenue den Verhältnissen bei der Administration der Kennecott-Copper nachzuspüren, deren drei Manager auf der Totenliste standen. Matte hatte es übernommen, die Namen und Personen der restlichen neunzehn Toten nach Anhaltspunkten zu durchforschen, ob einer von ihnen in persönlicher Hinsicht etwa das Ziel eines tödlichen Anschlags hätte sein können. Die undankbarste Aufgabe hatte Corporal Gérard Houde übertragen erhalten. Ihm hatte Bélèc die Liste der Stückgutfracht ausgehändigt, die ihm auf dem Flughafen von Bonnard übergeben worden war, mit dem Auftrag, Absender und Empfänger jedes einzelnen der zweiundvierzig Stücke ausfindig zu machen und zu dem Inhalt der von ihm aufgegebenen Sendung einzuvernehmen. An dem Tage, den Bélèc in Montreal verbrachte, hatte der pausbäckige Houde das gewissenhaft bei den ersten elf Eintragungen der Liste erledigt. Nicht bei einer einzigen von ihnen hatte sich auch nur der Schatten des Verdachts auf eine Unregelmäßigkeit ergeben. Kurz vor Dienstschluß war er in seinem Zimmer aufgetaucht, hatte die Namen auf seiner Liste abgehakt und sich mit dem für den kommenden Tag notwendigen Schritten vertraut gemacht. Über der zwölften Eintragung in der Stückgutliste zögerte er jedoch. Sie betraf als Absender eine Frau aus St. Siméon namens Delphis Bouchard. Houde suchte sich den kleinen Ort auf einer Touringkarte der Ostprovinzen heraus. Er fand ihn in einer Entfernung von rund achtzig Meilen nordwestlich von Quebec. Die folgenden Eintragungen in der Liste betrafen wieder einfache Fälle aus Quebec selbst oder der näheren Umgebung. Gérard Houde las es mit widerstreitenden Gefühlen. Denn einerseits war die Spätsommerhitze, die über dem weiten Land lastete, ermüdend, andererseits aber war Corporal Houde ein Pedant, und die Aufklärung der Nummer zwölf nur deshalb an den Schluß seiner Ermittlungsarbeit zu verschieben, weil der Ort dieser Ermittlungen einige Meilen entfernt war, hätte seiner angeborenen Gewissenhaftigkeit widersprochen. Außerdem war es auch schon deswegen gleichgültig, weil Houde felsenfest auf dem Standpunkt beharrte, daß diese ganze Aktion sie nicht einen einzigen

Schritt weiterbringen, sondern nur wertvolle Zeit kosten würde. Kein vernünftiger Mensch, und schon gar kein Verbrecher von dem Format dessen, hinter dem sie her waren, würde so verrückt sein, eine Sprengladung, die jederzeit listenmäßig überprüfbar war, dem Flugzeug mitzugeben. Sein Chef hatte in diesem Fall einfach unrecht. Diese Sprengladung mußte auf andere Weise in das Flugzeug gelangt sein. Den Ausschlag bei Houde gab schließlich etwas völlig Abwegiges. Bei einer nochmaligen Überprüfung der Touringkarte entdeckte er nämlich neben der dünnen roten Linie, die die Straße nach St. Siméon darstellte, eine ganze Ansammlung verführerischer kleiner blauer Flecken, die das Vorhandensein von Seen andeuteten. Und warum sollte er nicht wenigstens einmal in diesem Sommer auf der Rückfahrt von einem ihm anbefohlenen Auftrag die Möglichkeit eines erfrischenden Bades wahrnehmen? Also schrieb er seinem Chef einen Zettel, daß er sich am nächsten Tag zur Abwicklung der Nummer zwölf seines Auftrages nach St. Siméon begeben werde. Dann fuhr er nach Hause. Er schlief bereits, als René Bélèc an diesem Abend den Stadtrand von Quebec-City erreichte.

Zwar war Bélèc hundemüde, aber der Abend war schön und es herrschte noch eine Menge Verkehr. Vor einer Ampelanlage am Cityrand mußte er stoppen. Sein Blick fiel auf die fluoreszierende Frontbeleuchtung eines amerikanischen Drugstores. Was für eine Idee! Natürlich würde ihm nach den Stunden der anstrengenden Nachtfahrt ein Drink verdammt gut tun. Bess war seit gestern oben im Norden. Rückfragen und Rechtfertigungen würde es nicht geben. Er hatte sich eine Entspannung verdient, parkte den Wagen in einer Seitenstraße und betrat das Lokal mit seinen kreisenden Kitschlichteffekten und seiner dröhnenden Musik. Er bestieg einen Hocker und bestellte sich ein Bier. Während er auf das Getränk wartete, fiel sein Blick auf eine Reklameuhr der Firma Coca-Cola an der Rückwand der Bar, die Datum, Uhrzeit und Wochentag anzeigte. Es war 23 Uhr 51 des 14. September 1949. In neun Minuten würde Donnerstag sein. Sonnabend der 17. September mittags zwölf Uhr war der äußerste Termin, der dem Coroner zur Anberaumung des Inquest-Day noch zur Verfügung gestanden hatte, und Marceau hatte diese Frist voll ausgenutzt. Es stand nicht zu erwarten, daß der Inquest-Day irgendein greifbares Ergebnis bringen würde. Aber an diesem Tage würde die Öffentlichkeit, die noch immer in der trügerischen Illusion lebte, es habe sich ein Unglücksfall ereignet, nach dem Gesetz zu erfahren haben, daß der begründete Verdacht auf ein Verbrechen bestand. René Bélèc hatte noch genau sechzig Stunden und neun Minuten Zeit, um ein Netz zu knüpfen, durch dessen Maschen es dem unbekannten Mörder nicht mehr gelingen konnte, zu entkommen und im Untergrund zu verschwinden. Bélèc ertappte sich dabei, daß er sich den Mann, den er suchte, in den verschiedensten Lebensaltern und den verschiedensten, vor seinem inneren Auge hin und her geisternden Gesichtern und Existenzumständen vorstellte. Erst zu spät wurde er sich darüber klar, daß er auf diese Weise ein Phantom zu seinem persönlichen Feind machte, das sich fast unbemerkt in seine Seele fraß.

Gérard Houde erreichte mit seiner Harley-Davidson die Siedlung St. Siméon am fünfzehnten September ziemlich genau zur Mittagszeit. St. Siméon war ein Dorf von etwa 1800 Seelen. Seine roten Holzhäuser mit steilen Blechdächern, weiß gestrichenen Fensterrahmen und schmucken Eingangsveranden lagen auf einer in einiger Entfernung von Nadelwald umrandeten Lichtung, auf der Vieh weidete. Die Blätter eines Dampfsägewerks schnitten zischend und sirrend durch frisch gefällte Stämme, eine weißgraue

Dampfsäule stieß rhythmisch und senkrecht in den Himmel, über den weiße Wolkengebirge dahinsegelten. Der Kirchturm war gedrungen, viereckig und bestand ebenfalls aus rot gestrichenem Holz. Stöße von Baumstämmen und frisch geschnittenen Rohlingen oder auch schon gesäumten Brettern trockneten in der Sonne. Als Houde sich diesem idyllischen Ort näherte, konnte er sich überhaupt nicht vorstellen, daß er einen brutalen Mörder und Bombenleger beherbergen könnte. Das hier war garantiert eine falsche Spur. Das schwere Motorrad zog eine große Staubwolke hinter sich her, denn die schnurgerade Fahrstraße, die St. Siméon mit der Außenwelt hinter den Wäldern verband, war noch nicht einmal geteert. Die Staubwolke hing eine Weile um Houde und senkte sich dann langsam zu Boden, als der Corporal in der Nähe der Kirche anhielt, wo er das Zentrum von St. Siméon vermutete, von seinem Motorrad stieg und es aufständerte. Selbst im Schatten war es heiß, und auf den Straßen war niemand zu sehen. Nur ein Hund räkelte sich auf der Seite liegend, riß gähnend und mit geschlossenen Augen das Maul auf und streckte die Beine. Das Pfarrhaus war das erste Gebäuden, in dem Houde nach Delphis Bouchard fragte. In den Gemeinden kannte man sich. Und in einem kleinen Dorf wie diesem, dessen Häuser nicht einmal Nummern besaßen und das auch nicht in benannte Straßen eingeteilt war, mußten schon aus Reputationsgründen alle – oder jedenfalls bis auf ein paar Außenseiter, die meisten – Einwohner zur Pfarrei gehören. Aber der Geistliche, ein älterer, fast weißhaariger Mann mit spitzer Nase und spitzem Kinn, in hochgeschlossenem dunkelgrauem Rock und gestärktem weißem Rundkragen, kannte niemand in St. Siméon, der Delphis Bouchard hieß. Und er konnte sich auch nicht erinnern, daß jemals jemand in seiner Gemeinde gelebt hatte, der so geheißen habe. Er machte Houde darauf aufmerksam, daß der Vorname Delphis sehr wohl auch als männlicher Vorname verwendet wurde, aber auch als solcher war er hier im Ort noch niemals vorgekommen. Er riet dem jungen Corporal, seinem Anliegen auf der Gemeindeverwaltung nachzugehen, wo sich auch die Polizei und das Wahlamt befanden. Insbesondere das Wahlamt besaß eine vollständige Kartei aller erwachsenen und damit wahlberechtigten Bürger der Gemeinde. Auch auf dem Postamt, so meinte der in Nächstenliebe beflissene Seelsorger, müßten sie Delphis Bouchard kennen, wenn es eine solche Person im Gemeindeverband St. Siméon gäbe oder jemals gegeben habe. In St. Siméon gab es keine Dienstzeiten oder Schalterstunden. Auch der Postmann besaß ein Stück Land und eine Kuh und war rund um die Uhr verfügbar.

»Bouchard, Bouchard, Monsieur«, grübelte er und kraulte nachdenklich seinen langsam grau werdenden Kinnbart. »Bouchard, Monsieur... solange ich hier die Poststelle leite...« Er sagte wirklich leite, obwohl er die einzige Person war, die sie betrieb. »Solange ich hier die Poststelle leite, und das ist seit sechsundzwanzig Jahren, habe ich noch niemals auf den Namen Bouchard eine Zustellung gehabt, so wahr mir Gott helfe. Und ich habe ein gutes Gedächtnis, Monsieur, das können Sie mir glauben. Aber drüben auf der Gemeinde haben sie eine Wählerliste, wenn Sie da mal Einblick nehmen...«

Corporal Houde sagte, daß ihm dies auch der Geistliche angeraten habe, verabschiedete sich und begab sich auf das Gemeindeamt. Auch dort kannte zunächst aus dem Gedächtnis niemand den Namen Bouchard. Aber man setzte ihn vor einen riesigen Band, in den mit der Hand die Eintragungen der wahlberechtigten Personen der letzten zwanzig Jahre gemacht worden waren, und stellte ihm anheim, ihn durchzusehen. Da diese Liste indessen nicht alphabetisch, sondern nach Geburtsdaten geordnet war,

bedeutete diese Tätigkeit eine nicht unbeträchtliche Arbeit. Über eine Stunde saß Corporal Houde vor dem großformatigen Faszikel, bis er glaubte, gefunden zu haben, was er suchte. Allerdings mußte ganz augenscheinlich ein Schreibfehler vorliegen, denn der Name war nicht Bouchard, sondern Bonnard und auch der Vorname Delphis erschien nirgends. Der Eintrag, den Houde sich abschrieb, lautete:
»Francois Bonnard, geboren 24. März 1889;
Jaqueline Bonnard, geboren 3. September 1897.«
Doch dann kam das Sonderbarste an diesem Vermerk. Die Namen waren nämlich säuberlich durchgestrichen und dahinter stand in einer anderen Handschrift »am 3. Dezember 1926 verzogen nach Quebec-City«. Flüchtig geisterte durch Houdes Gehirn eine Erinnerung. Irgendwann und in irgendeinem Zusammenhang hatte der Name Bonnard einen Klang in seinem Ohr angeschlagen. Er erinnerte sich genau, diesen Namen vor noch gar nicht langer Zeit gehört zu haben, aber es wollte ihm nicht mehr einfallen, von wem und auch nicht, welche Bedeutung er in dieser Sache gehabt hatte. Da nun aber die Ermittlungen hinsichtlich der Familie Bonnard ganz offensichtlich nicht hier draußen in St. Siméon, sondern in Quebec selbst zu führen waren, schlug Houde das Wählerbuch zu, steckte den Zettel mit den Notizen, die er sich gemacht hatte, zu sich, schwang sich auf seine Harley-Davidson und gönnte sich das Bad in einem der Seen auf der Straße nach Quebec, wo er kurz nach achtzehn Uhr eintraf und Inspektor Bélèc noch in dessen Dienstzimmer vorfand. Houde berichtete seinem Chef von seinem Besuch in St. Siméon und übergab ihm die Notizen, die er dort gemacht hatte. Bélèc überflog das Schriftstück.
»Es muß einfach ein Schreib- oder Übertragungsfehler vorliegen«, sagte Houde. »Die Ähnlichkeit der beiden Na-

men Bouchard und Bonnard ist zu groß. Außerdem habe ich den Namen Bonnard in dieser Sache schon einmal gehört.«
»Von mir«, sagte Bélèc. »Geoffrey Bonnard heißt der Supercargo auf dem Flughafen von Ancienne-Lorette. Er ist für die Beladung, Entladung und die Frachtverteilung auf alle Flugzeuge verantwortlich, die dort starten oder landen.«
»Stimmt«, sagte Houde und starrte Bélèc an. »Jetzt erinnere ich mich. Sie haben diesen Mann aber nur sehr beiläufig erwähnt.«
»Weil er damals noch völlig unwichtig war«, sagte Bélèc. »Das hat sich jetzt geändert. Warum steht über Geoffrey Bonnard nichts in den Unterlagen von St. Siméon?«
»Wenn er wirklich zur gleichen Familie gehört, war er zu dem Zeitpunkt der Übersiedlung nach Quebec wahrscheinlich noch zu jung, um zu dem Kreis der wahlberechtigten Personen zu gehören, Sir.«
»Lassen Sie uns die Stückgutliste noch einmal überprüfen, Gérard.« Die beiden Männer beugten sich über das Schriftstück. Aber von einer unklaren, unmißverständlichen oder zweideutigen Schreibweise war nichts zu entdecken. Deutlich stand dort in der ordentlichen und sauberen lateinischen Handschrift Geoffrey Bonnards zu lesen: »Delphis Bouchard, St. Siméon.«
Ein paar Sekunden, eine halbe Minute können, wenn zwei Männer sich unbeweglich ins Gesicht starren, eine sehr lange Zeit sein. Endlich sagte Bélèc:
»Mir kommt ein absurder, ja fast wahnsinniger Gedanke.«
»Welcher, Sir?« fragte Houde.
»Ich werde ihn Ihnen erst verraten, wenn er sich bewahrheitet hat«, antwortete Bélèc. »Und ich werde ihn für mich behalten, wenn ich mich irre, denn in diesem Fall würde ich mich damit lächerlich machen.«
René Bélèc griff nach dem Telefon und rief die Fernvermitt-

lung auf. Als das Mädchen sich meldete, verlangte er eine Verbindung mit dem Polizeiposten in Baie-Comeau.
»St. Siméon, Sir«, korrigierte Houde flüsternd. Bélèc antwortete während er wartete mit ebenso gedämpfter Stimme: »Gewiß, Gérard. Aber hier auf der Liste steht auch der Name des Empfängers des Pakets von Delphis Bouchard, nämlich Monsieur Alfred Piouffe, einhundertachtzig Laval-Street in Baie-Comeau. Ich möchte wissen, was Monsieur Alfred Piouffe zu der Möglichkeit auszusagen hat, ein Paket von jemand zu erhalten, den es gar nicht gibt.«
Nach einer Weile meldete sich die Polizeistation oben in Baie-Comeau, die Bélèc verlangt hatte, und Bélèc nannte seinen Namen und seine Dienststelle. Er fügte hinzu: »Ich brauche einen Mann aus Baie-Comeau an der Strippe, Corporal. Er heißt Alfred Piouffe und wohnt in der Laval-Street einhundertachtzig. Sie müssen herausfinden, ob er ein Telefon hat. Wenn nicht, müßte er von euch aus zurückrufen. Es geht um den Flugzeugabsturz vom neunten September. Wir können das auf Behördenkosten machen, wenn der Mann nicht anders will.«
»Ich verstehe, Sir. Einen Augenblick, ich sehe nach... Piouffe sagten Sie, Alfred Piouffe?«
»Richtig, ich warte.«
Nach einer Weile war die Stimme im Hörer wieder zu vernehmen: »Im Telefonverzeichnis steht er nicht. Aber da sind überhaupt nur einundfünfzig Anschlüsse drin. Und die kenne ich fast alle auswendig. Wenn Sie einen Augenblick warten wollen, Monsieur, ich werde auch die anderen Listen und Karteien überprüfen.«
In diesem Moment läutete das zweite Telefon auf Bélècs Schreibtisch. Houde hob ab, hörte auf das, was man ihm durchgab, und flüsterte Bélèc zu: »Monsieur Guillemette ist aus New York City zurück, Sir. Die Wache gibt eben durch, daß er auf dem Weg zu Ihnen ist.«

»Hallo«, sagte Bélèc. »Lassen Sie sich Zeit, Corporal, ich bekomme ohnehin gerade Besuch. Machen Sie den Mann ausfindig und bringen Sie ihn mir ans Telefon, sobald Sie ihn haben. Mindestens zwei Stunden bin ich noch in meinem Büro.« Dann gab er die Nummer durch und legte auf. In diesem Augenblick betrat Alain Guillemette das Zimmer. Er wirkte erschöpft und mutlos und begrüßte die beiden Männer nur kurz. Er warf sich auf einen der Stühle vor Bélècs Schreibtisch und sagte: »Haben Sie irgendwas Eisgekühltes im Haus, René?« Bélèc bestellte am Telefon Ginger-Ale, von dem er wußte, daß Guillemette es gerne trank, legte auf und sagte: »Scheint nicht sehr erfreulich verlaufen zu sein, Ihr Besuch in den Staaten?«

»Fünfzig Millionen, soll ich Ihnen ausrichten«, sagte Guillemette zusammenhanglos. Bélèc fragte: »Was sind das für fünfzig Millionen, Alain, und von wem sollen Sie mir das ausrichten?«

»Sie haben recht«, sagte Guillemette. »Ich muß der Reihe nach auspacken. Also, McConanchie hat es zum Flughafen getrieben, um mich abzuholen. Auf rund drei Millionen Dollar beläuft sich der Schaden an Substanzwert, Gewinnverlusten und wahrscheinlichen Schadenersatzansprüchen der Hinterbliebenen gegen die Quebec-Airways. Das sagte er mir noch am Gateway und hoffte auf ein positives Ergebnis meiner Reise nach New York, aber das konnte ich ihm nicht bieten.«

»Na schön«, sagte Bélèc. »Machen Sie es nicht so spannend. Woher kommen die siebenundvierzig Millionen, die noch auf die fünfzig fehlen, die Sie mir genannt haben?«

»Diese Ansprüche werden die Kennecott-Copper und die Hinterbliebenen ihrer Manager an McConanchie und seine Gesellschaft stellen, wenn ihm ein Verschulden seines Unternehmens in Navigation, Personalauswahl, Beladung, Ausrüstung oder Wartung der Unglücksmaschine nachgewiesen werden kann. Das gab mir jedenfall John Lasseter, der Anwalt der Kennecott-Leute, auf die Rückreise mit.«

Eine Weile herrschte ein entsetztes und ratloses Schweigen im Raum. Dann sagte Bélèc mit rauher Stimme: »Erzählen Sie schon, Guillemette. Wie wollen die denn das begründen?«

»Also«, begann Guillemette endlich seinen systematischen Bericht. »Ich komme zu denen rauf in den vierzigsten Stock, pünktlich zehn Uhr dreißig, da sind die schon alle versammelt um den länglichen Mahagonitisch. Am Kopfende ein Kerl namens Kessler, ein Deutscher oder Schweizer, oder jedenfalls von da drüben einer, Bulle, weißes Löwenhaar, Backsteinkinn, schwarze Klodeckelhornbrille und Goldzahn. Dazu die anderen, Aufsichtsräte, Assistenten und zwei Rechtsanwälte. Ob ich Vollmacht hätte, zu verhandeln, fragt mich Kessler, der Chairman von denen. Zu verhandeln, sage ich, wie stellen Sie sich das vor, Sir? Ich bin Polizist und habe nichts zu verhandeln. Ich bin nur befugt, Fragen zu stellen, um rauszukriegen, was passiert ist. Der Kessler schaut von einem zum anderen, dann auf mich. Hören Sie, Mister... er stülpt die Brille auf, forscht in den Akten, als ob er meinen Namen vergessen hätte und spricht ihn dann auch noch falsch aus, als er ihn endlich hat... hören Sie, Mister Guillemette, das wollen wir ja gerade von Ihnen wissen. Wir sind ein Unternehmen mit ein paar hundert Millionen Jahresumsatz... bekannt, Sir, sage ich. Eben, fährt er also fort, und da schicken wir unsere Topmanager zu Ihnen rauf, um ein Riesengeschäft zu machen, vertrauen sie Ihrer Luftfahrtgesellschaft an, und die läßt sie abstürzen. Da haben wir das Recht, von Ihnen zu erfahren, was los ist, nicht Sie von uns. Er blickt in die Runde, und die nicken alle vor sich hin. Dann schiebt er sein Kinn in Richtung auf den Anwalt vor und der faltet Blätter auseinander und fängt an abzulesen, bis siebenundvierzig

Millionen zusammen sind. Ich höre mir das an und sage dann, das müssen Sie mit unseren Managern ausmachen, Gentlemen, ich bin da nicht die richtige Adresse. Natürlich werde ich von dieser Unterredung berichten. Mehr kann ich nicht tun. Dann richte ich also noch ein paar Fragen an die Runde, ob Sie Anhaltspunkte hätten, Konkurrenz, Rivalitäten, eine Vermutung, einen Verdacht. Nein, sagt der Anwalt, darüber nachzudenken wären sie auch gar nicht verpflichtet, ein Verdacht ginge sie gar nichts an. Und sie hätten auch keinen. Wenn ihre Manager mit einem Flugzeug der Quebec-Airways abstürzen, spräche der erste Anschein dafür, daß die Quebec-Airways ein Verschulden treffe, und in einem solchen Fall müsse die Quebec-Airways den Gegenbeweis antreten. Solange sie das nicht könne, hätten sie Ansprüche, und die belaufen sich auf siebenundvierzig Millionen. Da können Sie sehen, Bélèc, in was Sie sich hineingeritten haben mit Ihrer emotionalen Bereitschaft, diesen Fall zu übernehmen. Der Abschied von diesen Gentlemen war natürlich nicht gerade warm und herzlich. Das Backsteinkinn wies einen jüngeren Assistenten an, mich zum Aufzug zu begleiten, und ich packe meine Siebensachen zusammen und verschwinde. Während wir draußen auf den Aufzug warten, fängt der Junge, der mich begleitet, an zu erzählen. Bei uns hier oben in der Provinz, sagt er, gäbe es in der Nähe von Havre St. Pierre Titaniumvorkommen. Das Management sei dafür gewesen, die aufzukaufen, der Aufsichtsrat dagegen. Es hat riesige Streitereien gegeben. Die Kennecott hat ihre Umstellung von Kriegs- auf Friedensproduktion nicht geschafft und es ginge ihr intern nicht so gut, wie es von außen aussehe. Sie haben dann die Direktoren zusammengepackt und nach Havre St. Pierre geschickt, um sich das aus der Nähe anzuschauen. Auf dem Weg dorthin sind sie dann am neunten September abgestürzt und ums Leben gekommen. Warum er mir das alles erzählt, frage ich den Jungen noch, als die Teleskoptüren schon aufgehen, und er sagt, sie hätten ihn schuldlos geschaßt, nur weil zwei Direktionsassistenten zu teuer kommen, und wenn wir die Chance hätten, denen was am Zeuge zu flicken, dann hätte er nichts dagegen. Was er denn eigentlich mit all dem sagen wolle, will ich noch wissen, und er sagt mir, darüber soll ich mal selber nachdenken. Dann war ich im Aufzug.«

Guillemette schwieg, goß sich das Ginger-Ale ein, das inzwischen gebracht worden war, und trank das Glas in einem Zug aus.

»Und?« sagte Bélèc. »Haben Sie nachgedacht?«

Guillemette schwenkte den Rest des Getränkes langsam im Glas hin und her und sah dem Zerschmelzen des letzten Eisstückchens zu. »Habe ich, Bélèc«, sagte er, als das geschehen war und nachdem er das Glas auf den Tisch zurückgestellt hatte. Er sah Bélèc gerade ins Gesicht. »Und ich bin zu dem Ergebnis gekommen, daß die siebenundvierzig Millionen die Kennecott sanieren könnten. Was liegt näher, als so etwas zu konstruieren, wenn einem das Wasser am Hals steht.«

»Sie meinen ...?«

Das Läuten des Telefons enthob Guillemette einer Antwort. Bélèc hob ab. Es war McConanchie. Ob Guillemette schon da sei, wollte er wissen.

»Gewiß, Sir«, sagte Bélèc. »Und er hat auch schon berichtet. Ich weiß alles.«

»Dann wissen Sie also auch, daß uns die siebenundvierzig Millionen die Lizenz und mich den Kopf kosten können«, sagte McConanchie.

»Nein, Sir«, antwortete Bélèc. »Das weiß ich nicht in dieser Deutlichkeit. Guillemette hat es nur angedeutet. Ich nehme aber an, daß Sie haftpflichtversichert sind?«

»Für einen normalen Schadenumfang schon, Bélèc. Aber

den Gewinnausfall eines Weltkonzerns haben wir nicht mitversichert. Die Prämien für diese Deckungssummen könnte kein Mensch bezahlen.«
»Aber Sie brauchen den Schaden ja auch nicht ganz zu bezahlen«, sagte Bélèc. »Immerhin sind Sie eine echte Tochter der Canadian-Pacific, nicht wahr?«
»Ich habe das überprüfen lassen«, antwortete McConanchie düster. »Die Canadian-Pacific läßt uns in einem solchen Falle kaltlächelnd im Regen stehen. Das sind Verträge, die schon mit meinem Vorgänger abgeschlossen wurden, aber sie sind nun mal so. Und wissen Sie, was das alles bedeutet, Bélèc?«
»Ungefähr, Sir.«
McConanchie fuhr fort: »Mein Schicksal und das meines Unternehmens hängt davon ab, daß Ihre Arbeit zu einem Ergebnis führt, das eine Haftung des Unternehmens ausschließt.«
»Ich bin mir dessen bewußt, Sir.«
»Haben Sie schon irgendwelche Anhaltspunkte?«
»Um ehrlich zu sein, noch keinen einzigen.«
»Dann sei Gott uns gnädig«, sagte McConanchie. »Halten Sie mich auf dem laufenden, Inspektor, koste es, was es wolle.«
»Unglaublich«, sagte Bélèc niedergeschlagen, als das Gespräch beendet war. »Da bringt so ein Schweinehund oder eine Gruppe von Gangstern einen Mann um seine Existenz, und seine Partner lassen ihn dann fallen wie eine heiße Kartoffel. Einen Mann, der im Krieg gegen die Deutschen seinen Schädel hingehalten und im Frieden für sein Land etwas geleistet hat. Es ist unglaublich.«
Erneut läutete das Telefon. Corporal Houde hob ab und reichte den Hörer Bélèc. »Baie-Comeau.«
Bélèc nahm den Hörer. »Mein Gott, die hätte ich beinahe vergessen«, sagte er und meldete sich. Am anderen Ende

der Leitung sprach der Corporal, mit dem Bélèc auch vorher schon telefoniert hatte.
»Es tut mir leid, daß ich Sie enttäuschen muß, Sir«, sagte der Mann. »Aber ich kann einen Albert Piouffe hier in Baie-Comeau nicht ausfindig machen. Den Namen gibt es nicht, hat es auch nie gegeben, und die Laval-Street reicht auch nur bis zur Nummer neunundachtzig. Da muß irgendein Irrtum oder ein Mißverständnis vorliegen.«
»Gut, Corporal, ich danke Ihnen. Nein, ein Irrtum liegt nicht vor. Sie haben uns damit mehr geholfen, als wenn sie ihn gefunden hätten.«
»Das verstehe ich nicht.«
»Das macht nichts. Sie werden in den Zeitungen darüber lesen.« Bélèc schob behutsam den Hörer zurück auf die Gabel, und der junge Houde hätte schwören mögen, daß seine Augen einen sonderbaren Glanz hatten, als er sagte: »Ihr Paket hat nicht nur keinen Absender, Houde, sondern auch keinen Empfänger. In ganz Baie-Comeau gibt es keinen Albert Piouffe und es hat auch niemals einen gegeben.« Er bemerkte den fragenden Blick Guillemettes und fuhr fort: »Houde hat nämlich eine fingierte Sendung aufgespürt, ein Paket von vierzehn Kilogramm Gewicht, für das es keinen Absender gibt und, wie mir gerade durchgegeben wurde, auch keinen Empfänger.« In Corporal Houde war das Jagdfieber erwacht. »Und wie beurteilen Sie das, Sir?«
Bélèc sagte: »Ein unbekannter Teufel hat sich bei uns vorgestellt, Houde. Er hat mit einem Kratzfuß seine Karte abgegeben und hat uns wissen lassen, daß er uns unterlegen ist.«
Houde sah Bélèc mit großen Augen an, und Guillemette nickte bestätigend. Da keiner der beiden etwas sagte, fuhr Bélèc fort: »Dieser Mann hat uns wissen lassen, daß er nicht intelligent genug war, einen schweren Denkfehler zu vermeiden.«

»Wie meinen Sie das, Sir?« fragte Houde.
Zu seiner Überraschung antwortete an Bélècs Stelle Guillemette: »Es liegt auf der Hand, Corporal. Sehen Sie, die Passagiere und das Frachtgut wären auf jeden Fall überprüft worden, auch wenn das Flugzeug in den Strom gestürzt wäre. Auch da wären sie in den Listen auf den fingierten Absender gestoßen, und ein fingierter Absender weckt nun mal Verdacht, das liegt in der Natur der Sache.«
»Nur hätten wir in diesem Falle nicht den Schatten eines Beweises dafür gehabt, daß ein Sprengkörper im Spiel war«, sagte Bélèc. »Die Verspätung hat uns also doch ein großes Stück weiter gebracht. Jetzt wissen wir, daß eine Explosion stattgefunden hat, wir wissen, wie sie wirkte, was sie bewirkte und wie schwer der Sprengstoff war. Und wir wissen, daß er sich in einem Stückgutpaket befand, das von Geoffrey Bonnard mit eigener Hand in diese Liste hier eingetragen worden ist. Bonnard muß etwas über dieses Paket aussagen können. Er muß einfach etwas wissen.«
»Sie haben allerdings mehrfach gesagt, daß sich das Flughafenpersonal an keine Einzelheiten der Frachtgutverladung dieses Tages erinnert«, wendete Guillemette ein.
Bélèc stand auf. »Ich gebe mich damit nicht mehr zufrieden«, knurrte er. »Er muß sich an etwas erinnern. Wir werden nicht mehr von seiner Seite weichen, bis es ihm einfällt.«
Bélèc griff zum Telefon, ließ sich mit dem Flughafen verbinden und verlangte Bonnard. Aber der Stückgutschalter war schon geschlossen. Bélèc fragte nach der Privatadresse Bonnards, die er auch bekam. »Kommen Sie«, sagte Bélèc, nachdem er aufgelegt hatte. Zu dritt verließen die Männer das Zimmer und das Gebäude und quetschten sich in Bélècs Roadster. Das Haus, das Bélèc als Bonnards Privatadresse angegeben worden war, lag am Stadtrand in einem kleinen Garten. Auf Rufen, Klopfen und Läuten meldete sich nie-

mand. Eine Nachbarin lehnte sich aus dem Fenster und rief den Männern zu, daß Bonnard, ein Freund des Angelsports, mit seiner Familie zu einem nahegelegenen Altwasser gefahren sei, wo sie fischten und ein Picknick machten. Die Frau beschrieb auch Bonnards Fahrzeug, einen Pontiac Station-Waggon mit Holzaufbau. Sie könnten ihn überhaupt nicht verfehlen. Bélèc wendete donnernd den Roadster, und eine dichte Staubwolke aufwirbelnd fuhren sie in der angegebenen Richtung davon. Schon nach kurzer Zeit schimmerte der helle Karosserieaufbau des Pontiac durch die Büsche. Bélèc hielt den Roadster hinter ihm an, die Türen schlugen und die drei Männer gingen hinunter zum Ufer des Altwassers. Geoffrey Bonnards Frau spielte mit einem hübschen Fünfjährigen Ball und Bonnard hockte an der Uferböschung zwischen den Büschen, hielt eine Angelgerte über das stille Wasser hinaus und beobachtete den Köder. Als er das Geräusch von Schritten im hohen Gras vernahm, blickte er sich um und sah die drei Männer nebeneinander auf sich zukommen. Sein Gesicht nahm dabei einen sonderbar gespannten Ausdruck an. Die Männer blieben hinter ihm stehen.

Bélèc holte den Zettel mit den Aufzeichnungen Houdes hervor und sagte: »Sie haben ausgesagt, daß Sie sich an keinen der Kunden mehr erinnern können, die am neunten September vormittags Frachtgut für die CP-CUA nach Baie-Comeau und Sept-Iles aufgegeben haben?«

Bonnard änderte seine Haltung nicht und antwortete: »Das ist richtig, Messieurs. Und was wollen Sie jetzt von mir? Und hier?«

»Nun«, sagte Bélèc. »Wir haben mittlerweile herausgefunden, daß eines dieser Pakete mit einem fingierten Absender und einer fingierten Adresse versehen war. Als Absender haben Sie hier eingetragen den Namen Delphis Bouchard in St. Siméon und als Adresse...«

Bonnard unterbrach Bélèc. »Das Paket aus St. Siméon war das fingierte, Monsieur? Warum haben Sie das nicht gleich gesagt? Was ist mit diesem Paket?«
Bélèc ging neben dem Angler in die Hocke und sagte leise und eindringlich: »In diesem Paket befanden sich die achtundzwanzig Pfund Sprengstoff, die das Flugzeug zerrissen und dreiundzwanzig Menschen töteten, Monsieur Bonnard.«
Bélèc wartete die Wirkung seiner Worte ab. Sie war erschreckend. Bonnard wollte aufspringen, konnte es aber nicht, weil er die Angelrute in den Händen hielt. Er wollte die Leine mit der schnarrenden Spule zurückkurbeln, verhedderte sich jedoch und sah Guillemette dankbar an, der ihm hilfsbereit die Gerte aus der Hand nahm und das Zurückspulen für ihn besorgte. Jetzt wuchtete der junge Mann sich hoch und stand Bélèc gegenüber. Sagen konnte er zunächst nichts, und Bélèc war überzeugt, daß Bonnards Schock echt war. Er sagte: »Können Sie sich an irgend etwas im Zusammenhang mit dem Paket erinnern?«
Der junge Mann fand seine Sprache wieder. »Das darf doch nicht wahr sein«, stammelte er. »Aus St. Siméon, sagten Sie?«
Bélèc nickte.
»Wissen Sie, wenn Sie so einen Job haben wie ich, dann denken Sie bei der Arbeit häufig an was anderes als an die Arbeit. Das geht zum einen Ohr rein und zum anderen wieder raus. Aber St. Siméon, das ist was Besonderes für mich. Aus St. Siméon ist meine Familie vor vielen Jahren hierher nach Quebec gekommen...«
Bélèc unterbrach den Redefluß des jungen Mannes und sagte:
»Francois Bonnard, geboren am vierundzwanzigsten März achtzehnhundertneunundachtzig und Jaqueline Bonnard, geborene Fouquet...«

»...geboren am dritten September achtzehnhundertsiebenundneunzig, ja, das stimmt, das sind meine Eltern. Als ich den Namen St. Siméon las, habe ich mich sofort interessiert. Ja, an das Paket aus St. Siméon erinnere ich mich ganz genau. Das Paket hat eine Frau bei mir aufgegeben.«
Die Erstarrung der drei Männer war fast perfekt.
»Eine Frau?« sagte schließlich Corporal Houde, der sich als erster gefaßt hatte. »Was denn für eine Frau?«
»Eine Frau, Messieurs, eine dicke, alte, häßliche Frau mit teigigem Gesicht, speckigen Haaren und der vulgären Redeweise der Leute von Lower-Town, der unteren Stadt, Sie wissen schon. An der linken Kinnseite hatte sie eine Warze.«
Auch Bélèc hatte die Sprache wiedergefunden. »Eine Frau? Wissen Sie noch mehr, Geoffrey? Einzelheiten? Denken Sie nach. Sie müssen mir jede Kleinigkeit sagen, an die Sie sich erinnern, gleichgültig, ob Sie Ihnen wichtig erscheint oder nicht.«
»Ich verstehe, Monsieur«, sagte Bonnard. »Die Frau hat das Paket nicht selbst getragen, weil es ziemlich schwer für sie war. Ungefähr dreißig Pfund.«
»Achtundzwanzig genau.« Bélèc wandte sich an Guillemette: »Francis muß einen sechsten Sinn für seinen Job haben. Auch er sprach von dreißig Pfund, die nötig seien, um dieses Flugzeug vom Himmel zu holen. Wir haben, was wir gesucht haben, Guillemette. Und wer hat das Paket für die Frau getragen, Geoffrey? Wissen Sie das auch?«
Geoffrey Bonnard hatte noch keine Ahnung, daß der Gebrauch des Vornamens durch Bélèc wie die Verleihung eines Ordens war, wie die Aufnahme in den Geheimbund derer, die sich um die Aufklärung dieses Verbrechens verdient gemacht hatten.
»Das war ein Taxifahrer«, sagte er. »Sie kamen zu zweit. Er voraus, sie hinter ihm. Das Paket hat er direkt von der

Schulter auf die Waage gepfeffert. Die Frau hat ihm gesagt, er solle ein bißchen vorsichtiger damit umgehen. Aber der war irgendwie sauer. Hätten Sie Ihren Mist selber getragen, Ma'am, sagte er.«

»Kennen Sie den Taxifahrer?«

»Nein, Monsieur, noch nie gesehen. Bei uns kommen ja viele Taxifahrer rein, die ein Paket auf die Waage stellen. Aber den habe ich noch nie gesehen.«

»Und die Frau? Wie hat die sich verhalten? Hat sie irgendwas gesagt?«

»Nur das Nötigste. Wieviel, fragte sie, und ob das Paket auch bestimmt um elf Uhr nach Baie-Comeau mitgeht. Dann war ihr das Wechselgeld zu groß und ich gab ihr noch einige kleinere Münzen. Schließlich verschwand sie wieder.«

»Und Sie haben sie nicht gefragt, ob sie aus St. Siméon kommt? Wo sie dort wohnt? Woher sie Delphis Bouchard kennt? Wie es dort jetzt so aussieht?«

»Doch«, sagte der junge Bonnard. »Habe ich. Aber sie hat mich angepfiffen, ich sollte mich um meinen eigenen Dreck kümmern, da hätte ich bestimmt ausreichend zu tun und keine Zeit, fremden Leuten Löcher in den Bauch zu fragen.«

Guillemette schaltete sich ein: »Geoffrey«, sagte er, »schließen Sie mal die Lider.«

Der junge Mann tat es gehorsam und staunend. Guillemette fuhr fort: »Und jetzt versuchen Sie, diese ganze Szene noch einmal vor Ihrem inneren Auge vorbeiziehen zu lassen. Was sehen Sie da? Eine kaltblütige, berechnende, zu allem entschlossene Persönlichkeit, die nach einem eiskalten Plan ihr eigenes Verbrechen ausführt? Oder sehen Sie eine nervöse, ängstliche, gehetzte Frau, die irgend jemand dazu mißbraucht hat, etwas zu tun, was er selbst nicht tun konnte oder tun wollte?«

»Mit anderen Worten«, fügte Bélèc hinzu, »wußte die Frau,

was der Taxifahrer auf Ihre Waage knallte, oder wußte sie es nicht?«
Bonnard öffnete die Augen. »Ich kann mir das alles einfach nicht vorstellen, Messieurs. Sind Sie denn sicher, daß in diesem Paket der Sprengstoff war?« Er sah von einem zum anderen. Houde hob resigniert die Schultern. Guillemette schwieg verbissen. Nur Bélèc sagte: »Ich bin sicher, Geoffrey.«
»Und haben Sie irgendeinen Beweis dafür, Monsieur?« fragte Bonnard.
»Nur meinen todsicheren Instinkt in dieser ganzen dreckigen Sache«, antwortete Bélèc.
Guillemette sagte warnend: »Hüten Sie sich vor Fanatismus, René.«
Bélèc antwortete: »Das kann ich nicht mehr, Alain. Wir haben bis zum Inquest noch neununddreißig Stunden und fünfunddreißig Minuten Zeit, in denen wir verhindern müssen, daß die Urheber dieses Anschlages gewarnt werden, sich in die Anonymität zurückziehen und verschwinden. Ich kann mir in dieser Zeit keinen rechtsstaatlichen Luxus leisten. Ich muß diese Frau finden, und sei es mit Fanatismus.« Er wandte sich erneut an Bonnard. »Gehen Sie davon aus, Geoffrey, daß dieses Paket den Sprengstoff enthalten hat. Auch ohne Beweis. Stellen Sie sich diese Frau noch einmal vor. Wen sehen Sie vor sich?«
Erst nach einer Weile antwortete der junge Mann: »Keine der beiden Personentypen, die dieser Monsieur hier genannt hat. Ich sehe vor mir eine freche, wurstige, schlampige, vom Leben enttäuschte und aufdringliche Person, die sich mit jedem anlegt, den sie vor die Flinte kriegt.«
»Wußte sie, was der Taxifahrer auf Ihre Waage pfefferte, oder wußte sie es nicht?« bestand Bélèc auf seiner Frage von vorhin. Bonnard antwortete: »Sie bürden mir eine schwere Verantwortung auf, Monsieur. Ich kann nicht sagen, ob sie

es wußte oder nicht. Aber eines ist sicher: Wenn sie es wußte, dann war es ihr vollständig gleichgültig.«

Die Hoffnungen, bis zum Inquest-Termin noch eine Handhabe zu erhalten, sanken und wurden am Freitag durch zwei Zeitungen noch weiter geschmälert. Der Widerspruch zwischen den Erklärungen Bonnards und Bélècs, die diese auf dem Flughafen wegen des Papiers abgegeben hatten, das Bonnard Bélèc ausgehändigt hatte, war von den Journalisten begierig aufgegriffen worden. Die Schlagzeilen lauteten: »Geht der leitende Inspektor jetzt von der Möglichkeit eines Verbrechens aus? Augenmerk der Polizei auf der Stückgutfracht der Unglücksmaschine.« Und: »Explosion an Bord der CP-CUA? Überprüft Bélèc Luftfrachtstücke?« Bélèc las das am Freitagmorgen, während er ein hastiges Frühstück hinunterwürgte und hätte sich ohrfeigen können, daß er an diese Möglichkeit nicht gedacht hatte. Aber gottlob war alles noch vage, unbestimmt, mit Fragezeichen versehen und daher jederzeit dementierbar. Und von der Nacht-und-Nebel-Aktion, mit der Corporal Houde sich den größten Teil der Nacht um die Ohren geschlagen hatte, wußte ohnehin niemand etwas. Es war geglückt, vor der Öffentlichkeit völlig geheimzuhalten, daß fieberhaft ein Taxifahrer gesucht wurde, der am Vormittag des 9. September einer dicken, ungepflegten, häßlichen Frau, deren Beschreibung sich bereits in den Akten der Polizei befand, ein Paket zum Flughafen brachte, von dem Bélèc annahm, daß es den tödlichen Sprengstoff enthalten hatte. Der Corporal hatte sich auf seine Harley-Davidson geschwungen und war losgefahren. Er hatte die Gastwirtschaften abgeklappert und erstaunte Taxifahrer an den Biertischen aufgestöbert, er hatte bei Mietwagenunternehmen in den Wohnungen angerufen und den Feierabendfrieden gestört, er war im Dienst befindlichen Taxis nachgejagt und hatte seine Botschaft den Fahrern mitgeteilt. Schließlich hatte er zu später Nachtstunde wütende Ehefrauen aus dem Schlaf geklingelt und Handgreiflichkeiten riskiert. Aber gegen drei Uhr morgens hatte er sich telefonisch bei Bélèc gemeldet und berichtet, daß nach menschlichem Ermessen nun alle einhundertneunundfünfzig Taxifahrer der Region wußten, was von einem von ihnen erwartet wurde.

»Das bezahlt uns keiner, was wir da tun«, hatte er gesagt, aber Bélèc hatte ihm geantwortet: »Der Inquest-Termin wird mit der amtlichen Feststellung abschließen, daß ein Verbrechen stattgefunden hat, Gérard. Von diesem Augenblick an werden die Spuren systematisch beseitigt werden, wenn wir nicht eine von ihnen erwischen und auf dem Boden der Tatsachen so festnageln, daß wir sie weiter verfolgen können. Deshalb mußten Sie nachts los. Sonst hätte ja vielleicht der nächste Tag gereicht.«

Danach hatte der Inspektor noch ein paar Stunden geschlafen und machte sich jetzt fertig, um zu der Trauerfeierlichkeit zu fahren, die Regierung und Stadtverwaltung im großen Sitzungssaal des Rathauses veranstalteten. Es gab keine fahnenbedeckten Särge dort, denn die Opfer waren bereits beigesetzt, oder wenn sie nicht aus Quebec stammten, in ihre Heimatorte überführt worden. Aber es gab eine blumengeschmückte Bühne, ein Rednerpult und ein Symphonieorchester. Und es gab ungefähr dreihundert geladene Gäste, darunter die Hinterbliebenen der Opfer, die aus der Stadt oder ihrer näheren Umgebung stammten. Sie waren, wie übrigens alle anderen auch, dunkel gekleidet, nahmen in den ersten Reihen Platz und ihre Stühle hatten Armlehnen. Das Symphonieorchester spielte einen Satz von Beethoven. Einige Redner mit ernsten Gesichtern sprachen von unerforschlichem Ratschluß, tragischen Schicksalsschlägen, von der unendlichen Güte und Barmherzigkeit des Herrn, von Trost und von Kraft und von Stärke.

Erneut spielte das Symphonieorchester, dann standen alle auf, falteten die Hände vor dem Schoß und senkten die Köpfe, weil die Namen der Opfer verlesen wurden. Da aber der Bürgermeister unglücklicherweise von der Fluggesellschaft eine Liste der gebuchten Passagiere und nicht der identifizierten Toten erhalten hatte, lauteten diese Namen:

CHAREIL, Florentine	Stewardeß
DESMOND, Elisabeth	Angestellte
DURIEUX, Victor R.	Kopilot
GUAY, Rita	Hausfrau
LAROCHE, Fleur	ohne Beruf
LAROCHE, Henry	Vorarbeiter
LAURIN, Robert	Flugkapitän
McENROE, Malcolm	Geschäftsführer
MONESTIER, Jacqueline	ohne Beruf
MONESTIER, Jean-Jacques	ohne Beruf
MONESTIER Thérèse	Hausfrau
O'CONNOR, Lewis B.	Versicherungsagent
PRESQUES, Roland	Koch
PROVOST, Richard	Manager
SINCLAIRE, Mary-Ann	Lehrerin
SINCLAIRE, Peggy	ohne Beruf
SMITH, Bertram	Holzeinkäufer
SPENCER, Robert B.	Forstassistent
STANNARD, Elliot T.	Manager
STEINMEISTER, Rainer G.	Navigator
STORKE, Arthur D.	Manager
VALIGNANT, Guy	Bankangestellter
WEBSTER, Paul S.	Offizier der Air-Force

Da alle Hinterbliebenen zur Bühne hinsahen und zudem andachtsvoll die Gesichter gesenkt hatten, war es Bélèc unmöglich, den einzelnen Namen auch bestimmte Perso-

nen zuzuordnen. Es war bei der Nennung der Namen keine Bewegung und keine Reaktion zu erkennen. Im Anschluß an die Namensverlesung sprach der Prediger ein Gebet für die Seelen und ein Vaterunser. Alles nahm erneut Platz, und das Symphonieorchester spielte einen dritten Satz von Beethoven, dieses Mal einen mit optimistischem und hoffnungsvollem Unterton. Nach dieser letzten Darbietung leerte sich der Saal. Bélèc stand zusammen mit Guillemette in einer Ecke. Sie beobachteten die Gesichter aller, die sich durch die Flügeltür nach draußen drängten. Aber so sehr sie sich auch mühten, nirgends konnten sie eine alte, häßliche und ungepflegte Frau mit einer Warze an der linken Kinnseite erkennen, auf die die Beschreibung Geoffrey Bonnards gepaßt hätte. Die einzigen Menschen, die Bélèc wiedererkannte, waren der junge Mann mit der Dreijährigen, die er dieses Mal an der Hand führte und der er erzählt haben mußte, daß ihr Angehöriger jetzt bei den Engeln sei, denn die Kleine machte ein fröhliches Gesicht und redete munter zu ihm empor. Den Iren Lewis O'Connor, der sich mächtig durch die Menge schob, sprach Bélèc an und fragte ihn, wie er hierher komme. Der Ire antwortete: »Sie werden lachen, Sir, ich bin offiziell eingeladen worden. Wahrscheinlich, um für mein eigenes Seelenheil zu beten.« Er lachte breit über die Sprachlosigkeit Bélècs und schob sich weiter auf den Ausgang zu.
»Kessler«, sagte Guillemette und machte Bélèc auf den Mann mit Löwenmähne, Klodeckelbrille und Backsteinkinn aufmerksam. »Eigens aus den Staaten eingeflogen, um Pietät zu demonstrieren.«
Bélèc musterte den Mann. »Wollen Sie ihn nicht ansprechen, Guillemette?«
»Kein Interesse«, sagte der Chief. »Denen ihre Bosse sind verunglückt, nicht unsere. Wenn er etwas wissen will, soll er uns ansprechen. Mich kennt er ja.«
Guillemette kennengelernt zu haben, genügte Kessler an-

scheinend, denn er sprach ihn nicht an. Nach und nach leerte sich der Saal. Bélèc und Guillemette verließen ihn als letzte, während sie vorn auf der Bühne schon das Mikrofon zusammenschoben, die Blumen wegschafften und das Rednerpult folgen ließen. Guillemette machte den Weg zu seinem Büro zu Fuß.

»Noch fünfundzwanzig Stunden«, sagte er, als er sich von Bélèc trennte, der seinen maronifarbenen Roadster bestieg. Bélèc hob die Schultern, stieg ein und zog die Tür zu. Als er wenig später sein eigenes Dienstgebäude betrat, meldete ihm der Wachhabende, daß vor seinem Büro ein Taxifahrer namens Paul Henry Pelletier auf ihn warte.

Paul Henry Pelletier war ein bulliger Typ mit rotem Gesicht, der eine militärähnliche Köpermütze mit langem Schirm trug, ungeniert einen Kaugummi zwischen seinen mahlenden Kinnbacken von einer Seite zur anderen schob und nicht aufstand, als Bélèc ihn ansprach. Er war nicht gerade ein Muster an Kooperation, und es hätte nicht viel gefehlt, da hätte er die Füße auf den Schreibtisch des Inspektors gelegt, als Bélèc ihn in sein Büro gebeten und Pelletier Platz genommen hatte. Er erklärte, daß er einer von denen gewesen sei, deren Ehefrauen Houde zu nächtlicher Stunde herausgeklingelt habe, und er hätte dem verdammten Polizistenklüngel eine saftige Gardinenpredigt zu verdanken. Warum er dann überhaupt gekommen sei, wollte Bélèc wissen.

»Pure Neugier«, trompetete Pelletier. »Reine Neugier, Mister. Wenn einer nachts um drei eine schlafende Frau rausklingelt wegen 'ner alten, miesen Zuchtel, die ihr Mann gefahren haben soll, dann muß da ja schon was dran sein, schätze ich. Und das macht mich neugierig. Schön, ich habe also vor einer Woche die alte, miese Zuchtel mit ihrem verdammten Paket zum Flugplatz gefahren, und jetzt sagen Sie schon, warum das so wichtig ist.«

»Pelletier«, sagte Bélèc. »Schön, daß Sie gekommen sind. Sie sind derzeit unser wichtigster Mann in der Sache mit dem Flugzeugabsturz vom vorigen Freitag. Und Sie werden es auch bleiben, vorausgesetzt, Sie können sich entschließen, den Mund zu halten und niemand etwas davon zu erzählen, was hier gesprochen wird.«
»Von mir aus«, sagte der Mann kauend. »Am schwersten wird das bei meiner Alten werden. Aber schießen Sie mal los.«
»Also, wie war das mit der miesen, alten Zuchtel am neunten September?« fragte Bélèc. »Erzählen Sie mal von vorne.«
Pelletier dachte eine Weile nach und sagte dann: »Ich stehe da also so gegen halb, viertel vor zehn als Nummer eins in der City auf dem Standplatz am Palais-Bahnhof und warte. Und da sehe ich die Alte daherwackeln. Mit beiden Armen trägt sie ein Paket und kommt damit direkt auf meinen Wagen zu. Klar, daß die bei mir mitfahren will, denke ich mir. Menschenfreund, wie ich bin, ich also raus aus der Karosse und hin zu der Alten und sage: Hallo, Mutter, sage ich, lassen Sie mich das machen. Die läßt mich wirklich das Paket nehmen, war ja auch kein Pappenstiel, das Ding. 'n bißchen vorsichtig, Glas drin, sagt die Alte, wie ich das Paket hinten reinlege, steigt ein und setzt sich daneben. Ancienne-Lorette, sagt sie, aber ein bißchen plötzlich, um halb elf muß sie da sein. Da kommen wir dreimal hin, Ma'am, sage ich, und fahre los.«
Bélèc unterbrach den Mann: »Sehr schön, wie Sie das schildern, Pelletier, sehr anschaulich. Können Sie sich ein Bild machen, woher die Alte kam? Haben Sie vielleicht eine zweite Person gesehen? Das Paket war ja auch kein Pappenstiel, sagten Sie vorhin. Wo ist die Alte denn hergekommen mit dem Paket?«
Pelletier hob die Schulter. »Keine Ahnung, Mann. Ich saß

da drin und las meine Zeitung und so beim Umblättern sah ich sie auf meinen Wagen zuwackeln, vielleicht zehn Meter weg oder so. Aber Sie hatten recht, sie kam mindestens aus der Richtung des Bahnhofausgangs. Ob sie da aber auch wirklich drin war?« Ein erneutes Schulterzucken beendete den Satz. Nach einer kurzen Pause der Überlegung setzte der Taxifahrer hinzu: »Aber länger als zehn, zwanzig Meter kann die Alte das Paket gar nicht getragen haben. Sie war schon ziemlich außer Atem, als ich es ihr abnahm.«

»Und Sie haben niemand gesehen, der ihr half?« fragte Bélèc. »Niemand, der den Vorgang dann weiterhin beobachtet hat? Nichts?«

»Nichts«, sagte Pelletier. »Woher hätte ich auch wissen sollen, daß das später mal wen interessiert?«

»Ja, woher auch?« sagte Houde ohne jeden Anflug von Spott. Bélèc setzte hinzu: »Um zehn oder zwanzig Meter ist es gegangen, dann hätten wir eine Beschreibung von dem Mann, den wir suchen.«

»Was für einen Mann suchen Sie denn?« fragte Pelletier.

»Wenn wir das schon wüßten«, murmelte Bélèc. »Aber erzählen Sie weiter, Pelletier. Sie fuhren mit der Frau also zum Flughafen?«

»Tat ich«, sagte Pelletier. »Ich konnte den Wagen direkt an der Frachtgutabfertigung abstellen, und sie bat mich, ihr das Paket reinzutragen. Ich nehme es also und gehe hinein. Am Schalter rutscht mir beim Herunternehmen das Aas von der Schulter und knallt direkt auf die Waage. Vorsicht, murrt sie, Glas, habe ich Ihnen doch schon gesagt. Na, der Junge hinter dem Schalter wiegt das Ding auf achtundzwanzig oder neunundzwanzig Pfund. Sie fragt, ob es auch bestimmt um elf mit nach Baie-Comeau geht und kriegt es bestätigt. Dann läßt sie sich noch Kleingeld geben. Aha, denke ich mir, anständig, die braucht ein bißchen was fürs Trinkgeld und freue mich, daß sie wieder mit mir zurück in die Stadt fährt. Diesmal setzt sie sich vorn rein, spricht aber kein einziges Wort. Am Stadtrand, da wo das Elektrizitätswerk ist, ungefähr, läßt sie mich anhalten, zahlt ihren Fahrpreis und keinen Cent mehr und watschelt nach links in Richtung auf die Lagerhäuser und Hafenbecken davon. Ich war stocksauer, sage ich Ihnen. Aber das ist alles, was ich Ihnen erzählen kann.«

»Hören Sie«, sagte Bélèc. »Haben Sie sich eigentlich gar nicht gefragt, wie groß ein Paket sein muß, in dem sich dreißig Pfund Glas befinden?«

»Doch«, sagte der Mann. »Aber zu spät, Mister. Die Alte hat dich auch noch genasführt, habe ich mir gedacht, und das Ganze dann vergessen.«

»Und wie groß war das Paket wirklich?«

Pelletier beschrieb einen Umriß von ungefähr vierzig zu fünfzig zu dreißig, und Houde notierte sich diese Maße. Bélèc stellte eine letzte Frage: »Würden Sie die Frau zuverlässig wiedererkennen, Pelletier?«

»Die«, lachte der Mann. »Bei Finsternis und Schneetreiben und zwischen zehn anderen miesen, geizigen, alten Zuchteln. Warum?«

»Es könnte immerhin sein, daß es nötig wird«, sagte Bélèc. Und der Taxifahrer murrte zurück: »Wenn Sie mich aber noch mal beschäftigen wollen, Mister, dann müssen Sie mir meine Zeit bezahlen. Umsonst ist der Tod.«

Der Taxifahrer erhob sich, um zur Tür zu gehen, blieb aber stehen, als er Bélèc sagen hörte: »Eben.«

Bélècs Tonfall machte Pelletier stutzig. Er wandte sich um. »Was wollen Sie damit sagen?« maulte er, und Bélèc trat etwas näher an ihn heran: »Sie haben natürlich nicht die geringste Ahnung, was Sie der geizigen alten Zuchtel getragen und am Flughafen auf die Frachtgutwaage geknallt haben?«

»Nein«, sagte der Mann. »Was denn?«

»Die dreißig Pfund Sprengstoff, die dieses Flugzeug in die Luft gejagt haben«, sagte Bélèc.
»Das ist doch nicht Ihr Ernst?« sagte Pelletier und wurde blaß.
»Doch«, sagte Bélèc. »Und es wäre schön, wenn Sie uns helfen würden, den Dreckskerl zu finden, der das gemacht hat.«

Da war es also plötzlich. Sie waren mit einem Male auf der Spur des unsichtbaren Unbekannten, der kaltblütig dreiundzwanzig Menschen in den Tod gejagt hatte, davon war Bélèc jetzt überzeugt. Wahrscheinlich kannten sie das Aussehen der Frau, die, wissentlich oder nicht, als Werkzeug für das Verbrechen gedient hatte. Aber nach der Vernehmung Pelletiers war eingetreten, was Bélèc von vornherein befürchtet hatte. Er sagte, als der bestürzte Pelletier das Büro verlassen hatte, zu Corporal Houde: »Eine Frau dieses Aussehens in den Hafenvierteln ohne weitere Anhaltspunkte ausfindig zu machen, bedeutet dasselbe, wie einen Neger in der Bronx von New York oder einen Chinesen in der China-Town von San Francisco zu finden.«
Nur eines war ihnen klar: Dieses Verbrechen in all seiner niederträchtigen technischen Raffinesse war niemals in den Hafenvierteln der Lower-Town von Quebec geplant worden. Es hatte andere Hintergründe und besaß andere Antriebskräfte, als sie in der Person der schmutzigen alten Frau zu finden waren. Diese Person war allenfalls das Instrument, niemals das Gehirn. Aber so, wie Geoffrey Bonnard das Ende des Ariadnefadens in der Hand gehalten hatte, der zu Pelletier, und Pelletier den, der zu ihr geführt hatte, hielt die alte schmutzige Frau jetzt den Faden in der Hand, der sie zur Lösung des Rätsels führen würde. Nur, wo sollten sie sie suchen? Sie ahnten, als sie sich diese Frage stellten, noch nicht, daß sie es bereits wenige Stunden später wissen

würden. Während nämlich Houde auf seiner alten Schreibmaschine noch die letzten Sätze des Protokolls herunterklapperte, das er über die Vernehmung des Taxifahrers Pelletier angefertigt hatte, läutete auf Bélècs Schreibtisch das Telefon. Als der Inspektor abhob, hatte er Alain Guillemette in der Leitung. Und Guillemette hatte erstaunliche Neuigkeiten.

»Hören Sie, Bélèc, ich bin hier in der Inspektion Quebec-City. Können Sie sich in Ihren Wagen schmeißen und sofort herüberkommen?«

»Was gibt es denn, Alain?« forschte Bélèc.

»Fragen Sie nicht, sondern kommen Sie«, sagte Guillemette am anderen Ende der Leitung. »Bringen Sie die Passagierliste, den Flugzeugplan, die Sitznumerierung und die Fotos vom Kap Tourmente mit. Und wenn Sie zum Inquest morgen noch ein Ergebnis fixieren wollen, müssen Sie sich beeilen, Mann.«

Guillemette legte, ohne eine Antwort abzuwarten, auf, und wie vor den Kopf geschlagen hörte Bélèc das Knacken in der Leitung. Er ging zur Wandtafel, zog die Planzeichnungen ab, rollte sie zusammen und spannte einen Gummiring darum. Aus seinem Schreibtisch kramte er die Fotos, die von Francis' Mannschaft aus der Unglücksnacht stammten, und die übrigen Unterlagen, die sich inzwischen angesammelt hatten, und verstaute alles in seiner großen Bügeltasche. Corporal Houde sah ihm mit großen Augen zu und fragte« »Ist irgendwas, Sir?«

»Scheint so«, sagte Bélèc. »Beeilen Sie sich mit dem Ding, Gérard. Ich will es mitnehmen.«

Während der Corporal sich wieder über seine Maschine beugte und Bélèc wartete, zündete Bélèc sich ganz gegen seine Gewohnheit eine Zigarette an und beobachtete selber mit Mißvergnügen, wie nervös er rauchte. Eine halbe Stunde später betrat er, die Planrolle unter dem Arm und die Bügeltasche in der Hand, die milchglasverkleideten Amtsräume der Polizeiinspektion Quebec-City, wo er bereits erwartet wurde. Der dortige Reviersergeant hieß Shoester, und Bélèc kannte ihn bereits. Ohne lange Vorreden begann Guillemette, wobei er ab und zu eine Akte zu Rate zog, die Sergeant Shoester offenbar schon vorbereitet hatte.

»Am vierundzwanzigsten Juni hat eine siebzehnjährige Serviererin namens Marie-Ange Robitaille, sie arbeitet als Bedienung im Innenstadt-Café Monte-Carlo, auf dem Nachhauseweg von der Arbeit eine Doppelstreife zu Hilfe rufen müssen, weil sie belästigt wurde. Ein Mann hatte ihr in der Dunkelheit aufgelauert, fuchtelte mit einer Pistole und drohte, zuerst das Mädchen und dann sich selbst zu erschießen. Das Mädchen ließ sich von dem einen Beamten zu ihrer Wohnung bringen, der andere nahm den Mann fest und brachte ihn hierher. Der Mann blieb für eine Nacht hier in Gewahrsam, eine Tatsache, der wir ein schriftliches Protokoll verdanken, und wurde anschließend wegen unerlaubten Führens einer Schußwaffe zu einer Geldstrafe verurteilt.«

Bélèc hatte sich diese Geschichte angehört und war ernüchtert. Er legte seine Unterlagen ab, hockte sich halb auf die Kante eines Schreibtischs, sah Guillemette an und schüttelte den Kopf.

»Warum hat dieser Mann das gemacht?« fragte er schließlich. »Und was hat das alles mit unserem Fall zu tun?«

»Über seine Gründe hat er keinerlei Angaben gemacht, Sir«, sagte Shoester.

»Aber sein Name ist aktenkundig«, schaltete Guillemette sich wieder ein. »Und jetzt passen Sie gut auf, Bélèc: Dieser Mann heißt Albert Guay.«

Der Name stand im Raum, und Bélèc begriff zuerst nicht. Dann zündete der Funke: »Guay«, rief er aus. »Der Name erscheint auch in unseren Passagierlisten.« Er zog den Gummiring von seiner Papierrolle ab und breitete sie auf dem Schreibtisch aus. Guillemette und Shoester hielten die Enden flach. Sie gingen die Namen durch und fanden den, den sie suchten. Er lautete: Rita Guay, dreiunddreißig Jahre alt, Hausfrau aus Quebec-City.

Die drei Männer richteten sich hoch und blickten einander ins Gesicht.

»Vielleicht ist es ein Zufall«, sagte der Sergeant. »Es muß ja nichts zu sagen haben.«

»Es kann aber«, sagte Guillemette. »Jedenfalls ist es der erste Bezug eines Todesopfers zu einem Namen und einem Vorfall der Außenwelt.«

»Wie sind Sie darauf gekommen?« fragte Bélèc. Guillemette antwortete: »Ich habe schon Anfang der Woche, als sich der Verdacht auf ein Verbrechen verdichtete, die Namen aller Toten an die Stadtpolizei, die Inspektionen und die Reviere gegeben. Die sollten ihre Listen und Unterlagen prüfen, ob einer der Namen schon einmal aufgefallen oder zum Vorgang geworden ist. Und vor zwei Stunden ruft mich Sergeant Shoester an und fragt, ob mich das hier vielleicht interessiert.«

»Rasch«, sagte Bélèc. »Die Adreß- und Telefonbücher, Sergeant.« Wenig später lagen das neueste Adreß- und das Telefonbuch der Stadt auf dem Tisch vor den Männern. Der Name Guay war häufig. Im Adreßbuch erschien er achtzehnmal, im Telefonbuch sechsmal. Im Adreßbuch gab es vier Guays mit dem Vornamen Albert, im Telefonbuch nur einen. Dem Sergeant fiel ein, daß er die Adresse des von dieser Sache betroffenen Albert Guay in der Revierkladde haben mußte, in der der Gewahrsam verzeichnet war. Er brachte sie und schlug nach. Die Aufzeichnung deckte sich mit dem Eintrag im Telefonbuch: Albert Guay, Schmuckhandel, Monseigneur-Gauvreau-Straße 49. Der erste Impuls der Männer war es, zum Telefon zu greifen, um diesen Albert Guay anzurufen und ihn direkt auf den Kopf zu zufragen, ob er der Witwer der bei dem Flugzeugabsturz ums Leben gekommenen Rita Guay sei. Aber Bélèc legte die Hand schwer auf den Hörer.

»Langsam, Gentlemen«, sagte er. »Nichts als eine Namensgleichheit spricht bisher für einen Zusammenhang. Mit einem Vorprellen könnten wir viel verderben. Vermutungen und Spekulationen würden in dem Augenblick alles in sich zusammenstürzen lassen, wenn sie sich als falsch erweisen.«

»Aber wie wollen Sie die Spur aufnehmen, die sich hier anbietet?« fragte Guillemette. Bélèc antwortete: »Es haben sich bisher zwei Spuren angeboten, Alain. Eine alte Frau, die ein verdächtiges Paket auf die Reise schickte. Und der Name eines Flugzeugpassagiers, identisch mit dem Namen eines Mannes, der polizeilich unliebsam aufgefallen ist. Es bieten sich aber auch zwei Verdachtslinien an, wenn man den Versicherungsagenten O'Connor einmal außer Betracht läßt.«

»Und warum lassen Sie ihn außer Betracht, René?«

Bélèc antwortete: »Ich muß mich in diesem Fall, um nicht rettungslos auf den Holzweg zu geraten, mit Nebenspuren weitgehend auf meine Intuition stützen. Der Ire hat mir plausible Gründe genannt, warum ihm ein Verbrechen wie dieses nichts bringt. Und ich glaube ihm. Bleiben zwei Verdachtsmomente übrig: Die Kennecott-Copper scheint ein handfestes Interesse an den Ansprüchen zu haben, die sie wegen des Todes ihrer Manager geltend machen will. Und zweitens, die sonderbare Namensgleichheit, die wir hier entdeckt haben, wenn sie auch für unsere Neugier noch keinerlei Substanz hat. Wie Rita und Albert Guay in der Monseigneur-Sowieso-Straße zusammenhängen, können wir auch auf andere Weise rauskriegen. Aber jeder, den wir direkt fragen, kann ohne weiteres abstreiten, die häßliche alte Frau zu kennen. Und dann ist die Spur tot. Wir müssen die Sache von der Flanke her aufrollen. Wie heißt dieses Mädchen, von dem Sie sprachen?«

»Marie-Ange Robitaille«, las der Sergeant ab. Bélèc fuhr fort: »Guay drohte, zuerst diese Marie-Ange Robitaille zu erschießen und dann sich selbst?«

»So steht es im Protokoll, Sir.«

»Eben«, sagte Bélèc. »Damit steht doch fest, daß dieser Guay kein gewöhnlicher Strolch ist, der nachts alleinstehende Frauen belästigt. Wer droht, sich selbst zu töten, der muß denjenigen kennen, den er damit erpressen will. Da stimmen Sie mir doch zu?« Niemand widersprach. Also fuhr Bélèc fort: »Demnach liegt der Schlüssel für die nächste Stufe der Erkenntnis bei dieser Marie-Ange Robitaille. Wo ist das, sagten Sie?«

»Kennen Sie nicht das Café Monte-Carlo in der City, Sir?« fragte Shoester.

»Doch«, sagte Bélèc. »Aber ich war noch nie drin.«

»Dort arbeitet das Mädchen«, sagte Shoester. »Aber nehmen Sie sich in acht, Sir.«

»Wie meinen Sie das?« fragte Bélèc.

»Sie ist sehr verführerisch.«

»Mit siebzehn?« sagte Bélèc.

»Sie werden sehen«, antwortete der Sergeant.

Bélèc entwickelte sein Konzept: »Wenn Verbindungen bestehen, erfahren wir sie am ehesten über die Robitaille. Sergeant Shoester, Sie kennen das Mädchen?« Der Sergeant nickte. »Sie war am Tage nach dem Vorfall hier, um das Protokoll zu unterschreiben.«

»Schön«, sagte Bélèc. »Dann werden Sie als Revierbeamter in ihrer vertrauenerweckenden Uniform jetzt dieses Café betreten und versuchen, aus dem Mädchen herauszukriegen, was zwischen ihr und diesem Guay ist, das zu dem

Vorfall vom Vierundzwanzigsten geführt hat. Sie reden nur vom Vierundzwanzigsten, prägen Sie sich das ein. Kein Wort von der Flugzeugkatastrophe, ist das klar?«

»Natürlich, Sir.«

»Mister Guillemette und ich werden als unauffällige Zivilisten ebenfalls im Café sein und jede Reaktion und Regung dieser Robitaille genau beobachten. Ich denke, wenn es Verbindungen gibt, werden wir sie über dieses Mädchen erfahren. Und wenn wir nichts erfahren, dann gibt es auch nichts.«

Das Monte-Carlo war ein Café im alten französischen Stil. Innen gab es viel Messing und schwarzes Leder, Wolkenstores und eine Bar. Außen standen ein paar Tische und Stühle in Boulevardmanier auf dem Trottoir und die Fenster zeigten den Namen des Cafés in aufgeprägter Goldschrift. Das Mädchen Marie-Ange bediente heute hinter der Bar. Sergeant Shoester hatte keineswegs übertrieben. Marie-Ange war von einer aufreizenden Attraktivität. Sie war groß und hatte eine klassische, bereits voll ausgereifte Figur. Frauliche Hüften wurden betont durch einen eng anliegenden, hinten hochgeschlitzten Bleistiftrock. Die rosa Bluse umspannte eine kräftige und provozierende Brust. Rabenschwarzes Haar war sehr kurz geschnitten und zeigte hübsch ausgeformte Ohren. Schwarze Augen verschickten vielsagende Blicke und ihr großer Mund war stark geschminkt. Sie sah aus wie sechsundzwanzig. Wenn sie jedoch sprach, wurde offenkundig, daß das alles gar nicht so gemeint war, wie es wirkte. Ihre Art war scheu, ihre Stimme zart wie die eines schüchternen Backfischs. Kein Zweifel, Marie-Ange Robitaille war ein Phänomen, mit dem der Wirt des Monte-Carlo eine Menge Geld machte, ohne daß es ihn sehr viel kostete.

Bélèc und Guillemette saßen schon im Halbdämmer an der

Schmalseite der Bar und tranken einen Martini, als der Sergeant das Café betrat. Er nahm seine Schirmmütze vom Kopf, trat an die Bar und bestellte bei Marie-Ange eine Tasse Kaffee und ein Brötchen. Es war offenkundig, daß das Mädchen ihn erkannte. Shoester, dem untersagt war, sich im Dienst auf einen Barhocker zu schwingen, blieb an der Ecke der Bartheke stehen und hielt sich nicht bei langen Vorreden auf, die seine Absichten nur unglaubwürdig gemacht hätten. Er erzählte Marie-Ange ein ganzes Gespinst aus Märchen. Es war dem Mädchen nicht anzumerken, ob es sie glaubte oder nicht. Zu ihrem Erstaunen beobachteten Bélèc und Guillemette, daß Marie-Anges praktische Intelligenz durchaus ihrem erwachsenen Äußeren und nicht ihrem zurückhaltenden Wesen entsprach. Der Sergeant sagte, daß die Sache vom 24. Juni für Guay noch nicht zu Ende sei. Die Anklagebehörde erwäge, die Anklage gegen Guay auf Nötigung und Mordversuch zu erweitern. Das könne man Guay jedoch vielleicht ersparen, wenn man mehr über seine Motive wüßte. Man könne das aber nur von jemand erfahren, der Guay kenne. »Und Sie kennen ihn doch, Marie-Ange, nicht wahr?«
Die beiden Zaungäste dieses Gesprächs beobachteten, wie Marie-Ange nickte, und hörten sie unbeteiligt antworten: »Natürlich, Sergeant. Das wissen Sie doch. Sie haben doch das Protokoll aufgenommen, das ich unterschrieben habe. Monsieur Guay war es doch, der mich an diesem Abend überfallen und belästigt hat.«
»Sie haben zu Protokoll gegeben, daß er damit gedroht hat, zuerst Sie und dann sich selbst zu erschießen«, sagte der Sergeant. »Können Sie nichts darüber sagen, warum er das tun wollte? Oder wenigstens, warum er damit drohte?«
»Nein«, sagte das Mädchen. »Wie soll ich wissen, was in dem Gehirn eines Verrückten vorgeht? Fragen Sie ihn selbst. Mir ist übrigens auch egal, was mit diesem Men-

schen geschieht. Ich bin froh, daß für mich diese Geschichte ein Ende hat.«

Der Sergeant machte noch einen weiteren ziemlich ungeschickten Versuch, etwas tiefer in Marie-Anges Seele einzudringen. »Sie haben ihn also wirklich niemals vorher gesehen?«

Marie-Ange Robitaille warf dem Polizisten einen der unergründlichen Blicke ihrer kohlschwarzen Augen zu und sagte: »Ich habe Ihnen auf Ihre Frage geantwortet, Sergeant Shoester. Sie haben sich damals meiner angenommen, dafür danke ich Ihnen. Ich stelle gegen diesen Mann keine Anträge. Ich will ihm nichts Böses tun und auch nichts Gutes. Er ist mir gleichgültig, und ich hoffe, ihm nie wieder zu begegnen. Und nun lassen Sie mich bitte meiner Arbeit nachgehen. Der Chef liebt keine Privatgespräche beim Service.«

Damit räumte sie das Kaffeegeschirr vor Shoester fort und nannte ihm den Preis. Der Sergeant legte Kleingeld auf die Platte des Tresens. Marie-Ange wandte sich flüchtig an die beiden Männer mit der Frage, ob es noch ein Martini sein dürfe. Bélèc und Guillemette dankten und zahlten auch. Der Sergeant hatte ihnen einen bedauernden Blick zugeworfen und war gegangen.

»Na?« sagte Guillemette in einem unbeobachteten Augenblick.

»Sie lügt«, sagte Bélèc.

»Glaube ich auch«, antwortete Guillemette. Sie sprachen erst weiter, als sie wenig später das Lokal verlassen und einer Inschrift an der Tür entnommen hatten, daß das Kaffeehaus am Sonnabendmorgen um neun Uhr öffnete.

»Frage ist nur, ob wir zu zweit hingehen oder einer von uns alleine«, sagte Guillemette.

»Zu zweit«, antwortete Bélèc. »Wir können uns keine psychologischen Rücksichten mehr leisten. Wenn sie morgen nicht redet, ist die Sache zum Inquest so gut wie gelaufen.«

Das erste, was Bélèc sofort nach Dienstbeginn am nächsten Morgen anordnete, waren Recherchen über alles, was über die in Frage kommenden Träger des Namens Guay in Erfahrung zu bringen war. Als er Houde das aufgetragen hatte, ergriff er seine Bügeltasche, in der noch von gestern her die sechsunddreißig Hochglanzvergrößerungen der Fotos von der Unglücksstelle steckten, und fuhr in die City. Fünf Minuten nach neun Uhr trafen sich Bélèc und Guillemette vor dem Café und betraten es. Es waren nur zwei oder drei Gäste anwesend, die um diese Zeit dort ein Frühstück einnahmen. Der Chef war nirgends zu sehen, aber zwei Mädchen bedienten. Eines von ihnen war Marie-Ange Robitaille. Die beiden Männer gingen direkt auf sie zu und baten sie um eine Unterredung. Sie erkannte die schweigsamen Gäste vom vorangegangenen Abend wieder und wurde blaß.

»Messieurs«, sagte sie, »Messieurs...«

»Mademoiselle Robitaille«, begann Bélèc ohne lange Einleitung. »Wir haben Grund zu der Annahme, daß Sie Albert Guay doch schon länger kennen als seit dem 24. Juni. Trifft das zu?«

Die Serviererin schwieg. Sie sah verwirrt von einem der Männer zum anderen und wischte nervös und völlig nutzlos ihre Hände mit dem gestärkten winzigen Schürzchen ab, das sie über einem schwarzen Taftkleid trug.

»Trifft das zu?« wiederholte Guillemette die Frage Bélècs. Die Robitaille konnte sich auch auf diese dringendere Wiederholung hin nicht zu einer Antwort durchringen. Da entschloß sich Bélèc zu einer schärferen Gangart. Er sagte: »Mademoiselle, wir stellen diese Frage weder aus Neugier, noch zu unserem Vergnügen.« Während er das sagte, öffnete er seine Mappe, entnahm ihr den Stapel der Fotografien

vom Unglücksort und legte sie offen auf die Thekenplatte. Die Robitaille warf einen Blick darauf und sah dann entsetzt hoch.
»Was ist das, Monsieur, um Himmels willen?«
»Das sind die Fotografien vom Absturz des Verkehrsflugzeuges vom vorigen Freitag, Mademoiselle. Und unter diesen Toten befindet sich eine Frau namens Rita Guay. Wir halten uns also für berechtigt, Sie nochmals zu fragen, ob Sie einen Albert Guay schon länger kennen als seit dem vierundzwanzigsten Juni dieses Jahres.«
Als das Mädchen verschüchtert erneut schwieg, drängte Guillemette: »Trifft das zu?«
»Mein Gott, damit hat er nichts zu tun, Monsieur. Nehmen Sie das weg. Bitte nehmen Sie das weg.«
»Danach haben wir Sie nicht gefragt«, sagte Bélèc. »Trifft es zu, daß Sie Albert Guay schon länger kennen als seit dem vierundzwanzigsten Juni dieses Jahres?«
Jetzt endlich kam eine Antwort der Marie-Ange Robitaille. Sie kam sehr leise und kaum vernehmbar: »Ja, es trifft zu, Monsieur.« Nun ließen Bélèc und Guillemette nicht mehr locker. Ihre Fragen stürzten wie ein Wildwasser über Marie-Ange her.
»Seit wann ungefähr kennen Sie diesen Mann, Mademoiselle?« fragte Bélèc und die Robitaille antwortete: »Ich habe ihn im Frühjahr neunzehnhundertsiebenundvierzig kennengelernt. In einem Tanzcafé gar nicht weit von hier weg.«
»Und wann haben Sie Guay zum letzten Mal gesehen?« fragte Guillemette.
»Ich habe Monsieur Guay seit längerem nicht gesehen. Und ich werde ihn auch niemals wiedersehen. Kann ich jetzt gehen? Ich muß bedienen, Monsieur.«
»Einen Augenblick noch, Mademoiselle«, sagte Bélèc. »Am vierundzwanzigsten Juni dieses Jahres hatten Sie einen

Zusammenstoß mit Albert Guay, der ihm eine Bestrafung eintrug und Ihnen wahrscheinlich einen Schock. Können Sie uns nicht erzählen, in welcher Beziehung Sie damals zu Guay standen und was der Anlaß zu diesem Vorfall gewesen ist?«

»Ich weiß, wovon Sie sprechen. Aber diese Sache ist doch vorüber, nicht wahr? Guay ist dafür bestraft worden... und... ich habe ihn seit damals nicht wiedergesehen. Warum muß ich Ihre Fragen beantworten? Warum muß ich über eine Zeit reden, die ich jetzt selber nicht mehr begreife? Ich bin seit langem zu meinen Eltern zurückgekehrt und möchte meinen Frieden haben. Können Sie das nicht verstehen?«

Es war in dem hitziger werdenden Dialog von niemand beachtet worden, daß der Inhaber des Cafés aufgetaucht war und die letzten Sätze mitgehört hatte. Er sagte: »Messieurs, meine Angestellte ist noch minderjährig und kann nicht gezwungen werden, ohne Anwalt über Dinge auszusagen, über die sie nicht aussagen will. Würden Sie die Güte haben, sich bei mir auszuweisen?«

Bélèc und Guillemette unterbrachen verblüfft ihre Fragen und suchten ihre Dienstausweise hervor. Der Wirt prüfte beide gewissenhaft, gab die Ausweise zurück, sah Bélèc ins Gesicht und sagte: »Sind Sie der Inspektor, der den Flugzeugabsturz untersucht?«

»Ja«, sagte Bélèc.

»Kommen Sie in dieser Angelegenheit?« forschte der Wirt.

Bélèc bestätigte das. Der Wirt fuhr fort: »Ich bin als Arbeitgeber für meine minderjährige Angestellte verantwortlich, Messieurs. Wenn Sie in einer so schwerwiegenden Sache kommen, muß ich den Eltern Mademoiselle Robitailles empfehlen, einen Anwalt einzuschalten. Sie werden das verstehen.«

Die beiden Beamten verstanden das. Sie konnten außerdem

gar nichts dagegen tun, weil der Mann im Recht war. Bélèc trat vor Verzweiflung von einem Fuß auf den anderen. Es war Guillemette, der die Situation rettete. Er sagte: »Wir haben natürlich nicht die Absicht, einen ungesetzlichen Druck auf Sie auszuüben, Mademoiselle.« Er wandte sich an den Wirt. »Erlauben Sie ihr noch die Beantwortung einer Frage, die mit dem Flugzeugabsturz nichts zu tun hat, Monsieur?«

»Und die wäre?« sagte der Wirt.

»Wir brauchen den Namen und die Anschrift einer etwa fünfzigjährigen schwarzhaarigen Frau, dick, ungepflegt, mit vulgärer Aussprache, teigigem Teint und einer Warze an der linken Kinnseite. Wahrscheinlich wohnt sie in der Gegend von Lower-Town. Könnte Mademoiselle Robitaille eine solche Person kennen?« Zur Überraschung der Polizisten sahen sich das Mädchen und der Wirt sprachlos an. Dann sagte der Wirt: »Aber er kann nur Marguerite Pître meinen, Marie-Ange.«

Die Robitaille war blaß geworden und stammelte zu dem Wirt gewendet: »Monsieur... aber ich bitte Sie... Monsieur...«

»Aber das kann man doch ruhig sagen, mein Kind. Das hat mit dem Flugzeugunglück bestimmt nichts zu tun.« Er wandte sich wieder an Bélèc: »Ja, das ist Marguerite Pître. Sie hat früher schon das eine oder andere Mal hier ausgeholfen. Sie ist eine gutmütige und harmlose Person und sie wohnt wirklich unten in Lower-Town, nahe bei den Lagerhäusern. Es ist die Saint-Sauveur Street Nr. 111.«

Zur Abhaltung von Inquest-Terminen gab es in dem altehrwürdigen Gerichtsgebäude der Stadt einen eigenen holzgetäfelten Raum. Die Uhr über dem Eingang hatte römische Ziffern und ihre Kathedralzeiger zeigten zwölf Uhr mittags an. Angesichts der Bedeutung des zum Inquest anstehen-

den Vorfalls war der Raum so überfüllt, daß schon eine halbe Stunde vorher uniformierte Polizisten Schaulustige abweisen mußten, die der Saal nicht mehr faßte. Als der Untersuchungsrichter die nach dem Reglement des Inquest-Verfahrens festliegenden Fragen an den Coroner richtete, mußte Dr. Marceau antworten: »Ich habe die traurige Pflicht, Euer Ehren bekanntzugeben, daß in diesem Fall an Bord betriebsfremder Sprengstoff explodiert ist, der das Flugzeug zum Absturz brachte. Ob die Explosion des Sprengstoffes ihre Gründe in der Fahrlässigkeit oder im bewußten Vorsatz einer noch unbekannten Person hat, wird derzeit untersucht. Ich gebe das Wort an den Leiter der ermittelnden Kommission, Inspektor René Bélèc von der Royal Canadian Mounted Police.«
Bélèc trat vor und verkündete: »Die Untersuchung ist soweit fortgeschritten, daß wir nach einer Frau suchen, die am Vormittag des neunten September neunzehnhundertneunundvierzig zwischen zehn und elf Uhr mit einem Taxi ein Paket vom Palais-Bahnhof zum Flughafen Ancienne-Lorette brachte, das einen nicht existierenden Absender in St. Siméon und einen nicht existierenden Empfänger in Baie-Comeau aufwies. Dieses Paket wurde in dem vorderen linken Gepäckraum des Flugzeugs befördert, in welchem nach den Ermittlungen der Universität Montreal auch die Explosion stattgefunden hat.«
Diese Erklärungen Marceaus und Bélècs schlugen in dem würdigen und feierlichen Raum ein wie eine Bombe. Nachdem einige Sekunden lang betroffenes Schweigen eingetreten war, fielen die Funk- und Presseleute mit Fragen nach Details und Ergänzungen über Bélèc und den Coroner her. Aber beide schwiegen verbissen wie eine Sphinx. Sie reizten damit den Wissensdurst und die Sensationsgier der Zeitungsleute nur noch mehr. Nach einer zwanzigminütigen Redeschlacht verschaffte sich Bélèc endlich Gehör. Der

Richter gab ihm Gelegenheit zu einer weiteren Erklärung. Bélèc sagte: »Ich erkläre ausdrücklich, daß jede Veröffentlichung, die über die beiden Statements, die der Coroner und ich abgegeben haben, hinausgeht, schon jetzt in das Reich der Spekulation zu verweisen ist und daß die Verantwortlichkeit für die Folgen solcher Spekulationen voll deren Verfasser, Urheber oder Verbreiter trifft. Nehmen Sie das in Ihre Stenogramme mit auf, Gentlemen.«

Nachdem der Ablauf der Formalitäten erledigt und der Termin geschlossen war, leerte sich der Saal. Captain Matte sprach Bélèc und Guillemette an, der sich gerade genießerisch eine Zigarre angezündet hatte.

»Haben Sie sich mit der Frau, die das Paket aufgab, nicht schon zu weit vorgewagt, Bélèc?«

Der Inspektor schmunzelte. »Nein, Captain Matte. Wir haben erreicht, worum wir über eine Woche lang gekämpft haben. Wir haben den Finger auf dem Ende des Fadens. Wir kennen bereits den Namen, Aussehen und Wohnung dieser Frau. Sie kann uns nicht mehr entwischen.«

»Sind Sie da sicher, Bélèc?«

Der Inspektor sah den Captain mit einem sonderbaren Blick an und fragte: »Wie meinen Sie das?«

»In den Staaten beginnt man es als fortschrittlich anzusehen, Zeugen zu beseitigen, bevor sie aussagen können. Wenn Sie es mit einem Komplott zu tun haben, müssen Sie sich beeilen, die Aussage der Frau zu kriegen, bevor es zu spät ist.«

Aber Bélèc und Guillemette hatten vorgesorgt. In den knappen Stunden, die ihnen zwischen dem Gespräch im Monte-Carlo und dem Beginn des Inquest-Termins geblieben waren, hatten sie ihre Fäden gezogen und die Minen gelegt.

Schon gegen zwölf Uhr hatte der Taxifahrer Pelletier, unauffällig von zwei Beamten abgeschirmt, sich in die

Saint-Sauveur-Straße begeben, bei Nummer 111 geläutet und harmlos nachgefragt, ob vielleicht ein Taxi bestellt worden sei. Aber er hatte die Frau, auf die er angesetzt war, nicht zu Gesicht bekommen. Eine Mitbewohnerin des Hauses hatte geöffnet, die ihr gestellte Frage verneint und hatte dann noch bei der Frau, in der man die Pître vermutete, rückgefragt, die verneinende Antwort aber übermittelt, ohne daß die Pître in Erscheinung getreten war. Seit diesem Zeitpunkt hockte Pelletier in einem ebenfalls unauffälligen Polizeifahrzeug schräg gegenüber dem Hause Nr. 111 und beobachtete den Eingang. Eine Fernsprechmeldung dieses Wagens, daß die Pître erkannt war, konnte jeden Augenblick einlaufen. Jedoch erfüllte sich die Erwartung Bélècs nicht, obwohl die nächsten Zeitungen erst am Montagmorgen erschienen und somit den ganzen Sonntag über bei der Pître noch kein Argwohn geweckt zu werden brauchte. Pelletier mußte ja schließlich auch ein paar Stunden schlafen. Aber während der Zeit, in der er das Haus in der Saint-Sauveur-Street beobachtete, hatte bis zum Montagmittag keine Marguerite Pître sich blicken lassen. Indessen lagen zu dieser Zeit die Ergebnisse der Recherchen vor Bélèc auf dem Schreibtisch, die Bélèc in aller Eile und Heimlichkeit über den Personenkreis Pître-Guay-Robitaille hatte anstellen lassen. Dem entsprechenden Aktenvermerk Corporal Houdes entnahm Bélèc etwa folgendes: Es traf zu, daß Marguerite Pître Gelegenheitsarbeiten als Aushilfskellnerin ausübte, unter anderem auch in dem Café Monte-Carlo, wo die erste Spur von ihr aufgetaucht war. Verheiratet war sie mit einem harmlosen Kleinbürger, einem Angestellten in der Verwaltung der städtischen Müllabfuhr, mit Vornamen Arthur. Geboren war sie unter dem Namen Ruest, unter dem es noch zwei Brüder von ihr gab. Einer von ihnen war bei der Army in Europa, der andere mit Vornamen Généreux arbeitete als Uhrmacher, konnte sich nur auf

Krücken voranbewegen und war sogar zeitweise auf einen Rollstuhl angewiesen. In diesem Umfeld waren weder die Intelligenz noch die Motive zu vermuten, um einen Sprengstoffanschlag auf ein fliegendes Flugzeug zu planen und durchzuführen. Auch die Auskünfte über die Familie Guay waren denkbar harmlos und unverdächtig. Albert Guay war ungefähr Anfang Dreißig. Während des Krieges hatte er als Angestellter in der zivilen Verwaltung des Marinearsenals gearbeitet und hatte dort mit Anzeigesystemen und Meßgeräten zu tun gehabt. Hiervon inspiriert, hatte er als Nebenberuf einen Handel mit Uhren und Schmuck aufgenommen, den er nach dem Ende des Krieges als Hauptberuf ausgebaut und weiterbetrieben hatte. Im Arsenal hatte er seine Frau Rita kennengelernt, dieselbe, die beim Flugzeugabsturz am 9. September ums Leben gekommen war. Seine Trauer mußte unerschöpflich gewesen sein. Es wurde in der Monseigneur-Gauvreau-Street berichtet, daß er einen ganzen Tag lang neben der aufgebahrten Leiche gewacht und nach dem Trauergottesdienst die Kirche mit tränenüberströmtem Gesicht, sein Kind auf dem Arm, durch die ergriffene Menge schreitend verlassen haben sollte. Es wurde gemunkelt, daß ihm seine Frau ab und zu einen Seitensprung verziehen habe, niemand wußte aber etwas von einer Marie-Ange Robitaille. Bélèc brütete zusammen mit Guillemette und Matte stundenlang über diesen Notizen. Am Ende mußten sie sich eingestehen, daß diese Recherchen nicht den geringsten Anhaltspunkt für einen Verdacht ergeben hatten. Es gab keinerlei Verbindungen zwischen Guay und Pître. Als einziger Anhaltspunkt blieben vorläufig eine vage Linie von der Robitaille zu Guay und die eindeutige Bekanntschaft zwischen den beiden Serviererinnen, der jungen, schönen und schüchternen Marie-Ange Robitaille und der ungepflegten, alten und ausgebufften Marguerite Pître. Statt vor der Erhärtung eines Verdachts standen sie am Montagabend vor einer Flut wilder Spekulationen in den Zeitungen, wie Bélèc es vorausgesehen hatte. Vor seinem inneren Auge geisterte jedoch, als er sich an diesem Abend zum Schlafen niederlegte, eine gespenstische Vision: Immer wieder sah er, wie es erzählt worden war, den schmerzgebeugten, dunkelhaarigen jungen Mann mit seinem Kind auf dem Arm nach der Aussegnung mit tränenüberströmtem Gesicht durch die ergriffene Menge schreiten – und jedesmal wieder war es in seiner Vorstellung der gleiche, der bei der Trauerfeier der Regierung auf die muntere Kleine eingeredet und von dem Lucile Lésvêques berichtet hatte, wie verzweifelt er vor der Glasscheibe nach dem Schicksal eines Angehörigen gefragt hatte. Alle diese drei aber waren in seiner Vorstellung identisch mit jenem jungen Mann mit der Dreijährigen auf dem Arm, der auf dem Flachdach des Flughafengebäudes der startenden Maschine nachgewinkt hatte und den er und Bess mit eigenen Augen gesehen hatten. Schlaflos wälzte Inspektor Bélèc sich in der Dunkelheit auf seinem Bett hin und her. Ein von seiner Familie abhängiger Schwächling, völlig unfähig, eine Fliege zu töten, geschweige denn dreiundzwanzig unschuldige Menschen? Oder der raffinierteste und kälteste Verbrecher in der Geschichte des Landes und dazu ein begnadeter Schauspieler von diabolischer Tücke und Niedertracht? Nicht mehr und nicht weniger würde er herauszufinden haben. Bevor er endlich doch einschlief, entschloß Bélèc sich für den kommenden Tag zum Frontalangriff auf die Lösung dieser Frage. Dies war der Stand der Dinge, als am zwanzigsten September Ereignisse eintraten, die ihn der Wahrheit ein großes Stück näherbrachten. Diese Ereignisse begannen am frühen Dienstagvormittag mit dem Besuch einer gewissen Mademoiselle Thérèse Noël in Bélècs Büro. Gérard Houde ließ die junge Frau eintreten und sagte: »Das ist Mademoiselle Noël, Sir, Thérèse Noël. Und sie glaubt, daß sie eine wichtige Aussage machen kann.«

Das Mädchen war etwa vierundzwanzig Jahre alt, dunkelhaarig, selbstbewußt und doch zurückhaltend und von sympathisch warmherzig mütterlicher Art.
»Muß, Monsieur«, sagte es. »Ich glaube, ich muß diese Aussage machen. Ich kann das gar nicht für mich behalten, weil ich sonst krank werden würde.«
Bélèc hatte es schon mit vielen Menschen zu tun gehabt, die glaubten, eine wichtige Aussage machen zu müssen, und dann zugeben mußten, einer bisweilen sogar lächerlichen Sinnestäuschung zum Opfer gefallen zu sein.
»Setzen Sie sich erst mal, Mademoiselle«, sagte er. »Und regen Sie sich nicht auf, das führt zu nichts.«
Thérèse Noël folgte der Aufforderung, und Bélèc fuhr fort: »So, sehen Sie. Und nun erzählen Sie mal.«
»Also«, begann das Mädchen, »ich muß damit anfangen, daß ich verlobt bin. Mein Verlobter ist ein durch und durch gütiger und anständiger Mensch. Niemand würde ihn mit so etwas in Verbindung bringen. Und deshalb bin ich auch hierhergekommen, Monsieur. Wenn das weitere Kreise ziehen sollte... Jean-Marie hat mit dieser Sache nichts zu tun, dafür lege ich meine Hand ins Feuer.«
»Das ehrt Sie, Mademoiselle«, sagte Bélèc. »Aber wenn Sie mir nun noch sagen würden, womit Jean-Marie nichts zu tun hat?«
Thérèse Noël kam auf diese Aufforderung hin zur Sache: »Na gut. Jean-Marie wohnt vorübergehend, bis er eine eigene Bleibe gefunden hat, in der Wohnung seiner älteren Schwester, und dort habe ich ihn gestern, also am Montag vormittag, besucht, weil ihm vorgestern abend nicht ganz wohl gewesen war. Ich habe ihm Zwieback gebracht und Holundertee und habe ihn ein wenig aufgemuntert. Ich saß bei ihm am Bett, als plötzlich wie verrückt die Türglocke geläutet wurde. Ich hörte, wie Jean-Maries Schwester in den Flur ging, um zu öffnen. Anscheinend ließ sie einen

Mann in die Wohnung. Der muß mit ihr ziemlich vertraut sein, weil er sie geduzt hat. Der Mann war äußerst erregt und begann sofort laut auf sie einzureden, so daß Jean-Marie und ich alles mitanhören mußten.«
»Und das hat Sie so mitgenommen, daß Sie zur Polizei kommen? Wie sind Sie denn ausgerechnet zu mir geraten, Mademoiselle?«
»Weil man mir auf dem Revier gesagt hat, daß Sie die Sache unter sich haben, Monsieur Bélèc.«
»Welche Sache denn, um Himmels willen?«
Bélèc, der bis jetzt der Erzählung der Frau mit reservierter Zurückhaltung zugehört hatte, war aufmerksam geworden. Und Mademoiselle Noëls Antwort gab ihm recht. Sie sagte:
»Na, die Sache mit dem Flugzeug nach Baie-Comeau.«
Bélèc richtete sich aus seiner bequemen Haltung, die er innegehabt hatte, auf, rückte auf seinem Sessel nach vorn und starrte das Mädchen an. »Weiter, Mademoiselle«, sagte er.
»Wo war ich stehengeblieben?«
»Bei einem Mann, den die Schwester Ihres Bräutigams in ihre Wohnung gelassen hat.«
»Ja, richtig. Dieser Mann hat Jean-Maries Schwester offenbar eine Zeitung zu lesen gegeben und sie dann sofort unbeherrscht angeschrien: Da habe sie es nun. Jetzt stehe es also schon in den Zeitungen, daß eine Frau ein Paket zum Flughafen gebracht habe. Sie werde sich darüber klar sein, was das bedeute. Sie werde ja auch einsehen, daß damit ihr Schicksal besiegelt sei. Sie hätte das ja alles vorher gewußt und nun sei es soweit.«
Bélèc stand auf, kam um den Schreibtisch herum und blieb neben seiner Besucherin stehen. Er sah auf sie herunter und sagte eindringlich: »Dann heißt Ihre zukünftige Schwägerin also Marguerite Pître und Ihr Verlobter Jean-Marie Ruest?«
Zum zweiten Mal im Verlauf der Ermittlungen in dieser

Sache fragte jemand Bélèc, ob er ein Hellseher sei. Er verneinte und fuhr fort: »Ich dachte, daß Jean-Marie Ruest bei der Army in Übersee ist.«

»Das war er auch, Monsieur, das stimmt. Aber seit drei Wochen ist er entlassen und wieder zurück und sucht eine passende Wohnung für uns. Warum wollen Sie das alles wissen?«

»Später, Thérèse«, sagte Bélèc. »Das Wichtigste ist in diesem Moment: Haben Sie den Mann gesehen?«

»Nein, Monsieur. Wir waren völlig sprachlos, starr vor Schreck und haben uns nicht von der Stelle gerührt.«

»Hat die Pître den Mann angesprochen? Haben Sie einen Namen gehört?«

»Solange so laut gesprochen wurde, daß wir etwas verstehen konnten, nicht. Keiner von den beiden hat den anderen direkt beim Namen genannt.«

»Aber wie hat diese Szene geendet?« drang Bélèc in das Mädchen. »Wie ist es weitergegangen?«

»Das ist es ja eben«, antwortete Thérèse Noël mit noch in der Erinnerung vor Schreck geweiteten Augen. »Das Schlimmste kommt erst noch. Und hauptsächlich deswegen bin ich ja hier. Denken Sie sich, fast mit Gewalt hat der Besucher dann Marguerite ein schnell wirkendes, starkes Mittel aufgedrängt. Entsetzt nahmen wir an, daß es ein Schlafmittel sein mußte. Dabei hat der Mann ständig auf sie eingeredet.«

»Und wie hat er auf sie eingeredet? Was hat er gesagt? Erinnern Sie sich an Einzelheiten?«

»Ich erinnere mich an alles, Monsieur, denn Jean-Marie und mir sind bei diesen Worten Schauder über den Rücken heruntergelaufen. Das ginge schnell mit diesem Mittel, sagte der Besucher, und sie würde gar nichts davon merken. Einfach einschlafen würde sie und nicht wieder aufwachen. Und sie solle doch daran denken, wie sie sterben würde, wenn sie an den Galgen käme. Dann schilderte er der schluchzenden armen Marguerite das Ende am Galgen in allen Einzelheiten und drohte ihr mit der monatelangen Todesangst. Und daß sie an den Galgen käme, sei gewiß, falls man sie lebend erwische. Aber das habe sie sich ja alles selber sagen können, und jetzt solle sie gefälligst das Mittel nehmen, bevor es zu spät sei.«

Das Mädchen machte eine Pause, Houde, der im Hintergrund Platz genommen gehabt hatte, war aufgestanden. Bélèc hatte die Hände auf die Armlehnenenden von Thérèse Noëls Sessel gestützt und starrte ihr direkt ins Gesicht.

»Weiter«, sagte er. Das Mädchen fuhr fort: »Wir hörten Marguerite haltlos schluchzen und dann die Leitung in der Küche rauschen, als der Mann ihr Wasser einlaufen ließ. In diesem Augenblick wollte Jean-Marie aus dem Bett springen, um das Schlimmste zu verhindern. Aber da kam Arthur zurück.«

»Das ist Marguerites Mann, nicht wahr?«

»Ja. Er muß sofort überblickt haben, was vorgefallen war, denn er fing zu brüllen an und beschimpfte den Mann. Es kam zu einem Handgemenge, bei dem Stühle krachten und Glasscheiben zu Bruch gingen. Kämpfend warf Arthur den Fremden aus der Wohnung.«

»Aber auch dabei ist kein Name genannt worden?« stieß Bélèc nach.

Thérèse Noël schüttelte den Kopf. »Nein, ich glaube auch nicht, daß er den Namen kannte. Das hörte man aus der Art, wie er mit ihm sprach. Als er die Wohnungstür mit dem Fuß hinter dem Fremden zugetreten hatte, stürzte er in das Wohnzimmer zu Marguerite und riß dann sofort, ohne anzuklopfen, die Tür zu Jean-Maries Zimmer auf, wo wir waren. Jean-Marie mußte aufstehen, sich anziehen und fortlaufen, um einen Arzt zu holen.«

»Für Marguerite?«

»Wohl zunächst für Arthur selbst, denn diese fürchterliche Szene hatte bei ihm einen Herzanfall zur Folge. Als das etwas abgeklungen war, warf Arthur auch mich keuchend und stöhnend aus der Wohnung.«
»Und was haben Sie dann getan?«
»Ich habe mich mit meinem Boß darüber ausgesprochen. Ich bin Angestellte in einem Versandgeschäft, wissen Sie, und mein Boß hat eine ganze Menge Lebenserfahrung. Er erriet aus dem, was ich erzählte, sofort, daß die ganze Sache etwas mit dem Flugzeugabsturz zu tun hat, und empfahl mir, zur Polizei zu gehen, und das habe ich dann auch gemacht.«
Bélèc richtete sich aus seiner gespannten Haltung auf und sagte: »Was ist mit Marguerite Pître geschehen, Mademoiselle?«
Das Mädchen antwortete: »Irgendwann, während das Wasser lief, während des Kampfes der beiden Männer, oder während Arthur mit Jean-Marie und mir herumschrie, muß sie das Mittel eingenommen haben. Gestern abend habe ich meinen Verlobten noch kurz getroffen und er sagte mir, daß der Arzt schwerste Vergiftungen festgestellt und sich sofort um ein Krankenhausbett für sie bemüht hat. Es war aber erst für den Zwanzigsten eines frei.«
Dieses Datum elektrisierte Bélèc. Er fuhr herum und sagte: »Der Zwanzigste, das ist heute. Wenn das wirklich geschieht, wird sie wohl oder übel endlich ihre Wohnung verlassen müssen. Sofort zu Pelletier, Gérard. Packen Sie ihn auf ihre Harley-Davidson und fahren Sie in die Saint-Sauveur-Straße, los, los, los, diesmal geht es um Minuten.«
Als der Corporal aus dem Zimmer gestürzt war, wählte Bélèc stehend das auf die Überwachung der Wohnung der Pître angesetzte Polizeirevier an und sagte, als er den Chief am Apparat hatte, aufgebracht: »Gestern vormittag zwischen acht und zehn Uhr hat der Attentäter in Sachen

neunter September das Haus in der Saint-Sauveur Straße sowohl betreten als auch...«, er wendete sich an Thérèse Noël: »...wie lange war er wohl in der Wohnung, Thérèse?«

»Vielleicht eine Viertelstunde, Monsieur«, sagte das Mädchen. Bélèc sprach wieder in das Telefon: »Als auch nach etwa einer Viertelstunde dieses Haus wieder verlassen. Warum habe ich über diesen Vorfall noch keine Meldung und wo ist die Beschreibung dieses Besuchers?«

Was der Chief des Reviers dem Inspektor sagte, machte diesen zunächst sprachlos und dann so wütend, daß er sich setzte und das, was er erwiderte, mit donnernden Hieben der linken Faust auf seine Schreibtischplatte unterstrich: »Und das trauen Sie sich, mir zu sagen, Mann? Ihre Eigenmächtigkeit wird Sie Ihren Posten kosten und außerdem eine Strafversetzung und ein Disziplinarverfahren. Da kommt uns wirklich der niederträchtigste Verbrecher, den dieses Land je hervorgebracht hat, vor das Visier, und was passiert? Sie ziehen Ihre Leute, die ihn identifizieren sollen, ab, weil sie schließlich auch mal frühstücken müssen und weil eine Schulung angesetzt ist. Hätten Sie, verdammt noch mal, andere Männer dorthin geschickt, die schon gefrühstückt haben und keine Schulung brauchen. Wenn Sie das getan hätten, Sie Niete, dann hätten wir jetzt einen Haftbefehl in Händen und müßten nicht einer alten, kranken Frau nachrennen und zu Gott beten, daß sie durchkommt. Machen Sie sich auf einiges gefaßt und vor allem, sagen Sie Ihrer Karriere Lebwohl.«

Zornig knallte Bélèc den Hörer auf die Gabel und wurde sich der Gegenwart seiner jungen Besucherin wieder bewußt. Er bat sie, sich für eine schriftliche Protokollierung ihrer soeben gemachten Aussage bereit zu halten. Er notierte sich ihre Anschrift und ihre Telefonnummer und ließ sie gehen. Nach ein paar Minuten ruhiger Überlegung schickte er sich an, Colonel Swarts anzurufen und ihm die niederschmetternden Neuigkeiten mitzuteilen, die er soeben erfahren hatte. Er wäre vielleicht nicht so niedergeschlagen gewesen, wenn er gewußt hätte, was sich fast zur selben Zeit in der Saint-Sauveur-Straße ereignete. Houde hatte nämlich an einem Standplatz der Innenstadt den Taxifahrer Pelletier aufgestöbert, den verblüfften Mann aus seinem Wagen geholt und – wie Bélèc es befohlen hatte – auf seinen Soziussitz gepackt. Mit weit überhöhter Geschwindigkeit war Houde mit ihm hinaus nach Lower-Town gefahren und vor dem Haus in der Saint-Sauveur-Street fast in der gleichen Minute angekommen, als dort auch die Ambulanz vorgefahren war und angehalten hatte. Bei laufendem Motor waren zwei Männer in weißen Kitteln ausgestiegen, hatten durch die Hecktür eine Trage nach außen gezogen und waren mit dieser in dem Haus verschwunden. Die beiden auf Houdes Motorrad dachten nichts anderes, als daß die Kranke nun auf die Trage geschnallt und zugedeckt, womöglich noch mit verdecktem Gesicht, aus dem Haus in das Auto getragen würde und man nichts von ihr würde erkennen können. Zu ihrer Freude öffnete sich aber schon kurz danach die Haustür erneut, einer der weißgekleideten Männer brachte die Trage zurück und verstaute sie im Auto, bevor er wieder in dem Haus verschwand. Houdes und Pelletiers Geduld wurde auf eine schwere Probe gestellt. Es dauerte eine Viertelstunde, und noch eine – aber dann öffnete sich die Haustür erneut. Schwer auf die beiden weißgekleideten Männer gestützt, bleich, dick, mit teigigen Säcken unter den halb geschlossenen Augen, in einen dunkelgrauen Mantel gehüllt und mit einem schwarzen, unpassenden Hütchen auf dem speckigen Haar, trat Marguerite Pître, begleitet von ihrem Ehemann, auf die morgendliche Straße. Erschöpft blieb sie ein paar Sekunden lang stehen, bevor die Männer sie in den Wagen hoben und die Türen hinter ihr schlossen. Pelletier hieb dem

Corporal die Pranke auf die Schulter und sagte: »Mann, das ist sie. Das ist wirklich die miese Zuchtel, die ich mitsamt ihrem beschissenen Paket vom Palais-Bahnhof zum Flughafen transportiert habe.«

»Kein Zweifel?« Houde wendete das Gesicht.

»Keiner«, sagte Pelletier.

»Würdest du schwören?« fragte Houde, und Pelletier antwortete: »Natürlich, Mann. Jeden gottverdammten Eid.«

Dieses Ereignis hatte die Aussage der Thérèse Noël in den wichtigsten Punkten als richtig bestätigt und in anderen höchst wahrscheinlich gemacht. Es reichte jedenfalls aus, um das Krankenhaus, in dem Marguerite Pître Aufnahme fand, rund um die Uhr überwachen zu lassen, einen Haftbefehl gegen sie zu beantragen und auch zu erhalten, der vollzogen werden konnte, sobald ihr Gesundheitszustand es erlauben oder sie das Krankenhaus wieder verlassen würde. In der Zwischenzeit wurde auch eine Überwachung des Albert Guay auf Schritt und Tritt angeordnet. Rechtliche Handhaben gegen ihn gab es vorerst nicht, und eine Einvernahme der Pître vor dem Vollzug des Haftbefehls hätte nur schaden können. So wartete man wie gebannt darauf, wie der Kampf der Ärzte um das Leben der Marguerite Pître enden würde. Er endete positiv. Am Morgen des 24. September verließ sie in einem leidlich wiederhergestellten Zustand das Krankenhaus. Vor dem Tor erwarteten sie eine Citroën-Limousine der Polizei sowie Guillemette und zwei seiner Beamten. Sie ließ sich ohne Widerstand festnehmen und fragte nur nach dem Grund der Maßnahme. Guillemette wies den Haftbefehl vor und sagte ihr, die Gründe würde man ihr zu Hause eröffnen. Ihr Mann Arthur befand sich in seinem Dienst und Jean-Marie Ruest hatte man dringlich nahegelegt, sich während dieser Stunden anderswo aufzuhalten. In der Wohnung warteten Bélèc und Houde und im Hintergrund der Taxifahrer Pelletier. Es war für die Pître, als sie ihre Wohnung betrat, eine abscheuliche Situation. Entsetzt sah sie sich um und sackte dann in Hut und Mantel auf einen Stuhl.

»Wer ist denn das schon wieder? Wer sind Sie? Wie kommen Sie hier herein? Mein Gott, Messieurs, was soll das alles bedeuten?«

Bélèc trat vor, nannte seinen Namen und seinen Rang und fügte hinzu: »Sie sind verdächtigt, Madame Pître, der Mittäterschaft an dem Sprengstoffanschlag, der am neunten September dieses Jahres auf ein Flugzeug der Quebec-Airways verübt worden ist. Und wegen dieser Sache sollen Sie jetzt aussagen.«

Was kaum möglich erschien, die Frau wurde noch um eine Spur bleicher und stammelte Ausflüchte. Aber Bélèc ließ sich nicht beeindrucken.

»Nehmen Sie Ihren Hut und den Schleier ab, Madame. Wir wollen nicht lange um den heißen Brei herumreden.«

Die Frau folgte der Aufforderung Bélècs und starrte auf die Männer, die im Halbkreis um sie herumstanden. Corporal Houde schickte sich an, ihre Aussagen zu Protokoll zu nehmen. Bélèc fuhr fort: »Wir wollen nur zwei Dinge wissen: Was in dem Paket war, das Sie am neunten September vormittags zum Flughafen Ancienne-Lorette brachten, und von wem sie dieses Paket erhalten haben. Ich nehme an, Sie wissen, daß weder der Absender noch der Adressat dieses Pakets in Wirklichkeit existieren.«

Aber die Frau ließ sich nicht auf das erste Mal überrumpeln. Sie setzte sich auf eine aufsässige und arrogante Weise zur Wehr: »Sie haben wohl auch ›Le Canada‹ gelesen, was? Aber ich sage Ihnen, kein Wort ist wahr, alles erstunken und erlogen. Kein einziges Wort daran wahr.«

»Sie sind also an diesem Tage gar nicht in Ancienne-Lorette gewesen, wollen Sie sagen?«

»Alles Zeitungsschwindel, kein Wort wahr«, wiederholte die Frau. Bélèc wandte sich nach draußen, wo in der Dämmerung einer unordentlichen Besennische der Taxifahrer Pelletier gewartet hatte.

»Nun, Monsieur Pelletier, dann muß ich also Sie fragen...«

Pelletier tauchte aus dem Zwielicht des engen Flurs heraus auf.

»Wer ist denn das schon wieder?« fragte die Pître mit unsicher gewordener Stimme. Bélèc sagte: »Sie kennen diesen Mann also nicht?«

»Wenn Sie mich genau ansehen, Madame«, sagte Pelletier, »dann werden Sie sich erinnern, daß Sie mit mir am neunten September zum Flughafen Ancienne-Lorette gefahren sind und daß ich Ihnen ein achtundzwanzig Pfund schweres Paket auf die Waage der Stückgutabfertigung getragen habe.«

Es trat Schweigen ein. Guillemette unterbrach es. »Ob Sie sich nicht doch besser entschließen, uns die Wahrheit zu sagen, Madame Pître?«

Erst nach einer weiteren Weile antwortete die Frau: »Nun gut, ja, es stimmt. Dieser Herr hat recht. An diesem Morgen hat mich ein Unbekannter am Palais-Bahnhof angesprochen, ob ich ihm nicht ein Paket zum Flughafen bringen wolle. Er mußte mit der Bahn weiterreisen und der Zug ginge in zwanzig Minuten. Dreißig Dollar hat er mir dafür gegeben. Auch nicht gerade die Masse, wissen Sie, wenn man das Fahrgeld noch abrechnet.«

»Madame«, sagte Bélèc, »das ist alles zwecklos. Wir haben nachgeforscht. Wir kennen Ihre Beziehung zu Marie-Ange Robitaille und auch zu Guay. Monsieur Guillemette sagte Ihnen schon, daß es besser für Sie sein würde, die Wahrheit zu sagen. Sie wissen ja... es geht um den Absturz des Flugzeuges nach Baie-Comeau, der dreiundzwanzig Tote zur Folge hatte... dreiundzwanzig, Madame. Das ist eine Ziffer, die Sic an den Fingern Ihrer beiden Hände nicht abzählen können. Vergegenwärtigen Sie sich das.«

Bélèc ließ der Frau durch eine Pause die Gelegenheit, was er gesagt hatte, auf sich wirken zu lassen. Danach fuhr er fort: »Also... wer hat Ihnen das Paket übergeben? Wann war das? Und wo?«

»Wenn Sie sowieso schon alles wissen?« murmelte die Pître resigniert.

»Wir müssen es von Ihnen selbst hören«, sagte Guillemette. »Also! Wann, wer und wo?«

Beeindruckt durch die leidenschaftslose Bestimmtheit und Sachlichkeit Guillemettes bequemte sich Marguerite Pître endlich dazu, ein Stück mehr von dem Geheimnis preiszugeben. Sie antwortete verhältnismäßig rasch: »Am neunten September um neun Uhr dreißig in der Schalterhalle des Palais-Bahnhofs.«

»Es war Albert Guay?«

»Ja. Er trug mir auf, es zur Maschine nach Baie-Comeau zu bringen, die um elf Uhr abfliegt. Das Paket müsse noch zum Wochenende bei einem Kunden sein.«

»Hat er Ihnen auch gesagt, was das Paket enthielt?«

»Ja. Er sagte, irgendeine alte Statue oder so was ist drin.«

»Und haben Sie ihm das geglaubt?«

»Zuerst schon«, sagte die Frau nach einem kaum merklichen Zögern. Aber in diesem Augenblick schaltete sich Bélèc wieder in das Gespräch ein.

»Nein, Madame«, sagte er kalt. »Sie haben es ihm überhaupt nicht geglaubt, weil Sie genau wußten, was das Paket enthielt. Dem Taxifahrer hier haben Sie nämlich zweimal erklärt, es befinde sich Glas in dem Paket, und ihn ermahnt, vorsichtig damit umzugehen. Bei einer ›alten Statue oder so was‹ wäre das überflüssig gewesen.«

Pelletier bestätigte das auf eine Frage Guillemettes. Die

Pître sagte: »Ich kann mich nicht mehr erinnern, was genau ich diesem Mann gesagt habe und warum. Lassen Sie mich doch damit in Ruhe.«

»Dann müssen wir noch einmal einen Schritt rückwärts machen, Madame. Sie sagten soeben ›zuerst schon‹. Was heißt zuerst? Und wann hat sich das geändert?«

Es entstand eine lange Pause. Dann rannen plötzlich Tränen über Marguerite Pîtres verfallenes Gesicht, die sie nicht einmal versuchte abzutrocknen. Sie starrte wohl eine Minute lang vor sich ins Leere und sagte dann kaum vernehmbar: »Ach, wenn er mich doch hätte sterben lassen, dieser Dummkopf von Arthur. Denn alles andere ist viel schlimmer, als das gewesen wäre.«

»Und was verstehen Sie unter ›alles andere‹, Madame?« fragte Guillemette nach einer Weile, während der die Pître doch einen ungeschickten Versuch machte, die Spuren der Tränen auf ihrem Gesicht zu beseitigen. Schließlich begann sie zu sprechen, und es war, als ob Schleusen geöffnet würden.

»Sie glauben ja nicht, was ich alles durchgemacht habe, Messieurs. Sie glauben es nicht. Seit neunzehnhundertzweiundvierzig geht das jetzt schon. Während des Krieges, im Arsenal, habe ich ihn kennengelernt. Er wollte, daß ich bei meinen Kollegen und Kolleginnen Kunden für seine Uhren und seinen Schmuck werbe. Das habe ich dann auch getan, um mir etwas dazuzuverdienen, weil mein Mann damals krank und arbeitslos war. Als das, was ich verdiente, alles nicht ausreichte, habe ich ihn manchmal um Vorschüsse gebeten. Die hat er mir auch immer gegeben und niemals eine Rückzahlung verlangt. Eines Tages hat er mir eröffnet, daß ich tausend Dollar Schulden bei ihm hätte.«

»Und damit hat er Sie erpreßt«, stellte Guillemette in seiner ruhigen Art fest. Bélèc fügte hinzu: »Was hat er von Ihnen verlangt, Madame? Und wie lange ist das gegangen?«

»Über Jahre hinaus«, sagte die Frau. »Über Jahre hinaus, Messieurs. Er ist seiner Frau schon bald nach der Heirat untreu geworden. Ungefähr als sie mit dem Kind schwanger war, muß das angefangen haben. Er hat mich dazu gezwungen, seine Geliebten in meiner Wohnung aufzunehmen.«

»Und eine von ihnen war Marie-Ange Robitaille?«

Marguerite Pître nickte. »Ja, die war damals sechzehn und ihren Eltern fortgelaufen. Mir hat er sie ja unter dem Namen Nicole Côte untergejubelt, aber ich wußte bald, wer sie in Wirklichkeit war. Die waren rein verrückt nacheinander, kann ich Ihnen sagen, rein verrückt...«

»Verrückt nacheinander?« sagte Bélèc überrascht und warf Guillemette einen Blick zu. »Also war es nicht so, daß er sie belästigt hat, genötigt, sich aufgedrängt?«

»Bewahre«, sagte die Pître. »Die waren wie die Süchtigen. Alle beide, sage ich Ihnen, einer schlimmer wie der andere. Er konnte es kaum erwarten, sie im Bett zu haben, und sie auch nicht. Und außerdem himmelte sie ihn an. Große Welt... Europa... Schmuck. Dabei hat er in Wirklichkeit nur so einen winzigen Kramladen mit lauter Kitsch. Society... Fifth Avenue... und was er ihr noch alles an Blauem vom Himmel heruntergelogen hat. Und was die halt alles so glauben, wenn sie jung sind. Und dumm.«

»War sie denn dahinterher, ihn zu heiraten?«

»Und ob sie das war. Ganz gewiß. Er hat sie ja immer wieder bestürmt, zu warten, bis er frei sei.«

»Sie wußte also, daß er verheiratet war?« fragte Bélèc.

»Ganz gewiß. Und auch, daß er ein Kind hat.«

»Und auf welche Weise sollte das vor sich gehen, daß er frei würde?«

»Darüber ist nie gesprochen worden. Dazu war sie zu unerfahren und zu dumm. Aber das Warten hat sie ihm immer wieder versprochen. Unter Tränen versprochen...«, fügte sie feierlich hohnvoll hinzu und brach dann in ein häßliches Gelächter aus, das in einem sonderbaren Gegensatz zu den Tränenspuren auf ihrer teigigen Haut stand. »Sie haben natürlich immer gelauscht. Das ist Ihr gutes Recht, dachten sie, nicht wahr?«

»Wenn einer einem schon wegen tausend Dollar die Daumenschrauben anlegt, bis das Blut kommt, das dachte ich wirklich, ja, wenigstens das.«

»Und wann ist das Mädchen zum letzten Mal bei Ihnen gewesen?«

»Oh, das ist noch gar nicht einmal so lange her«, sagte die Pître. »Lassen Sie mich überlegen. Es war nach dem Unglück mit Guays Frau. Ja, jetzt weiß ich es wieder, es war am sechzehnten September. Er hat mich gezwungen, das Mädchen zu mir zu bestellen.«

»Und was wurde bei diesem Treffen zwischen den beiden gesprochen?«

»Das weiß ich nicht, Monsieur.«

»Ich denke, Sie haben immer gelauscht?« sagte Bélèc.

»Dieses eine Mal nicht«, sagte die Frau. »Jean-Marie war in der Wohnung, und ich wollte mir vor meinem kleinen Bruder keine Blöße geben. Später kam auch Arthur. Und die beiden gingen dann bald. Nein, ich habe von ihrer Unterhaltung nichts gehört.«

»Auf welche Weise hat er Sie denn veranlaßt, das Paket zum Flugplatz zu bringen?« fragte Guillemette.

»Auf eine ähnliche Weise, Messieurs. Er hat mir versprochen, alle meine Schuldscheine zu vernichten, wenn ich ihm diesen Gefallen tue. So wichtig sei es ihm, daß sein Kunde den Inhalt des Pakets so bald wie möglich in Händen habe.«

»Wußten Sie denn, daß Madame Guay an diesem Tage und mit dieser Maschine nach Baie-Comeau flog?«

»Keine Spur. Woher hätte ich das wissen sollen? Guays

Frau ging mich nichts an, und ich habe sie auch seit den Tagen im Arsenal nicht wiedergesehen.«

»Wann haben Sie es denn erfahren, Madame Pître?«

»Erst als er vor ein paar Tagen hier bei mir erschien und mich brüllend fragte, wem ich das Paket überlassen hätte. Wem ich die Gelegenheit gegeben hätte, den Inhalt zu vertauschen und Sprengstoff in das Paket zu packen. Seine Frau wäre in dieser Maschine mitgeflogen, und wenn jemand das erführe, käme er in den Verdacht des Gattenmordes.«

Sie machte eine lange Pause und sagte dann mit dumpfer Stimme: »Er hat von mir verlangt, eine Überdosis Schlaftabletten einzunehmen, die er mitgebracht hatte. Durch diese Ereignisse sei ich für ihn lebensgefährlich geworden.«

»Schön, Madame«, sagte Bélèc. »Und die haben Sie dann ja auch eingenommen.«

In der Antwort der Frau klang fast so etwas wie Erleichterung mit, als sie leise sagte: »Ja, das habe ich, Messieurs.«

Nach einer Weile setzte Guillemette die Vernehmung fort: »Wenn Sie uns bis hierhin die Wahrheit gesagt haben, Madame, dann darf man fragen, warum Sie dieses Mittel eigentlich eingenommen haben? Wenn Sie uns die Wahrheit gesagt haben, hatten Sie dazu doch gar keinen Grund.«

Als wieder eine lange, lastende Pause entstand, sagte Bélèc: »Also, warum? So etwas tut man doch nicht zum Spaß.« Er beugte sich, auf eine Tischplatte gestützt, zu der Frau hinunter und fuhr eindringlich fort: »Dreiundzwanzig Tote, Madame Pître. Denken Sie immer daran. Wenn Sie es vergessen sollten, lasse ich Ihnen die Fotografien vorlegen. Wir lassen uns bei der Aufklärung eines solchen Verbrechens nicht mit einem Märchen abspeisen.«

Guillemette setzte hinzu: »Es gibt für das Gespräch und

für die Vorfälle hier in dieser Wohnung vom neunzehnten September eine Zeugin. Und deren Aussage lautet anders. Also: Welchen Grund hatten Sie, zu versuchen, sich das Leben zu nehmen?«

Die Männer warteten geduldig die weitere Pause ab, die nach Guillemettes Worten entstanden war. Bélèc richtete sich wieder auf und verschränkte die Arme vor der Brust. Es blieb ihnen nicht verborgen, daß es im Inneren der Frau arbeitete, die endlich mit kaum noch vernehmbarer Stimme sagte: »Ich hatte wirklich einen Grund, Messieurs.«

»Den Sie uns verschwiegen haben, Madame«, sagte Bélèc.

Die Pître fuhr, immer noch kaum vernehmbar, fort, einen weiteren Schleier vor der ganzen Wahrheit wegzuziehen.

»Es war, glaube ich, am dreizehnten August, als Guay mich besuchte. Er wollte alle meine Schuldscheine vernichten, wenn ich ihm einen letzten, wichtigen Dienst erweisen würde. Eine Bekannte von ihm hätte Grund und Boden erworben und bräuchte jetzt Dynamit, um Baumstümpfe auszusprengen. Für ihn sei es schwer, dieses Teufelszeug zu kriegen, aber meine Nachbarin, da drüben im Nebenhaus, Yvonne Parent, hätte doch eine Beziehung zu einer landwirtschaftlichen Gerätehandlung...«

»Woher wußte Guay denn das?« forschte Guillemette, und die Frau antwortete: »Das hatte ich ihm einmal vor langer Zeit erzählt, als meine Bekannte Parent eine Uhr bei ihm bestellte.«

»Und? Ist es Madame Parent geglückt, bei ihren Bekannten diesen Sprengstoff zu erhalten?«

»Jawohl«, sagte die Pître. »Es waren zwei Sprengstoffbarren von je vierzehn Pfund Gewicht und sechs Sprengkapseln. Eines Abends, Ende August, holte Guay diese Sachen in dem Restaurant, in dem ich damals aushalf, ab.«

»Und hat er Ihnen die Schuldscheine zurückgegeben?«

»Nein, Monsieur. Die hatte er angeblich vergessen.«

Guillemette sagte: »Demnach wußten Sie also doch, was sich in dem Paket befand, das Sie am neunten September zum Flugplatz brachten?«
Aber mehr als die bisherigen Erkenntnisse bekamen sie an diesem Tage aus Marguerite Pître nicht heraus. Nach langer Überlegung antwortete sie nämlich auf die letzte Frage Guillemettes: »Ich möchte nur noch aussagen, Messieurs, wenn auf meiner Seite ein Anwalt anwesend ist.«
Bélèc und Guillemette brachen das Verhör am frühen Nachmittag dieses Tages ab, denn die Forderung der Pître beruhte auf ihrem guten Recht. Ein Anwalt würde ohnehin als erstes feststellen, daß sie viel zuviel gesagt hatte, und einen großen Teil davon widerrufen. Es war fraglich, ob man die Pître dazu bringen würde, die Reinschrift des von Corporal Houde mitstenografierten Protokolls zu unterschreiben. Von düsteren Gefühlen geplagt, veranlaßte Bélèc die Überführung der Marguerite Pître in das Untersuchungsgefängnis des Justizgebäudes, wo sie alsbald nach ihrer Einlieferung in den Hospitaltrakt verlegt wurde.

Die Vernehmung der Pître hatte gewirkt wie ein Alarmsignal. Nachdem die Frau mit dem Citroën der Polizeibehörde in das Untersuchungsgefängnis gebracht worden war, hatte Pelletier die drei Beamten in seinem Taxi direkt zum Büro von Colonel Swarts gefahren. Houde nahm die Aussage Pelletiers zur Identifikation der Pître ins Protokoll, während Bélèc und Guillemette dem Commander Bericht erstatteten.
»Die Frauen haben beide die Unwahrheit gesagt«, beendete Bélèc seine Ausführungen. »Die Robitaille will mit Guay weit weniger zu tun gehabt haben, als es wahrscheinlich in Wirklichkeit der Fall war, und die Pître will mit ihrer Aussage die Robitaille in die Sache hineinreißen und sich selbst reinwaschen.«

»Denken Sie an den Haß auf den brutalen Erpresser und an den Neid einer häßlichen alten Frau auf eine schöne und junge Aphrodite. Aber immerhin, Gentlemen, lassen diese beiden Aussagen Guay genügend verdächtig erscheinen, um einen Haftbefehl gegen ihn zu beantragen. Bélèc, bitte veranlassen Sie das.« Colonel Swarts sah auf seine Armbanduhr. »Sie werden diese Festnahme morgen früh mit dem Sonnenaufgang vornehmen, sobald das Gesetz sie erlaubt. Das wird um sechs Uhr und sieben Minuten sein. Inzwischen haben Sie den Mann ja unter Überwachung?« Bélèc bestätigte das und entfernte sich dann, um in den Büros das Notwendige zu veranlassen.
Zu Guillemette sagte der Colonel: »Es trifft sich gut, daß Pépin in der Stadt ist. Sie haben in Montreal das Sprengstoffgutachten vorangebracht. Und wenn die Untersuchungen zu dem gleichen Stoff führen, den auch diese Madame Parent beschafft hat, dann haben wir ein außerordentlich wichtiges Indiz. Trommeln Sie mir um neun Uhr hier bei mir zusammen: diese Madame Parent, Professor Pépin mit seinem Gutachten, Grant McConanchie von der Quebec-Airways, Doctor Marceau, den Staatsanwalt vom Dienst, und natürlich Bélèc und Sie selbst. Wenn wir morgen Albert Guay verhaften, dürfen wir uns keinen Schlag ins Wasser leisten. Der Hieb muß sitzen, weil wir sonst von der Öffentlichkeit in der Luft zerrissen werden. Wenn eine Anklage zustande kommt, muß es sicher sein, daß sie nicht im Prozeß zusammenbricht.«
Guillemette verstand und machte sich an die Arbeit. Die Konferenz im großen Besprechungsraum der Polizeizentrale begann mit einer halben Stunde Verspätung, weil es für Guillemette unmöglich gewesen war, alle Teilnehmer in der ihm zur Verfügung stehenden kurzen Zeit pünktlich zusammen zu bekommen. Besonders galt das für Yvonne Parent, die erst in Anwesenheit ihres Mannes und eines

Rechtsanwaltes die Wichtigkeit der Aussage für die Aufklärung dieses Falles begriff und auch nur in Begleitung dieser beiden Männer in der Polizeizentrale eintraf, wo man sie bat, wie erst vor kurzem den Aalfischer Patrick Simard, vor dem Büro des Coroners auf einer Sitzbank des Korridors zu warten, bis man sie brauche. Als das Eintreffen dieser drei Personen gemeldet wurde, war bei hellbrennenden Kronlüstern die Konferenz schon in vollem Gange. Rauchschwaden durchzogen den Raum. Der glücklichste dieser Männer war Grant McConanchie, der an diesem Abend zum ersten Mal etwas Konkretes über die Entwicklung der Sache erfahren hatte, nachdem ihm Bélèc quer durch den Raum hindurch ein Zeichen mit beiden nach oben gereckten Daumen gemacht hatte, als er den Präsidenten durch die Tür kommen sah. Nachdem Bélèc und Guillemette Bericht erstattet hatten, trug jetzt Professor Pépin über den Fortgang und das bisherige Ergebnis der Sprengstoffanalyse vor. Er war ein noch junger Mann, dunkelblond, blauäugig und mit einem altmodischen Eckenkragen, der zu seinen Dynamik verratenden Gesichtszügen auf den ersten Blick gar nicht recht passen mochte. Er hatte auf einem Tisch ein sonderbares Sammelsurium verbeulter und verfärbter Metallteile liegen, an denen er seine Ausführungen demonstrierte. Er hatte zunächst mit einer knapp gehaltenen Abhandlung über die Geschichte und Entwicklung der Sprengstoffe, seit das Nitroglycerin um die Mitte des vorigen Jahrhunderts von dem Italiener Sobrero entdeckt worden war, begonnen. Er mußte das tun, um seinen Zuhörern begreiflich zu machen, daß nur eine ganz bestimmte Weiterentwicklung des Sprengstoffs die an den gesicherten und untersuchten Resten vom Kap Tourmente festgestellten Auswirkungen hatte hervorrufen können. Mehr als dreißig Versuchssprengungen und die Feststellung ihrer Auswirkungen auf gleiche Metallsubstanzen waren notwendig gewesen, um zu dem Sprengmaterial zu gelangen, das mit beweiskräftiger Gewißheit an Bord der CP-CUA detoniert war. Diese Untersuchungen, die sonst einen ungeheuren Aufwand erfordert hätten, waren im Erprobungszentrum einer aufgelassenen Munitionsanstalt aus den Kriegstagen möglich gewesen und am Vortag beendet worden. Pépin schloß seine Darlegungen mit den Worten: »Verwendung fand demnach ein Stoff nach der Rezeptierung siebenundzwanzig Prozent Natriumsalpeter, drei Prozent Kollodiumwolle, zweiundsechzig Prozent Nitroglykol und acht Prozent Holzmehl. Wir bezeichnen diesen Stoff mit dem Begriff Gelatine-Dynamit D-1. Die Untersuchungen über die verwendete Zündvorrichtung sind noch nicht abgeschlossen und werden noch einige Wochen, wenn nicht Monate in Anspruch nehmen.«

Als diese Aussage ins Protokoll genommen war, bat Roger Dumoulin, der Untersuchungsrichter, um die Vernehmung der Madame Parent, die draußen auf dem Korridor warte. Anstelle der Frau betrat jedoch zuerst ihr Anwalt das Konferenzzimmer, nannte seinen Namen, wies seine Vollmacht vor und sagte: »Messieurs, meine Mandantin ist ohne ihr Zutun und ohne ihren Willen in diese Sache hineingezogen worden. Ich bitte um eine verbindliche Erklärung, daß sie mit dem hier zu verhandelnden Falle ebensowenig in einen schuldhaften Zusammenhang gebracht wird wie ihre Schwester Madame Giroux. Anderenfalls wird meine Mandantin keine Aussage machen, bevor sie nicht im Prozeß rechtlich dazu gezwungen werden kann.«

Diese Forderung löste Komplikationen aus. Länger als eine halbe Stunde ging es, nachdem der Anwalt den Raum wieder verlassen hatte, darum, ob seitens der Untersuchungs- und Anklagebehörde diese Zusicherung gegeben werden könnte. Schließlich war es wieder Bélèc, auf dem die

Last der Entscheidung lag. Im schwersten Fall bedeutete es eine Beteiligung an dem Gesamtverbrechen, im einfachsten nur den Verstoß gegen das Gesetz über den Sprengstoffhandel. Nach Abwägung alles dessen, was bisher ans Licht gekommen war, entschloß sich der Inspektor, dem Staatsanwalt die Abgabe der verlangten Zusicherung zu empfehlen. Dies wurde dem Anwalt und seiner Mandantin mitgeteilt. Danach entschloß sich auch Madame Parent zu einer Aussage, und sie und die beiden Männer betraten den Raum. Zum Hergang der Sache gab Yvonne Parent, eine resolute Mittvierzigerin, ein wenig mollig, noch hübsch, dunkelhaarig, eine Schilderung ab, die mit der der Pître fast deckungsgleich war. Ihre Schwägerin war Madame Giroux, die Gattin von Leopold Giroux, bei der Firma Samson & Filion, die landwirtschaftliche Gerätschaften verkaufte, darunter auch Sprengstoff. Ja, sagte die Parent, die Pître sei eines Tages im August zu ihr gekommen und habe um diesen Gefallen gebeten und es sehr dringlich gemacht. Jawohl, sie sei dann zu ihrer Schwester gegangen, und sie hätten beschlossen, Monsieur Giroux zu sagen, die Lizenz zum Sprengstofferwerb sei erteilt und nur durch einen dummen Zufall verlegt worden. Giroux habe das auch geglaubt und den Sprengstoff herausgegeben. Wie Marguerite Pître ausgesagt habe, seien es tatsächlich zwei Barren zu je vierzehn Pfund und sechs Sprengkapseln gewesen. Auf die Frage, ob sie noch sagen könne, um welchen Typ von Sprengstoff es sich gehandelt habe, trat atemloses Schweigen ein, das Madame Parent sich zunächst nicht erklären konnte, weil sie den vorausgegangenen Verlauf der Konferenz nicht kannte. Ein wenig verlegen öffnete sie ihre Handtasche und entnahm ihr ein Papier, das sie auseinanderfaltete und sagte: »Ich habe noch die Quittung über diesen Einkauf, die Marguerite nicht bei mir abgefordert hat. Mein Schwager hat hier notiert: Sechs Sprengkapseln

Berthoud sechs und zwei Barren Gelatine-Dynamit D-1 in Originalverpackung.«

Als die Frau das gesagt hatte, sprang ein Teil der Männer hoch und die im Raum lastende Spannung löste sich. Zigaretten wurden entzündet und Gespräche schwirrten auf. Inspektor Bélèc war der erste, der Grant McConanchie die Hand schüttelte. Richter Dumoulin trat hinzu und sagte: »Das ist noch nicht der Rubber für Sie, McConanchie, aber es ist Partie.« Es war eine Feststellung aus der Sprache des Bridgespieles, das die Ehepaare Dumoulin und McConanchie regelmäßig miteinander trieben. Bélèc setzte hinzu: »Damit können Sie auf jeden Fall beweisen, daß betriebsfremdes Material an Bord detoniert ist, und das bedeutet einen Schritt zu Ihrer Entlastung, Sir.«

»Ich weiß gar nicht, wie ich Ihnen danken soll«, sagte McConanchie, noch immer wie benommen von der plötzlichen Wendung zum Guten, die seine Sache genommen hatte.

»Doesn't matter«, sagte Bélèc, dem man in dieser Nacht zum ersten Mal seit langem wieder ansah, daß er gelegentlich auch lächeln konnte. »Danken Sie dem Professor. Er hat einen verdammt gefährlichen Job. Für mich wird die Sache erst gelaufen sein, wenn ich diesen Burschen auf der Falltür habe. Und ich habe so ein Gefühl, als ob es nicht leicht sein wird, ihn dorthin zu bringen.«

Die Erlaubnis, ihn in Haft zu nehmen, wurde Inspektor Bélèc jedoch an diesem Tage kurz vor Mitternacht durch eine entsprechende richterliche Verfügung erteilt.

An dem Mittwoch, an dem Albert Guay verhaftet wurde, entschloß Bess Desmond sich, ihren Urlaub abzubrechen und nach Hause zu fliegen. Fast zwei Wochen lang hatte sie in dem einsamen Blockhaus, wo anstatt ihres Verlobten ihre Schwester Sally mit ihr den Urlaub verbrachte, darauf

gewartet, etwas von René Bélèc zu hören, der sie so schwer verletzt hatte. Natürlich hatte Bess mit Sally die ganze Situation zwischen ihr und Bélèc mehr als einmal von vorne bis hinten durchgekaut, die Schwester aber keineswegs ganz auf ihre Seite gebracht. Über das übliche ›Männer sind halt so‹ hinaus hatte Sally sich eine ganze Menge Gedanken gemacht. Telefonisch war das Blockhaus nicht zu erreichen und telegrafisch schwer. Briefe kamen zweimal die Woche, so wie eben das Flugzeug Sept-Iles anflog, und ebenso die Zeitungen. Natürlich hatte auch Sally es unpassend und rücksichtslos gefunden, daß Bélèc es offenkundig vergessen hatte, daß er mit Bess hatte verreisen wollen, aber sie hatte für diese Rücksichtslosigkeit stichhaltigere Erklärungen und mehr Entschuldigungen bereit als die Schwester. So fand Sally es zum Beispiel ganz normal, daß ein Mann von dem Ehrgefühl und von der Vitalität Bélècs sich durch das Ereignis mit der Hebamme Henny St. George herausgefordert fühlte. Sie müsse auch versuchen, Bélècs emotionale Empfindungen gegenüber demjenigen zu verstehen, der ihn in eine so tragische persönliche Verstrickung mit einem so monströsen Verbrechen hineingejagt habe.
»Und schließlich«, hatte sie gesagt, »wäre er auch ein verdammt schlechter Polizist, wenn er sich nicht in einen solchen Fall verbissen hätte. In was für einen Fall soll sich ein Polizist schon verbeißen, wenn nicht in diesen?«
Und die wenigen Zeitungen, die sie in diesen Tagen dort oben erreicht hatten, hatten Sally recht gegeben. Überall stand das Ereignis auf den ersten Seiten, und in langen Artikeln wurde über die Rätsel berichtet, die der Fall aufwarf, und über den fast verzweifelten Kampf, sie zu lösen, wobei der Name des Inspektors Bélèc auch in den Schlagzeilen erschien. Er war in diesen Tagen der populärste Mann im östlichen Kanada. Irgendwann hatte Bess ihrer Schwester auch von Lucile Lésvêques erzählt und von ihrer Bemer-

kung, auf welche Weise man Bélèc am besten helfen könne. Am abendlichen Feuer auf den Krebsklippen hatte sich daraus ein Gespräch zwischen den Schwestern entwickelt, das in der Frage Sallys gipfelte, ob es nicht sein könne, daß Bélèc sie in diesen Tagen einfach brauche. Und sei es nur, daß sie da sei, ihm ein Abendbrot zurechtmache oder ein Frühstück bereite. Jetzt war es Mittwoch, der 21. September geworden. Gegen drei Uhr landete in Sept-Iles die Maschine aus Quebec. Gegen fünf erwarteten sie den Postboten, und Bess entschloß sich schon morgens, ihm einen Buchungsauftrag für die Samstagmaschine zurück nach Quebec mitzugeben.

Es war der gleiche Morgen, an dem gegen viertel vor sechs Uhr langsam und möglichst unauffällig zwei Limousinen der Polizeibehörde in die noch still daliegende Monseigneur-Gauvreau-Straße einbogen und sich unweit der Nummer 49 postierten. Im vorderen der beiden Fahrzeuge saßen auf den Rückplätzen Guillemette und Bélèc. Beide rauchten nervös. Im zweiten Fahrzeug befanden sich außer dem Fahrer zwei weitere Beamte in Uniform. Gespannt beobachteten Bélèc und Guillemette ihre Uhren, deren Zeiger langsam auf sechs Uhr sieben vorrückten, die Minute, in der das Gesetz seine Verhaftung an diesem Tage zuließ. Punkt sechs Uhr fünf drückten die beiden Männer im ersten Fahrzeug ihre Zigaretten aus. Dann öffneten sich gleichzeitig die vier Fondtüren der beiden Fahrzeuge und die vier Beamten überquerten den Fahrdamm in Richtung auf das Haus Nr. 49. Es war ein Haus mit einem Erdgeschoß, einem Obergeschoß und einem Dachgeschoß, unauffällig in die Reihe der anderen einfachen Häuser dieser bescheidenen Straße eingebaut. Im Erdgeschoß befand sich ein winziger Laden mit einem kleinen Schaufenster, in dem hinter einem zugezogenen Scherengitter einfache

Schmuckstücke und preiswerte Armbanduhren ausgestellt waren. Daneben führte eine noch verschlossene Tür in das Innere des Ladens. Der Eingang zu den Wohnungen befand sich in einem schmalen Hofdurchlaß auf der Seite des Gebäudes. Dorthin begaben sich die Männer, und Bélèc drückte auf den Klingelknopf, neben dem ein Schildchen die Aufschrift ›Guay‹ zeigte. Schon nach ganz kurzer Zeit ertönte das Summen eines elektrischen Türöffners. Guillemette drückte die Tür nach innen, betrat den Hausflur und ließ die anderen vorangehen. Auf diese Weise war René Bélèc der erste, der den Oberstock erreichte. Als er dort anlangte, befand er sich vor einer geöffneten Wohnungstür. Im Dämmerlicht des Treppenflures stand er zu dieser frühen Morgenstunde dem Phantom gegenüber, dessen gespenstische Vision ihn seit zwölf Tagen nicht mehr aus ihrem Bann gelassen hatte: Im Inneren der Wohnung sah er den Mann, der am 9. September mit der Dreijährigen auf dem Arm dem startenden Flugzeug nachgewinkt hatte. Es war derselbe, der nach der Trauerfeier fast heiter mit dem gleichen Kind gesprochen hatte, das er an der Hand führte. Es mußte demnach auch derselbe sein, der mit schmerzverzerrtem Gesicht vor Lucile Lésvêques' Glasscheibe nach Überlebenden gefragt hatte und später, den eingeholten Berichten nach, nach der Beisetzung seiner Frau, wieder das Kind auf dem Arm, einem Heiligen gleich durch die ergriffene Menge geschritten war. Er mußte durchs Fenster die Ankunft der Wagen und der Beamten gegenüber seinem Haus beobachtet haben, denn er war vollständig angezogen und trug auch jetzt das hübsche dunkelhaarige Mädchen auf dem Arm, das einen Daumen in seinem Mund hatte und den Beamten voll Neugier entgegenblickte. Sekundenlang standen Bélèc und Guay sich so gegenüber und starrten einander ins Gesicht. Nach Bélèc polterten die anderen die Treppe herauf und stellten sich hinter den Inspektor, Guil-

lemette als letzter. Als alle da waren, mußte Bélèc sich eingestehen, daß in der fanatischen Jagdatmosphäre der vergangenen Tage an die Existenz eines Kindes niemand gedacht hatte. Brutal erinnert wurde er an dieses Versäumnis, als er Guay mit einer unerwartet sanften Stimme und doch in einer messerscharfen Tonlage sagen hörte: »Nach dem Verlust der Mutter wollen Sie das Kind jetzt auch um den Vater bringen, wie? Können Sie das verantworten mit Ihrem Gewissen, vorausgesetzt, Sie haben überhaupt eines?«
Diese Worte Guays machten Bélèc vollständig bewußt, was ihm in dieser Sache noch bevorstand. Er war überzeugt, den Sprengstoffattentäter vom 9. September vor sich zu haben. Die Härte seines Gegners trat ihm in dieser Szene unverhüllt entgegen. Er durfte noch nicht einmal den Bruchteil einer Sekunde damit zögern, Guay spüren zu lassen, daß er noch härter war. Ohne sich umzuwenden, sagte er gepreßt: »Guillemette, nehmen Sie das Kind, kümmern Sie sich darum.«
Und Guillemette verstand sofort. Er schob sich an Bélèc vorbei, trat an Guay heran und nahm ihm die Kleine, die sofort in Tränen ausbrach, vom Arm.
»Es ist zwecklos, Guay«, sagte er. »Wir haben einen Haftbefehl gegen Sie und werden ihn vollziehen, so oder so.«
Mit dem Kind auf dem Arm zwängte Guillemette sich an den drei anderen vorbei und stieg nach unten. Bélèc stand Qualen aus, bis er das Weinen des kleinen Mädchens endlich nicht mehr hören konnte. Dann verlas er Guay, der die Arme vor der Brust verschränkt hatte, den Haftbefehl.
»Sie wollen also jetzt meinen Kopf«, sagte Guay. »Nach den Lügengeschichten, die die Pître und die Robitaille Ihnen über mich erzählt haben müssen, habe ich das erwartet.«
»Machen Sie sich fertig, Guay«, sagte Bélèc. »Zur Sache kommen wir in der Haft.«

»Kann ich etwas zusammenpacken?« fragte Guay und wandte sich nach rückwärts, wo anscheinend das Schlafzimmer lag.
»Aber lassen Sie die Tür offen«, sagte Bélèc. »Vor dem Haus stehen übrigens unsere Leute. Jeder Fluchtversuch wäre zwecklos.«
Guay drehte sich um und verschwand in einem der Zimmer, dessen Tür er offenließ. Bélèc hörte ihn im Hintergrund kramen, konnte ihn aber nicht sehen. Plötzlich überkam ihn ein ungutes Gefühl. Er dachte an die nächtliche Szene, die Guay damals mit der Robitaille aufgeführt hatte, und an die Pistole, die er dabei benutzt haben sollte. Mit zwei, drei riesigen Schritten war Bélèc an der Tür, mit einem weiteren im Zimmer. Albert Guay stand vor dem Spiegelschrank und war soeben im Begriff, die Pistole durchzuladen. Bélèc trat ihm mit einem wuchtigen Stoß seines Beines die Waffe aus den Händen, so daß sie in den Spiegel krachte und diesen zertrümmerte.
»Also doch«, preßte er heraus. »Das würde Ihnen so passen, Guay. Einen wie Sie will ich hängen sehen.«
Hinter Bélèc stürmten die beiden Uniformierten ins Zimmer und legten Albert Guay die Handfesseln an.
»Die Schande«, sagte Guay, während dies geschah. »Es könnte ja sein, daß ein paar Esel von Geschworenen der Pître und der Robitaille glauben, was sie zusammenlügen. Genau wie Sie.«
Er leistete in einer Art würdiger Ergebenheit keinen Widerstand mehr. Als die Beamten im Erdgeschoß die Haustür öffneten, um Guay zu dem zweiten noch wartenden Wagen zu bringen, erschraken sie. Wie ein Lauffeuer schien es sich herumgesprochen zu haben, was in dem Obergeschoß des Hauses Nr. 49 vor sich ging, und eine große Menge hatte sich trotz der ungewöhnlichen Stunde vor dem Haus versammelt, um den Menschen zu sehen, auf dessen Entlar-

vung man zwölf lange Tage und Nächte gewartet hatte. Sie sahen einen blassen, schmächtigen, dunkelhaarigen jungen Mann, dessen affektiertes und posenreiches Gehabe nicht zu dem unruhigen, unsteten Blick seiner dunklen Augen, aber auch nicht zu der fast gefühllosen Härte paßte, die er dem Inspektor Bélèc gegenüber an den Tag gelegt hatte. Charakter und Persönlichkeit des Albert Guay waren an diesem Tage allen, die mit ihm zu tun hatten, noch ein Rätsel. Hoch aufgerichtet, mit stolz erhobenem Haupt, die Unschuld persönlich, und die ihn begaffende Menge keines Blickes würdigend, schritt er vor zwei Beamten her zu dem wartenden Auto. Dort nahm er zwischen den beiden uniformierten Männern im Fond Platz, während Bélèc vorne zu dem Fahrer stieg. Nur langsam gewährte die Menge dem Wagen eine Gasse, durch die er anfahren konnte. In diesem Augenblick, da Bélèc seinen Mann gefunden hatte, begann für ihn der zähe und ungleich längere Kampf um den Nachweis seiner Schuld. Und – was viel bedeutungsvoller war – um den Nachweis der Unschuld der Marie-Ange Robitaille.

Der Untersuchungsrichter hatte die ersten Vernehmungen Guays aus guten Gründen Bélèc und Guillemette überlassen, nachdem diese beiden, besonders aber Bélèc, am intensivsten mit der Sache befaßt und am meisten mit ihr vertraut waren. Bélèc hatte Aussagen der Marguerite Pître, der Yvonne Parent, der Thérèse Noël und Marie-Ange Robitaille Wort für Wort im Gedächtnis und bedurfte zum Erkennen von Widersprüchen oder zu Vergleichen keinerlei Akten, was seine Position gegenüber Guay ungemein stärkte. Guay hingegen setzte so rückhaltlos auf seine angebliche Schuldlosigkeit, daß er auf die Hinzuziehung eines Rechtsanwalts demonstrativ verzichtet hatte. »Da ich nichts zu verbergen und nichts zu verteidigen habe, brauche ich auch keinen Anwalt. In meiner Lage wäre ein Anwalt so gut wie ein Schuldgeständnis.«

An einem Tage Anfang Oktober saß Bélèc zum ersten Mal alleine, nur mit einer Protokollstenografin, im Besucherraum des Untersuchungsgefängnisses Albert Guay gegenüber. Guay bestritt von vornherein jeden Zusammenhang mit und erst recht jede Beteiligung an dem Absturz der DC-3 und am Tode seiner Frau. Zwar hatte bereits eine Gegenüberstellung mit dem Gatten der Marguerite Pître stattgefunden, und Arthur Pître hatte, ohne zu zögern, Guay als den Mann erkannt, den er am 19. September aus seiner Wohnung geworfen hatte, aber Guay rechtfertigte sich sehr geschickt.

»Natürlich habe ich die Pître seit einigen Jahren gekannt, Monsieur. Das hat sie Ihnen ja auch wohl selbst gesagt, nicht wahr. Dann wird sie Ihnen auch gesagt haben, wie hoch sie bei mir in der Kreide steht. Wenn nicht, kann ich es Ihnen sagen, warten Sie . . .«

Der Mann hinter dem Maschendrahtgitter kramte in seinen Taschen, aber das Notizbuch hatte man ihm abgenommen.

»Bemühen Sie sich nicht«, sagte Bélèc. »Es sollen rund tausend Dollar sein, stimmt das?«

»Sehen Sie«, sagte Guay hochfahrend. »Wo die schon herkommt, Monsieur. Und so einer glauben Sie ein einziges Wort? Was liegt denn näher, als daß so eine nichts Eiligeres zu tun hat, als sich zu bemühen, daß ihr Gläubiger so schnell wie möglich von der Bildfläche verschwindet? Wenn Sie etwas darauf geben, auf das, was solches Gesindel aussagt, werden Sie womöglich noch einen Justizmord begehen. Da sollten Sie doch darüber stehen. Das sind doch alberne Geschichten . . . Kindermärchen. Nein, ich habe niemand ein Paket übergeben. Und wer das behauptet, lügt.«

Bélèc hatte sich in seine Version vom Hergang der Katastrophe so hoffnungslos verrannt, daß er Guay tatsächlich fragte, ob er denn nachweisen könne, wo er sich am Vormittag des 9. September aufgehalten habe, und Guay antwortete: »Ich war mit meiner Tochter Jeanne am Flughafen, um meine Frau zu verabschieden, wie sich das gehört, Monsieur. Irgend jemand wird mich dort schließlich gesehen haben. Forschen Sie nach.«

Bélèc erschrak. Er war es selbst, der Guay und das Kind dort gesehen hatte. Er selber schien das Alibi zu bilden, das den Mann retten konnte, den er für schuldig hielt. Er war schweißüberströmt und mußte das Taschentuch benutzen. »Sehen Sie, jetzt wird Ihnen warm«, höhnte der Mann hinter dem Maschendraht, der natürlich keine Ahnung hatte, was dafür der Grund war. Hätte er damals Bélèc und Bess Desmond bemerkt, hätte er es jetzt, süffisant und überheblich wie er war, genießerisch ausgespielt. Bélèc zwang sich, sich nicht entmutigen zu lassen. Es war leicht möglich, daß Guay einen Weg gefunden hatte, auf andere Weise und schneller vom Palais-Bahnhof nach Ancienne-Lorette zu kommen als die Pître. Er brachte die Vernehmung auf seinen Besuch in der Wohnung der Pître am 19. September. Aber auch hier tat sein Gegner ihn hochfahrend und kaltblütig ab.

»Mademoiselle Noël hat keinerlei Grund, sich einen Gläubiger vom Hals zu schaffen, Guay ...«, sagte Bélèc, nachdem er das Thema gewechselt hatte. Guay hängte die Finger in das Gitter und unterbrach den Inspektor: »Solange kein Gericht mich verurteilt hat, haben Sie mich mit Monsieur Guay anzusprechen, verstehen Sie? Wir sind hier nicht im Konzentrationslager der Nazis.«

»Also, Monsieur Guay«, wiederholte Bélèc, der halb kochte vor unterdrückter Wut. »Sie hat keinen Grund zu lügen oder Sie zu belasten. Und sie hat ausgesagt, daß Sie wußten, daß die Pître ein Paket zum Flughafen brachte. Woher wußten Sie das?«

»Aber Monsieur Bélèc«, sagte Guay wieder mit katzenhafter Freundlichkeit. »Muß ich wirklich für Sie nachdenken? Sie sind es doch, der die Wahrheit erst herausfinden will. Ich weiß sie ja. Ich habe die Pître mit einem Taxifahrer und diesem Paket gesehen, als ich meine Frau zum Gateway brachte. Und wenn die Pître mich auch gesehen hätte, dann hätte sie nicht behaupten können, ich hätte ihr am Bahnhof ein Paket übergeben. Merken Sie jetzt endlich, wie Sie sich vergaloppieren?«

»Und Ihre Drohungen gegen die Pître? Ihre Erpressung mit dem Schlafmittel?«

»Aber so denken Sie doch nach, Monsieur. Ein Flugzeug stürzt ab, in dem meine Frau stirbt. Es kommt heraus, daß ein Sprengstoffpaket eine Rolle gespielt hat. Ich sehe zufällig, daß eine Person, die mir hochverschuldet ist, ein Paket zur Abfertigung bringt. Nachher steht in der Zeitung, daß es eine Frau war, die das Sprengstoffpaket befördert haben soll. Wollen Sie mir wirklich verdenken, daß ich alles versucht habe, um herauszubringen, was hier eigentlich gespielt worden ist?«

»Und warum hat sie dann das Schlafmittel eingenommen?«

Ein selbstgefälliges Lächeln huschte über Albert Guays Züge. »Woher soll ich wissen, weshalb eine labile und halbverrückte Person ein Schlafmittel einnimmt?«

»Sie haben sie gezwungen.«

»Das hat niemand gesehen. Das kann niemand beobachtet haben, weil es nicht stimmt. Alles Mißverständnisse, alles Zufälligkeiten, Blabla ...«

»Mademoiselle Noël wird schwören.«

»Sie wird sich das überlegen«, sagte Guay. »Lassen Sie mich doch endlich mit diesen Kindereien in Frieden.«

»Schön«, sagte Bélèc, »dann sprechen wir von etwas anderem: Ihr Verhältnis mit Marie-Ange Robitaille haben Sie zugegeben.«

»Du lieber Himmel, kommen Sie damit jetzt auch noch«, sagte Guay. »Ja, ich habe sie gekannt. Ich kannte viele Frauen. Sie war nichts als ein kleines, unbedeutendes Mädchen. Eine unter vielen, wie man sie als Mann eben so hat. Das war alles schon zu Ende, bevor meine Frau starb. Sie hat übrigens von dieser Sache wie von allen anderen gewußt. Sie hatte sich damit abgefunden, daß ich das brauche. Es bestand nicht der geringste Grund, meine Frau zu töten.«
»Heißt das so viel wie, daß Sie nicht gezögert hätten, es zu tun, wenn es einen Grund gegeben hätte?«
Guay rückte im Sitz nach vorn und näherte sein bleiches, schmales Gesicht dem Gitter.
»Diese Frage ist suggestiv, Monsieur Bélèc, das wissen Sie so gut wie ich. Ich brauche sie nicht zu beantworten. Von einem Richter würde sie zurückgewiesen.«
»Auch Marie-Ange Robitaille soll die Pître kennen?«
»Auf diese Frage will ich Ihnen gerne antworten. Ja, sie kennt sie. Sie kennt sie sogar viel intimer als ich, denn die beiden haben lange in dem gleichen Kaffeehaus zusammen gearbeitet, und die Robitaille... ja, die wollte es einfach nicht wahrhaben, daß es mit uns aus und zu Ende war. Daß ich meine Frau und mein Kind hatte, bei denen ich bleiben wollte. Aber sie... sie träumte vom großen Leben mit mir... von Schmuck, Reisen, Villen, Europa, Luxuslinern und was noch alles, das ein Pipimädchen wie sie in mich hineingedichtet hat. Und das einzige, das all dem im Weg stand, war nach ihrer Meinung meine Ehe und meine Frau. Und sie trachtete pausenlos danach, daß sich das änderte.«
»Und nach Ihrer eigenen Meinung, Guay?«
»Monsieur Guay, bitte.«
»Schön, also Monsieur Guay? Wollten Sie das nicht auch? Wollten Sie nicht Marie-Ange Robitaille ganz und für immer für sich besitzen?«
Die Augen des Mannes brannten hinter dem Gitter. »Ich

sagte es Ihnen bereits. Ich habe nur einen unerfüllbaren Wunsch, daß Rita noch am Leben wäre, denn ich und unsere kleine Tochter, wir bräuchten sie dringend.«
Unvermittelt krallte der Mann seine kalkigen Finger wieder in das Drahtgitter, und über sein blasses Gesicht rannen Tränen eines untröstlichen Schmerzes. Mit zwiespältigen Gefühlen brach Bélèc das Verhör ab, stand auf und sah zu, wie hinter dem Gitter ein Uniformierter Albert Guay, der den Kopf gesenkt hielt und sich die Tränen aus dem Gesicht wischte, zurück in den Zellentrakt brachte.

Bélèc verließ den Besucherraum und ging zu Guillemette. Wer ihn auf diesem Weg beobachtete, mußte zu der Meinung kommen, daß der Inspektor persönliche Sorgen habe. Auch er schritt mit gesenktem Kopf, die Hände hinter dem Rücken verschränkt, ab und zu gedankenverloren stehenbleibend und durch ein Fenster auf herbstliche Bäume blickend, durch das Gebäude. Guillemette bot ihm, als ihm Bélèc endlich gegenübersaß, eine Zigarre an, die Bélèc akzeptierte.
»Weitergekommen?« fragte Guillemette.
»Keinen Schritt«, sagte Bélèc. »Und er macht es gar nicht ungeschickt. Von Guay werden wir kein Geständnis bekommen. Wir müssen ihn überführen. Und es gibt manches, was für ihn spricht. Vor allem das Kind. Wer sprengt schon seinem Kind die Mutter in die Luft? Und es gibt bereits Zeitungen, die so etwas durchblicken lassen.«
»Was sehen Sie denn als Ihre Trümpfe an, Bélèc?« fragte Guillemette.
»Guays Selbstmordversuch«, sagte Bélèc nachdenklich. »Dann die Noël und Arthur Pître, der Guay aus der Wohnung warf und wiedererkannte. Schließlich die Übereinstimmung zwischen dem von Samson & Filion gelieferten Sprengstoff und der Substanz, die das Flugzeug in die Luft

jagte. Bei der Pître hat Guay recht. Sie ist das Verschlagenste, das ich je gesehen habe. Solange er lügt, lügt sie auch, denn wenn er gesteht, hängt sie mit drin und umgekehrt.«
»Wie hat Guay denn seinen Selbstmordversuch erklärt?« wollte Guillemette wissen.
»Die Schande, sagte er. Es kann ja auch unter den Geschworenen Esel geben, die der Robitaille und der Pître ihre Märchen glauben, genau wie Guillemette und Sie, Bélèc.«
Bélèc stand auf, begann durch das Zimmer zu wandern und fuhr, als Guillemette nichts sagte, am Fenster stehenbleibend fort: »Und das ist meine persönliche Meinung, Guillemette. Es kann unter den Geschworenen auch andere Esel geben, die nämlich Marguerite Pître und Albert Guay ihre Märchen glauben, mit denen sie Marie-Ange Robitaille als Schuldige hineinziehen wollen.«
Guillemettes Bürostuhl war ein Drehsessel. Auf diesem wandte er sich jetzt im Sitzen um und sah Bélèc von rückwärts direkt an, als er sagte: »Und Sie halten die Robitaille zweifelsfrei für schuldlos, Bélèc.«
»Sie nicht, Alain?«
»Ich würde es nicht wagen, darüber abschließend zu entscheiden«, sagte Guillemette nachdenklich und beobachtete, wie Bélèc sich umwandte und mit dem Rücken an die Fensterbank lehnte. »Und von Ihrer Entscheidung hängt es ab, ob Anklage erhoben wird oder nicht. Worauf stützen Sie Ihre Überzeugung?«
»Auf mein Gefühl«, sagte Bélèc. »Wie schon so manches Mal in dieser Sache.«
Alain Guillemette hatte schwer zu kauen an dieser Antwort. Nachdem er das einige Zeit rauchend getan hatte, sagte er: »Sind sie ihr erlegen, René? Unbewußt, meine ich?«
»Wie kommen Sie darauf?« fragte Bélèc.
»Nun«, sagte Guillemette. »Wir sprechen fast unter Freun-

den. Es wäre schlimm für Sie und für die Justiz, wenn Sie Guay auf die Falltür brächten, weil Sie ihn hassen, und damit recht behielten. Und wenn Sie Marie-Ange Robitaille vor dem Henker bewahrten, weil Sie sie lieben, und damit unrecht hätten.«

»So habe ich das noch nie gesehen«, sagte Bélèc und betrachtete nachdenklich die Glut seiner Zigarre. »Aber ich bin überzeugt, daß die wahren Motive Guays nur durch ein Gespräch mit Marie-Ange Robitaille aus dem Nebel hervortreten.«

»Und dieses Gespräch wollen Sie führen?«

»Wer sonst?« sagte Bélèc.

»Sehen Sie«, antwortete Guillemette. »Prüfen Sie sich, René. Ich rate Ihnen gut. Sonst endet Ihre Karriere im Reißwolf der öffentlichen Meinung, und das täte mir leid um Sie.«

Inspektor René Bélèc von der Royal Canadian Mounted Police folgte dem Rat Alain Guillemettes und prüfte sich. Er kam dabei zu dem Ergebnis, daß er sich absolut nichts vorzuwerfen hatte. Allerdings hatte er keinerlei Möglichkeit mehr, das seiner Verlobten Bess Desmond begreiflich zu machen, bevor sie gegen 17 Uhr am Samstag, dem 24. September, in Ancienne-Lorette die Gangway der DC-3 herunterkletterte, die sie aus Sept-Iles zurückgebracht hatte. Sie war nach den langen nächtlichen Gesprächen mit ihrer Schwester Sally am Feuer auf den Klippen von Baie des Ecrevisses besten Willens, alles zu vergessen und neu anzufangen, als sie mit zwei kleinen Gepäckstücken die Abfertigungshalle betrat und hinüber zum Zeitungskiosk ging, um sich die neuesten Ausgaben zu besorgen, damit sie ungefähr wußte, wie die Dinge standen, wenn sie mit René sprach. Unfähig zu irgendeiner sinnvollen Reaktion stand sie allerdings vor den ausgehängten Vorderseiten der Zeitungen, von denen besonders »Le Canada« sich hervortat mit einer Balkenüberschrift »Bélèc kämpft um Marie-Ange«. Weiß der Teufel, woher die Zeitungen erfahren hatten, in welche Richtung der Fall im Innenverhältnis sich jetzt bewegte, jedenfalls prangten unter dieser Schlagzeile die unmittelbar nebeneinandergesetzten Fotografien der Robitaille und Bélècs, tückischerweise und ganz nach dem Radaumuster von »Le Canada« auch noch so angeordnet, daß sie sich gegenseitig zuzulächeln schienen. Bess war nicht imstande, eines dieser Blätter zu kaufen. Sie bildete sich ein, jedermann müsse ihr von der Stirn ablesen, daß sie die Verlobte René Bélècs sei, der inzwischen um eine andere kämpfte. Da ihre Wunden zwar geschlossen, aber keineswegs vernarbt waren, brachen sie angesichts dieser infamen und provozierenden Angriffe auf ihr Privatleben erneut in alter Heftigkeit auf. In tiefer Niedergeschlagenheit wandte sie sich ab, nahm ein Taxi und fuhr in ihre einsame, jetzt schon ein wenig herbstlich ausgekühlte Wohnung, wo sie auspackte, ihre Sachen ordnete und versuchte, damit fertig zu werden, daß alle ihre kleinen liebevollen Vorbereitungen für einen gemeinsamen Urlaub mit René vergeblich gewesen und enttäuscht worden waren. In dieser sich mehr und mehr verschlechternden Stimmung traf Bélèc sie an, der am Sonntag nachmittag an ihrer Wohnung vorbeifuhr und dabei bemerkte, daß die Gardinen zurückgeschoben schienen und ein Fenster geöffnet war. Ohne lange zu überlegen, hielt er den Roadster an, läutete und stürmte die Treppe nach oben. Bess' Gesicht war verweint, als sie öffnete. Eine weiße, traurige und starre Maske blickte ihn aus dem dämmerigen Flur heraus an. Es wurde ein freudloses Wiedersehen. Bélèc, der nur allzu verständliche Schuldgefühle hatte, wollte Bess umarmen, aber sie schüttelte seine Hände ab. Er bat sie um Verzeihung und sagte: »Du mußt versuchen, das alles zu verstehen, Bess.«

»Ich habe versucht, das alles zu verstehen«, sagte sie. Sie bat ihn nicht einmal in ihr Wohnzimmer. Sie unterhielten sich auf dem Flur. »Ich habe fast zwei Wochen lang versucht, das alles zu verstehen, und Sally hat sich sehr für dich eingesetzt. Aber das verstehe ich nicht mehr: Bélèc kämpft um Marie-Ange Robitaille. Und diese Fotos! Wie du ihr zulächelst und sie dich anhimmelt. Es ist abscheulich.«
Sie begann wieder zu weinen. Das alles war einfach zu viel für sie, und der Brief in dem aufgerissenen Umschlag, den sie zusammen mit ihrem nassen Taschentuch nervös in der Hand knüllte, hatte ihr den Rest gegeben. Niemals durfte René Bélèc etwas über seinen Inhalt erfahren, niemals. Auf sich selbst sollte er den Bruch beziehen, der unwiderruflich herannahte, nicht auf sie. Vergeblich versuchte Bélèc, an ihre Vernunft zu appellieren und sie zu beruhigen.
»Allein das Wort ›kämpfen‹ ist schon übertrieben, Bess«, sagte er. »Es geht nicht darum, sie zu besitzen, sondern um ihren Kopf, versteh' doch. Wenn ich jetzt versage, schickt die Anklage sie vor die Geschworenen. Und dann stehen die Chancen nicht besser als fünfzig zu fünfzig.«
»Jetzt fragst du mich gleich wieder, ob ich das wirklich verantworten will«, sagte Bess. »Aber dieses Mal antworte ich dir, daß es mir egal ist. Seit diese Affäre angefangen hat, kümmerst du dich um die Interessen anderer Menschen anstatt um meine, oder wenigstens um unsere gemeinsamen.«
»Es geht nicht um die Interessen der Robitaille, sondern es geht um ihren Kopf«, sagte Bélèc, den die Ruhe zu verlassen begann.
»Aber es geht um die Interessen dieser Fluggesellschaft, der Versicherungen, um euren Polizeistolz und deinen verfluchten Ehrgeiz. Hättest du die Finger nicht in diese Sache gesteckt, dann bräuchtest du dir jetzt keine Skrupel zu machen«, antwortete Bess in einer plötzlichen und deshalb

für Bélèc bestürzenden Ruhe. »Ich will jetzt auch nichts mehr hören, verstehst du. Wir brauchen eine Pause, René. So, wie du jetzt engagiert bist, kannst du ohnehin nichts mit einer Frau anfangen. Und ich habe einfach keinen Durchblick mehr und muß meine Gefühle ordnen.«
Sie war, als sie ihn gesehen hatte, so stark und entschlossen gewesen, und all diese Stärke und Entschlossenheit schienen in dem Augenblick ins Wanken zu geraten, da sie im Begriff stand, Dinge auszusprechen, die nach Endgültigkeit klangen. Deshalb zwang sie sich zu einer noch entschiedeneren Tonart, als sie fortfuhr: »Wir werden uns jetzt eine Weile nicht wiedersehen, René. Führ deinen Fall zu Ende, und wenn du das getan hast, werden wir sehen, was aus uns geworden ist.«
»Der Fall ist erst zu Ende, wenn Guay hängt«, sagte Bélèc bestürzt. »Und das kann ein Jahr dauern und länger.«
»Dann wird es ein Jahr dauern und länger«, sagte Bess. »Und in diesem Jahr kann ich nicht mit einem Partner zusammen sein, der nur von dem Gedanken erfüllt ist, seinen Mann hängen zu sehen.« Es trat eine Pause ein, während der Bess und Bélèc sich in dem dämmerigen Flur ratlos gegenüberstanden. Dann fuhr Bess fort: »Du bist krank, René, du bist besessen von deinem Fall. Ich möchte dir gerne helfen, aber ich vermag es nicht, denn ich bin selber krank und völlig herunter. Laß uns Abstand gewinnen ... nein, küß mich jetzt nicht«, setzte sie hinzu, als sie erkannte, daß er das tun wollte. René Bélèc ließ resigniert die Arme sinken und wandte sich zur Tür. Dort blieb er noch einmal stehen und drehte sich um. »Versprich mir wenigstens, mich anzurufen, wenn du mich brauchst.«
»Mein René«, sagte das Mädchen traurig. »Eines weiß ich gewiß: Du wirst es sein, der mich braucht. Und ich bin nicht sicher, daß du mich dann anrufen wirst.«
Als René Bélèc die Treppe nach unten stieg, konnte er nicht

wissen, daß Bess, die sich hatte zwingen müssen, die Wohnungstür hinter ihm zu schließen, in ihrem einsamen dämmerigen Flur erneut die Tränen über das Gesicht liefen. Nach einer Weile ging sie zurück in ihr Wohnzimmer. Sie faltete den zerknüllten feuchten Brief auseinander, den sie noch immer zusammen mit dem Taschentuch in der Hand hielt, und las zum dritten oder vierten Mal die lapidare Mitteilung des Professors, der eine gynäkologische Untersuchung bei ihr durchgeführt hatte und sie jetzt zu einer persönlichen Erörterung des Ergebnisses in die Klinik bat. Bess Desmond wußte, was das bedeutete: persönliche Erörterung. Es war die Bestätigung einer Befürchtung, die sie und ihre Mutter schon seit einiger Zeit hegten, daß es Bess wahrscheinlich versagt sein würde, jemals ein Baby auszutragen. Von alledem wußte Bélèc nichts, der verstört die Treppe hinabstürmte und versuchte, sich mit dem auseinanderzusetzen, was soeben geschehen war. Er wäre kein Mann gewesen, wenn er nicht zuerst seine Erbitterung gegen Bess gekehrt hätte. Sie war in seinen egozentrischen Vorstellungen eben nicht alt, nicht reif genug, um eine Krisensituation durchzustehen, nicht ausreichend belastbar für ihn, der im Streß war und Rückendeckung brauchte. Zwei Worte aber, die Bess gesagt hatte, hämmerten doch unverdrängbar durch seinen schmerzenden Kopf: krank und besessen. Und je mehr er darüber nachdachte, desto mehr wuchs sein Bewußtsein dafür, daß Bess damit recht hatte. Er hatte ihn in der Tat krank gemacht, dieser halbseidene Dutzendbeau von Massenmörder mit seiner süffisanten Arroganz und seinem weinerlichen Selbstmitleid, mit dem starren weltmännischen Möchtegernlächeln und dem gefühllosen egoistischen Blick. Der Mann, der ihn und das ganze Land zwölf endlose Tage lang an der Nase herumgeführt hatte und sich jetzt anschickte, auf dieser herumzutanzen. Der Mann, der ihn ausmanövriert hätte, wäre er,

Bélèc, nicht durch Zufall an der Entstehung der fünf Minuten Verspätung beteiligt gewesen, die das letzten Endes vereitelt hatten. Der Mann, der ihn dadurch gezwungen hatte, zum mitleidlosen Jäger zu werden. Der Mann, der ihn dem unverhohlenen Hohn eines Lewis B. O'Connor und der hämischen Verachtung der Bosse der Kennecott-Copper ausgeliefert hatte. Der Mann, der ihn gezwungen hatte, ihn mit ›Monsieur‹ anzureden und die Spielregeln einzuhalten. Der Mann, der mit alledem auch noch sein Verhältnis zu Bess in Mitleidenschaft zog und ihm, René Bélèc, durch die Maschen schlüpfen und Unschuldige zwischen die Mühlsteine der Justiz stürzen würde, wenn Bélèc jetzt versagte oder das Handtuch warf. Seine Beziehung zu diesem Monster, das mußte Bélèc sich eingestehen, war ganz persönlich: Sie bestand aus Rachsucht und Haß. Und dieser Fall würde erst erledigt sein, wenn Bélèc nachgewiesen hatte, daß der angelsächsische Rechtsstaat imstande war, ein verkommenes Subjekt wie Albert Guay ein für allemal auszulöschen.

Die entscheidende Vernehmung der knapp achtzehnjährigen Marie-Ange Robitaille bot unter diesen Umständen außerordentliche psychologische Probleme. Guillemette, mit dem Bélèc am Montagvormittag noch einmal über den Umfang seiner persönlichen Verstrickung in den Fall Guay sprach, riet Bélèc von der Durchführung der Vernehmung durch ihn selbst ab. Gemeinsam machten sie Captain Alphonse Matte von der Kriminalpolizei der Provinz folgenden Vorschlag: Längst hatten die Eltern der Robitaille, die den Ernst der Situation für ihre Tochter ahnten, einen Rechtsanwalt eingeschaltet. Es war aber sehr unwahrscheinlich, daß das Mädchen in Anwesenheit ihrer Eltern oder gar eines Rechtsanwalts die Aussagen machen würde, die sie brauchten, um auf sie die Anklage gegen Guay zu stützen. Matte bot an, Marie-Ange Robitaille zu fragen, wem sie in einem Gespräch, an dem außer ihr nur noch eine Protokollführerin teilnehmen würde, am liebsten antworten würde. Marie-Anges Wahl war auf den verheirateten und in seiner breiten Bärenhaftigkeit Vertrauen einflößenden Guillemette gefallen. Es wurde vereinbart, das Protokoll, das von einem zwischen Marie-Ange und Guillemette geführten Gespräch aufgenommen werden würde, anschließend mit Marie-Anges Eltern und dem Anwalt zu erörtern und der Anklage nur eine Fassung zugrunde zu legen, die von dem Anwalt der Robitailles genehmigt worden war. Auf diese komplizierte Art und Weise wurde auf die natürliche Scheu des noch minderjährigen Mädchens Rücksicht genommen und andererseits sichergestellt, daß nichts protokolliert wurde, das die Robitaille belasten mußte, ein Verfahren, das mit der felsenfesten Überzeugung von der Schuldlosigkeit des Mädchens stand und fiel. René Bélèc übernahm für sie die volle Verantwortung und erklärte sich in einem Gespräch mit Colonel Swarts bereit, hierfür sein persönliches Schicksal und seine Karriere als Polizeioffizier aufs Spiel zu setzen.

Auf dieser Basis fand am Vormittag des darauffolgenden Donnerstags das Gespräch zwischen Alain Guillemette und Marie-Ange Robitaille, auf ihren Wunsch in der ihr vertrauten Wohnung ihrer Eltern, statt. In der Küche warteten ihr Vater, ihre Mutter und der Anwalt der Familie in angstvoller Spannung darauf, was ihre Tochter über ihr Verhältnis zu dem Massenmörder des 9. September aussagen würde.
Zuerst erzählte das Mädchen Guillemette eine Geschichte, die derjenigen entsprach, die sie schon bei der ersten Vernehmung im Café Monte-Carlo erzählt hatte. Nach etwa zehn Minuten beendete sie ihren Bericht mit den Worten: »Ich habe Ihnen jetzt alles gesagt, was ich weiß, Monsieur.«
Guillemette hatte sich alles ruhig und mit unbewegtem

Gesicht angehört. Jetzt rückte er sich in seinem Sessel zurecht und antwortete: »Das stimmt nicht, Marie-Ange. Sie wissen noch etwas, das Sie vergessen haben, mir zu sagen und das sehr wichtig ist.«
»Und das wäre, Monsieur?«
»Das ist die Wahrheit, Marie-Ange.«
»Woher wissen Sie, daß ich nicht die Wahrheit gesagt habe, Monsieur?«
Guillemette antwortete: »Sehen Sie, schon im Monte-Carlo-Café sagten Sie uns, Sie hätten Albert Guay seit längerem nicht gesehen, und Sie würden ihn auch niemals wiedersehen. Und doch war das nur einen Tag, bevor Sie sich erneut in der Wohnung von Marguerite Pître mit ihm trafen. Was soll ich davon halten?«
»Ich habe nicht gewußt, daß Marguerite mich zu sich bestellen würde, als ich mit Ihnen sprach, Monsieur«, sagte das Mädchen. »Ich habe nicht gelogen.«
»Und doch haben Sie sich durch einen einzigen Telefonanruf in Ihrem Vorsatz umstimmen lassen, ihn nie wiederzusehen?«
Es entstand eine Pause, während deren Dauer das Mädchen mit sich zu ringen schien. Schließlich sagte es, blicklos vor sich hin und auf die gegenüberliegende Wand starrend, leise: »Was er auch geplant oder verbrochen hat, Monsieur... ich habe nichts damit zu tun.«
»Es genügt nicht, daß Sie das immer wieder beteuern, ohne mir Einzelheiten zu sagen. Um den Staatsanwalt überzeugen zu können, muß ich es selbst glauben können. Und damit ich es glauben kann, müssen Sie mir die Wahrheit sagen. Und Sie müssen diese Wahrheit auch vor Gericht wiederholen und beschwören können.«
Das Mädchen schrak aus seiner Regungslosigkeit hoch, sah Guillemette mit ihren großen, schwarzen Augen an und murmelte: »Staatsanwalt... Gericht... oh, mein Gott...«

»Marie-Ange«, sagte Guillemette, überzeugt, jetzt einen Einbruch in die Verschwiegenheit des Mädchens erzielen zu können, die sie möglicherweise für ihre menschliche Pflicht hielt. »Es ist so gut wie sicher, daß Albert Guay das Flugzeug durch eine Explosion abstürzen ließ, nur um seine Frau Rita loszuwerden. Es ist bekannt, daß er zu Ihnen eine Beziehung unterhielt, die von den verschiedensten Zeugen ganz unterschiedlich dargestellt wird. Wenn wir Guay nachweisen können, was wir vermuten, kostet es seinen Kopf. Guay können Sie nicht durch Schweigen retten, Marie-Ange. Aber wenn Sie sprechen, werden Sie es uns ermöglichen, wenigstens Sie vor dem Gericht zu bewahren. Es kann um Leben und Tod gehen. Sie müssen sich das klarmachen.« Guillemette ließ absichtlich eine Pause eintreten und fuhr dann fort: »Er hat es entweder mit Ihnen gemeinsam, für Sie oder Ihretwegen getan. Das sind für das Gericht ebenso feine wie schwerwiegende Unterschiede. Es kommt für die Anklage darauf an, ob Sie Täterin, Mittäterin, Anstifterin oder Opfer sind. Ich kann das nur beurteilen, wenn Sie mir rückhaltlos die ganze Wahrheit sagen. Monsieur Bélèc, der die Berichte für die Anklage zusammenstellen wird, hat sein persönliches Schicksal dafür verbürgt, daß Sie unschuldig sind.« Guillemette wandte sich an die Protokollführerin und sagte: »Nehmen Sie das mit in Ihr Stenogramm auf.« Dann sah Guillemette das Mädchen wieder an und fragte: »Lieben Sie diesen Mann, Marie-Ange?«
»Jetzt nicht mehr.«
»Also haben Sie ihn geliebt?«
»Zuerst schon«, sagte das Mädchen. »Ich weiß nicht, ob Sie das verstehen, Monsieur. Aber ich hatte mit sechzehn mein eintöniges Leben dort unten in Lower-Town satt. Ich war jung. Und ich war schön. Wenigstens hat man mir das immer wieder gesagt. Eigentlich stand mir etwas anderes zu.«
»Wer hat das zu Ihnen gesagt?«

»Auch meine Eltern, Monsieur.«

»Und mit dieser Überzeugung sind Sie an Albert Guay geraten, Sie armes Ding. Sie glaubten, er könne Ihnen das bieten, was Ihnen eingeredet wurde?«

»Ja. Er hat mir erzählt, daß er Juwelier sei und eine große Karriere vor sich habe. Er erzählte von ausgedehnten Reisen und großen Geschäften.«

»Also hat er Ihnen goldene Berge versprochen?« fragte Guillemette.

»Nein, Monsieur, nicht einmal so sehr goldene Berge. Vielmehr ein interessantes, abwechslungsreiches Leben außerhalb von Lower-Town, Reisen, Theater, Gesellschaft... Sie wissen schon, was ich meine. Und außerdem...« Sie brach ab.

»Und außerdem«, ermutigte sie Guillemette. »Sprechen Sie sich aus, Mademoiselle. Ich bin überzeugt, es wird Sie erleichtern.«

»Ich kann nicht«, sagte das Mädchen nach einer Weile. »Ich habe noch nie mit jemand über diese Dinge gesprochen.«

»Auch nicht mit Ihren Eltern?«

»Nein, Monsieur. Ich habe mich geschämt. Mein Vater hat mich als... als... er hat mich fürchterlich beschimpft. Und meine Mutter hat immer nur geweint.«

»Obwohl Guay Sie immer wieder belogen und enttäuscht hat, gab es also etwas, das Sie mit ihm sehr glücklich gemacht hat?«

»Ja, Monsieur«, sagte das Mädchen erleichtert. »Sie haben es erraten. Genau so war es.«

»Es ist nicht schwer zu erraten«, sagte Guillemette. »Ich bin auch der Vater einer sechzehnjährigen Tochter, Marie-Ange. Sie dürfen Vertrauen zu mir haben. War er denn der erste Mann, der sie so glücklich gemacht hat?«

»Ja. Er war überhaupt der erste, den ich geliebt habe. Zuerst wurde alles mit ihm immer schöner und schöner, und ich

konnte mir bald ein Leben ohne ihn gar nicht mehr vorstellen.«
»Und er? War es bei ihm genauso?«
»Es war bei ihm noch viel schlimmer, Monsieur. Ich habe natürlich bald gewußt, daß er verheiratet war und keineswegs ein bedeutendes Geschäft hatte. Aber er liebte mich so sehr, daß ich ihn schließlich auf sein Drängen hin unter einem falschen Namen meinen Eltern vorstellte. Dort konnten wir uns dann manchmal treffen. Später sagte er, er würde mich entführen, wenn ich nicht mit ihm in eine Villa nach Montreal ziehen und dort auf seine Scheidung warten würde.«
»Und? Haben Sie zugesagt?«
»Ja. Denn ich wartete ja immer noch auf das wirkliche Leben, das er mir versprochen hatte und das ich mir einbildete. Aber auf die Villa wartete ich vergeblich. Sie sei nicht fertig geworden, sagte er mir und flehte mich an, ihn nicht deshalb zu verlassen. Wir lebten zusammen in einem billigen Rooming-House. Aber dort begann ich plötzlich zu bemerken, daß seine Liebe etwas Krankhaftes hatte. Er wurde für mich zu einem Wesen mit zwei Gesichtern, einem Halbgott und einem Satan.«
»Woher haben Sie dieses Bild, Marie-Ange? Diese Ausdrucksweise stammt nicht von Ihnen selbst.«
»Sie stammt von ihm, Monsieur. Er hat mir das einmal gesagt. Auch wenn vom Halbgott nichts mehr übrig sei, hat er gesagt, würde ich doch immer noch dem Teufel in ihm verschrieben bleiben. Und als ich verstanden hatte, was er damit meinte, faßte ich den Entschluß, zu meinen Eltern zurückzukehren, und tat es auch.«
»Soweit wir wissen, war es aber doch damit nicht zu Ende, Mademoiselle. Wann zogen Sie denn zu Marguerite Pître?«
»Sehen Sie... als ich wieder bei meinen Eltern war, schwächte sich alles zwischen mir und ihm etwas ab. Aber

dann kam seine Frau zu meinen Eltern und erzählte ihnen, daß er in Wirklichkeit ihr Mann sei und mit ihr eine kleine Tochter habe. Ich glaube, das war ein großer Fehler von Madame Guay, denn nun fürchtete Albert, daß meine Eltern alles unterbinden würden, und brachte mich zu Marguerite Pître, wo ich wieder unter einem falschen Namen wohnte. Ich habe dort nichts anderes getan als gewartet... gewartet darauf, daß er mich besuchte.«

»Sie haben aber doch noch mehrmals versucht, sich von ihm zu trennen«, sagte Guillemette.

»Ja, Monsieur, insgesamt noch viermal. Einmal fuhr er mir mit dem Auto nach und holte mich aus dem Zug. Ein zweites Mal wollte ich mich dem Jugendfürsorger stellen, aber er fing mich ab und versprach mir wieder die baldige Scheidung von seiner Frau. Heuer im Juni allerdings hatte ich endgültig begriffen, daß ich einem Phantom nachjagte. Ich ging erneut zurück zu meinen Eltern und habe meine Arbeit im Café aufgenommen.«

»Wir wissen das. Aber auch dort hat er Ihnen wieder nachgestellt.«

»Woher wissen Sie das, Monsieur?«

»Nun, die Akten über diesen Vorfall auf der nächtlichen Straße in der Nähe des Cafés haben uns auf seine Spur gebracht. Und ich darf wohl sagen, daß das ein großes Glück für Sie war. Was ist damals wirklich geschehen, Marie-Ange?«

»Er hat mir aufgelauert und drohte mir auf offener Straße, zuerst mich und dann sich selbst zu erschießen, wenn ich nicht sofort zu ihm zurückkehre. Dabei hat er mit einer Pistole herumgefuchtelt. Eine Polizeistreife kam vorbei. Man fragte, was hier los sei. Schließlich haben sie ihn entwaffnet und festgenommen.«

»Und seitdem haben Sie ihn wirklich nicht wiedergesehen?«

»Am nächsten Tag, nach seiner Entlassung von der Polizei, hat er mich wieder überredet, und ich bin noch einmal mit ihm nach Montreal gefahren. Aber schon nach wenigen Tagen fuhr ich zurück zu meinen Eltern.«

»Aber auch danach hat Guay sich nicht zufrieden gegeben. Wie oft haben Sie ihn danach noch getroffen, Marie-Ange?« Guillemette ließ eine lange Pause eintreten, während der auch das Mädchen schwieg. Schließlich fügte Guillemette hinzu: »Ich glaube, Sie sollten es mir jetzt doch sagen, Marie-Ange. Retten können Sie nur sich selbst. Nicht ihn. Also... wie oft?«

Das Mädchen verfiel wieder in die reglose Starre vom Anfang des Gesprächs und blickte vor sich hin. Nachdem Guillemette ein weiteres drängendes »Nun!« hatte vernehmen lassen, sagte es mit leiser Stimme, fast ein wenig wie abwesend: »Nur noch ein einziges Mal. Das war am sechzehnten September in der Wohnung von Marguerite Pître. Durch Marguerite hatte er mich dorthin bestellt.«

»Und was hat er Ihnen gesagt?«

»Er sagte, er könne mich nun mindestens ein halbes Jahr lang nicht mehr sehen. Aber er sei jetzt wie durch einen Fingerzeig des Schicksals frei, und sobald ich einundzwanzig Jahre alt sei, werde er mich für immer zu sich holen.«

»Und was haben Sie ihm geantwortet?«

»Ich habe ihm gesagt, daß alles endgültig zwischen uns zu Ende ist.«

»Hat er Ihnen das geglaubt, Marie-Ange?«

»Zuerst nicht, Monsieur. Aber als er begriff, daß es dieses Mal Ernst war, verfiel er zuerst in Raserei und dann in Depression.«

»Und das war das Ende zwischen Ihnen?«

»Das war das Ende, Monsieur, ich schwöre es Ihnen. Das letzte, was er sagte, war: Dann war also alles umsonst. Und erst da habe ich geahnt, was in Wirklichkeit geschehen war.

Von allem, was er geplant und vielleicht getan hat, habe ich nichts gewußt. Bitte glauben Sie mir. Ich verstehe jetzt, daß er es vielleicht wegen mir getan hat, wie Sie vorhin sagten. Aber nicht für mich und auch nicht mit mir. Ich wußte nichts davon. Mir ist klar geworden, daß er ein Getriebener und ein Verrückter ist. Und mit einem Verrückten hätte ich nicht mein Leben verbringen wollen. Mehr habe ich nicht zu sagen.«

»Das, was Sie jetzt gesagt haben, würden Sie auch vor dem Anwalt wiederholen, Marie-Ange? Und später vor Gericht?«

Das Mädchen nickte. »Ja, das würde ich«, sagte es mit fester Stimme. »Denn es ist die Wahrheit.«

Hiervon war auch Guillemette überzeugt. Die Eltern und der Anwalt wurden hereingerufen, und die Stenografin verlas noch einmal ihr Protokoll. Die Eltern und der Anwalt hatten keine Einwände.

»Sie wäre aus allem heraus«, sagte Guillemette am Ende nachdenklich, »wenn es jemand gäbe, der das Gespräch vom sechzehnten September bezeugen könnte.«

Es trat wieder ein langes Schweigen ein. Schließlich sagte der Anwalt: »In den Akten steht doch, daß den Auftritt in der Wohnung der Pître vom neunzehnten September eine Zeugin namens Noël und der Bruder der Pître namens Jean-Marie Ruest mitangehört haben. Thérèse Noël hat ausgesagt, daß ihr Bräutigam schon seit einigen Tagen krank in der Wohnung der Pître lag. Könnte es nicht sein, daß er auch das Gespräch vom sechzehnten mitangehört hat?«

So war es. Jean-Marie Ruest, der sofort hierzu einvernommen wurde, sagte ohne zu zögern aus, daß die Angaben Marie-Ange Robitailles der reinen Wahrheit entsprachen. Er selbst habe diese Beobachtung nur deshalb unerwähnt gelassen, weil er fälschlicherweise keinen Zusammenhang zwischen dem Gespräch am sechzehnten und der Szene am neunzehnten September hergestellt habe. Nachträglich dazu gehört, müsse er aber sagen, daß ein solcher Zusammenhang außer Zweifel stehe und insbesondere der männliche Partner der beiden Gespräche derselbe gewesen sei.

Den Untersuchungsbericht, der zur Grundlage der Anklage wurde, verfaßte auf der Basis aller bisherigen Aussagen René Bélèc. Das Indiziennetz um Albert Guay zog sich immer dichter zusammen. Die bisher offen gebliebenen Fragen der Zündung der Bombe sowie der Motivation Guays zu gerade dieser Art von Mord wurden geklärt durch Funde, die bei einer Haussuchung in der Wohnung Guays gemacht wurden. Es handelte sich, wie schon von Chefingenieur Francis in den ersten Sitzungen nach der Katastrophe vermutet, um einen genauen Konstruktionsplan des Flugzeugs vom Typ DC 3-D 280, sowie um eine Rechnung des Uhrmachers Généreux Ruest, des zweiten Bruders der Marguerite Pître, über ›Reparatur und Präparierung einer Weckeruhr‹ aus dem August. Schließlich fand sich in einer Schublade, wie Grant McConanchie von Anfang an vermutet hatte, ein ausgeschnittener Zeitungsartikel über die Flugzeugkatastrophe in der philippinischen See vom Mai 1949. Guillemette und Bélèc konnten tatsächlich in entnervenden Verhören Généreux Ruest zu einem Geständnis bringen, einen Zeitzünder unter Verwendung eben dieses Weckers und einer Trockenbatterie vom Typ ›Eveready Nr. 10‹ gebaut und an Guay übergeben zu haben. Aber sowohl die Pître wie auch Généreux Ruest hielten unbeirrbar an ihrer Behauptung fest, sie hätten von den wahren Absichten Guays nichts gewußt. Den weitaus schwierigsten Teil der Anklage, dem Gericht ein überzeugendes Mordmotiv für die entsetzliche Tat liefern zu können, ohne Guay gleichzeitig die Chance der Unzurechnungsfähigkeit zu eröffnen, ermöglichte die Aussage der Marie-Ange Robitaille: eine exzentrisch übersteigerte sexuelle Hörigkeit, verbunden mit anlagemäßiger Gefühlskälte und neurotischer Egozentrik. Marie-Ange Robitaille blieb außerhalb des Prozeßverfahrens und sagte am 3. Februar 1950 vor den Geschworenen als Zeugin aus. Am 23. Februar 1950 sprach das Schwurgericht unter Leitung Seiner Ehren des Chiefjustice Sevigny das Urteil auf Tod durch den Strang über Albert Guay. Aufgrund der lückenlosen und von Bélèc überzeugend zusammengetragenen Indizien und des Ergebnisses der Beweisaufnahme kam die erforderliche Einstimmigkeit im Schuldspruch der Geschworenen nach nur siebzehnminütiger geheimer Beratung zustande. Am 3. Juli des gleichen Jahres waren alle zulässigen Rechtsmittel verworfen und das Gnadengesuch abgelehnt. Erst jetzt, als der Tod ihm sicher war und durch nichts mehr abgewendet werden konnte, schrieb Albert Guay, der bisher unbeirrbar alles geleugnet hatte, auf vierzig Seiten ein volles Geständnis der Tat mit allen Einzelheiten nieder, unter Beteiligung der Marguerite Pître und des Généreux Rucst, die einer versprochenen Belohnung wegen und im vollen Bewußtsein des beabsichtigten Verbrechens gehandelt hatten.

Als Inspektor Bélèc im Dienstzimmer des Colonel Swarts über dieses Dokument unterrichtet wurde, lief ihm ein kalter Schauder über den Rücken. Irgendwoher kannte Colonel Swarts die deutsche Ballade vom Ritt über den Bodensee und verglich die Gefühle Bélècs mit den Gefühlen dieses Reiters.

»Er hätte es geschafft, Ihnen auch noch einen Justizmord anzuhängen, Bélèc. Preisen Sie sich glücklich, daß die Eitelkeit und das Geltungsbedürfnis dieses Mannes noch größer sind als seine Infamie.« Jedoch verstand es Albert

Guay, sowohl seine Eitelkeit und sein Geltungsbedürfnis als auch seine Infamie noch ein letztes Mal mit seinem Haß gegen Bélèc in Einklang zu bringen. Am Mittwoch, dem 10. Januar 1951 saß der Inspektor wie gewöhnlich an seinem Schreibtisch. Corporal Houde brachte ihm die Morgenpost. Er machte seinen Chef auf einen der Briefe aufmerksam, der an Bélèc persönlich adressiert war. Die Adresse war auf einen Umschlag des gewöhnlichen gelblichen holzhaltigen Papiers der Strafanstalten geschrieben und trug den leicht verblaßten Stempelaufdruck der Verwaltung des Gefängnisses Bordeaux bei Montreal. Flüchtig huschte die Erinnerung an jenen Sommerabend durch Bélècs Gehirn, als er an dem düster thronenden Bau vorbeigefahren war und sich insgeheim gewünscht hatte, seinen Mann lebend oder tot dort oben zu wissen. Bélèc riß den Umschlag auf und zog den Brief heraus. Jetzt schrieb ihm dieser Mann:

»Inspektor René Bélèc. RCMP Quebec, Monsieur, Sie wollten mich hängen sehen, wie man mir berichtet hat. Dazu ist Gelegenheit am Freitag dem 12. Januar 1951 morgens um sechs Uhr im Hof des Gefängnisses Bordeaux. Sie haben dazu nicht wenig beigetragen. Kleiden Sie sich warm, denn es wird kühl sein, Albert Guay.«

Bélèc starrte auf diese wenigen Zeilen. Ein Mann hatte sich noch einmal in Erinnerung gebracht, den er schon fast vergessen hatte. Ein Mann, der nichts bereute und nichts empfand, anscheinend nicht einmal Furcht vor dem eigenen Tode. Ein Mann, dem es Genugtuung bereitete, ihn, Inspektor René Bélèc, gedemütigt in dieser Welt zurückzulassen, indem er ihn zu warmer Kleidung an einem kalten Wintermorgen ermahnte. Denn eines war gewiß: Gedemütigt war Bélèc, falls er zu feige war, diese Herausforderung anzunehmen; aber auch dann, wenn er auf sie einging, denn er war keineswegs sicher, ob er stark genug sein würde,

auch durchzustehen, was er so sehr gewünscht, gehofft und herbeigesehnt und worauf er fast ein Jahr lang verbissen hingearbeitet hatte.
»Irgendwas Besonderes, Sir?« fragte Houde, dem Bélècs Unbeweglichkeit zu lange dauerte. Bélèc schrak hoch.
»Etwas Besonderes, Gérard? Nein, nichts Besonderes... Oder doch? Besorgen Sie mir eine Fahrkarte nach Montreal für morgen nachmittag und eine Unterkunft dort von morgen auf übermorgen.«
Gérard Houde notierte gewissenhaft. »Und die Rückreise, Sir?« wollte er wissen.
»Übermorgen im Laufe des Vormittags«, sagte Bélèc.
»Privat oder dienstlich?« schloß der gewissenhafte Corporal seine Fragen ab. Normalerweise hätte Bélèc jetzt lächeln müssen. Aber dieses Mal bemerkte Houde, daß Bélècs Gesicht noch verbissener wurde als vorher.
»Privat, Gérard«, sagte er. »Privat. Diese Reise möchte ich nicht der Regierung verrechnen.«

Das Ende seines Feindes hat Bélèc nicht mit eigenen Augen gesehen, weil er sie schloß. Ihm hatte schon alles andere genügt: Die finstere Frostigkeit des eiskalten Januarmorgens, die in der Kälte ächzende Klappe im Gefängnistor, hinter der das Gesicht eines verschlafenen und gleichgültigen Pförtners erschien, der Bélèc anknurrte, er habe sich gefälligst zu sputen, denn er sei um fünf Minuten verspätet. Das knarrende Aufschwingen des Torflügels, die routinemäßige Ausweiskontrolle, das lieblos eingerichtete Wartezimmer, in dem schwarzgekleidete Männer ihm vorwurfsvoll und schweigend entgegenstarrten, und dann ihre Blicke auf die Uhr über der gegenüberliegenden Tür richteten. Die Uhr hatte einen runden Holzrand und das Emaille des Zifferblattes wies eine abgeblätterte Stelle auf, direkt über der römischen VI. In einer Mischung aus Entsetzen, In-

grimm und Schuldgefühl bemerkte Bélèc, daß der große Kathedralzeiger langsam auf sechs Uhr und fünf Minuten vorrückte. Nach dem Gesetz hätte sein Feind in dieser Sekunde schon tot sein müssen. Aber in diesem Raum war es üblich, daß durch einen Wachtmeister der Gefängnisverwaltung vor den Hinrichtungen Schnaps ausgeschenkt wurde, zur Stärkung, denn die seelische Belastung einer solchen Prozedur war selbst für Zuschauer zu groß. Dann der hastige Gänsemarsch durch ein Seitentürchen hinaus auf einen eiskalten Hof, wo man Aufstellung nahm, im Halbkreis genau gegenüber der aus rohem hellem Holz aufgeführten Tötungsapparatur, auf deren Plattform vier besonders helle elektrische Lampen herabstrahlten. Als gegenüber Schlüssel klapperten, ein Eisentürchen geöffnet wurde und drei Wachtmeister und ein Priester den Delinquenten heranführten, schloß René Bélèc die Augen. Er konnte es nicht aus seinem Gehirn verdrängen, daß er die Todesangst dieses Mannes, dessen Schritte dort durch den frischgefallenen Schnee heranknirschten, um fünf endlose Minuten verlängert hatte. Krampfhaft versuchte er während der nun folgenden wenigen Sekunden sich die Angst und die Panik, die Stoßgebete und Schreie in der abstürzenden Maschine vorzustellen und sich die Hochglanzfotos von der verwüsteten Aufschlagstelle vor sein inneres Auge zurückzurufen. Alle diese Vorstellungen dämpften nicht die Geräusche der Exekution, die nach endlos sich hindehnenden Sekunden mit dem dumpfen, hölzernen Poltern der sich öffnenden Falltür endeten. Als Bélèc die Augen wieder öffnete, waren die elektrischen Strahler abgeschaltet und eine schwarze Gardine verbarg den Schauplatz der Gerechtigkeit. Am Fuße des Podiums stand ein geöffneter heller Sarg aus Fichtenbrettern.
Die schwarzgekleideten Männer traten von einem Fuß auf den anderen und drängelten auf die Seitentür zu, die in den

Warteraum führte. Dort wies die Uhr jetzt auf zehn Minuten nach sechs und es gab nochmals Schnaps, den vor allem diejenigen gierig hinabstürzten, die nicht wie Bélèc die Augen geschlossen gehabt hatten. Man schritt durch die widerhallende Tordurchfahrt, und niemand redete ein Wort. Was hätte man auch reden sollen? Nach Beiläufigkeiten war keinem zumute und über das zu reden, was man soeben erlebt hatte, auch nicht. Die Schritte knirschten über das grobe Kopfsteinpflaster der Tordurchfahrt. Ebenso knarrend wie beim Betreten des Gefängniskomplexes von Bordeaux schwangen die hölzernen Torflügel nach innen und das Maul des Gefängnistors entließ die zehn oder zwölf schwarzgekleideten schweigsamen Männer in den heraufziehenden frostigen Alltagsmorgen, wo sie sich, fast wie schuldbewußt, alsbald aus den Augen verloren.
Auf einem Parkplatz gegenüber dem Gefängnistor bemerkte Bélèc, der tief durchatmend einige Augenblicke lang stehengeblieben war, und dies zunächst für ein Phantom hielt, das helle Allwetterverdeck seines Roadsters, der, wenn Bélèc seine fünf Sinne beisammen hatte, von Rechts wegen vor seiner Wohnung in Quebec-City stehen müßte. Als er sich davon überzeugt hatte, daß er sich nicht täuschte, schritt er über den Schnee des weiß überpuderten Platzes, um Houde wegen dieser Eigenmächtigkeit zurechtzuweisen. Als er die Beifahrertür mit dem aufgesteckten Regenshelter aufgezogen hatte, sah er am Steuer, pelzvermummt, in Schal und Wollmütze, Bess Desmond sitzen.
»Komm herein«, sagte sie. »Du wirst es brauchen.«
»Bess«, sagte Bélèc, »Bess, daß du hierher gekommen bist, wie soll ich dir das jemals danken?«
»Ich habe dir bei unserem letzten Gespräch vorausgesagt, daß du nicht anrufen würdest, wenn du mich brauchst«, sagte Bess. »Und ich habe recht behalten. Komm herein, René, und mach die Tür zu.«

Er stieg in den Wagen, setzte sich neben sie, lehnte nach einigen Sekunden den Kopf an ihre vom weichen Pelz umhüllte Schulter und schloß die Augen. Er duldete, daß sie ihren freien Arm um sein Gesicht schmiegte.

»Ich sagte, wir wollen sehen, was aus uns geworden ist, wenn der Fall Guay zu Ende ist«, murmelte sie. »Und du sagtest, er sei erst zu Ende, wenn Guay hängt. Ist er jetzt zu Ende?«

»Ich weiß nicht«, sagte Bélèc. »Ich weiß es nicht. Im Augenblick habe ich das Gefühl, als finge er jetzt erst richtig an. Laß uns von hier wegfahren, Bess. Ich wohne im ›Royal‹ in der Nähe des Bahnhofs.«

»Nein«, sagte Bess. »Du brauchst jetzt ein Kaminfeuer und ein kräftiges Frühstück. Ich habe für beides gesorgt.«

Entschlossen ließ Bess Desmond den Motor anspringen und steuerte den Wagen den Gefängnishügel von Bordeaux über die von dünnem Schnee bedeckte Straße abwärts in Richtung auf die Stadt, deren nach und nach erwachende Lichter vertrauenerweckend durch die Dunkelheit blinzelten.

»Hat er dich gesehen?« fragte Bess.

»Ich weiß es nicht«, sagte Bélèc. »Ich habe ihn für einen Sekundenbruchteil bemerkt, bevor ich die Augen schloß. Ich weiß nicht, ob er mich inmitten der Gruppe der schwarzen Männer erkannt hat. Die Strahler müssen ihn geblendet haben. Aber ich bin sicher, er wußte, daß ich da bin.«

»Und du?« sagte Bess. »Ist dein Gerechtigkeitssinn jetzt zufriedengestellt?«

»O Bess«, sagte Bélèc, »wenn wir nicht offenen Auges mit ansehen können, woran wir namens der Gerechtigkeit mitgewirkt haben, weiß ich nicht, ob wir auf dem richtigen Weg sind. Ich weiß es wirklich nicht.«

Bess schwieg eine ganze Weile. Dann sagte sie: »Die Mutter ermordet, der Vater gehenkt. Da war doch ein Kind, René? Was ist mit dem Kind?«

»Mein Gott«, sagte Bélèc niedergeschlagen und deprimiert. »Das kommt jetzt alles auch noch über mich. An das Kind habe ich seitdem nie mehr gedacht.«
»Aber ich«, sagte Bess. »Ich habe mich darum gekümmert. Das Mädchen ist jetzt vier und in der Obhut der staatlichen Fürsorgebehörden. Sie heißt Jeanne. Niemand will das Töchterchen des gehängten Massenmörders haben. Es hat ein schreckliches Leben vor sich. Ich habe mir gedacht...«
Das Boarding-House, in dem Bess für Feuer und Frühstück gesorgt hatte, war ein gemütlicher Klinkerbau inmitten einer hübschen, jetzt winterlichen Gartenanlage. Dort begannen die unmittelbaren Eindrücke der vergangenen Stunde für Bélèc langsam zu verblassen. Bei diesem Frühstück am frühen Morgen des Todestages von Albert Guay sagte Bess Desmond zu René, daß sie keine eigenen Kinder bekommen könne. Sie beschlossen dennoch, eine Familie zu gründen und Jeanne Guay als Adoptivkind anzunehmen.
»Wir werden«, sagte Bess, »dann doch ein Kind haben, eine menschliche Aufgabe erfüllen und ein gutes Werk tun.«
Sie versprachen sich an diesem Morgen auch, daß das Kind als Jeanne Bélèc niemals die Wahrheit über seine wirkliche Herkunft erfahren dürfe. Schon ein Jahr später war die Familie Bélèc eine Familie zu dritt. Ein weiteres Jahr danach erhielt René Bélèc die Leitung der Schiffahrtspolizei einer bedeutenden Hafenstadt im Westen des Landes angetragen und die Bélècs zogen von Quebec fort. Langsam begannen die Schatten der Affäre Guay zu weichen.
Nur von einer panischen Angst vor Verspätungen jeder Art hat sich René Bélèc nie mehr ganz befreien können.

In ihrer neuen Heimatstadt hatte vor fünfzehn Jahren Jeanne Bélèc bei einer internationalen meereswissenschaftlichen Konferenz gedolmetscht und Arny Blycks kennenge-

lernt. Sie war mit ihm nach Norwegen gezogen, weit genug entfernt, wie ihre Eltern meinten, um niemals von der Wahrheit über ihr Leben eingeholt zu werden. Sie hatte mit Arne zwei Töchter bekommen und das Haus in Mathopen eingerichtet, auf dessen Terrasse sie jetzt saßen.
Als René Bélèc seine Erzählung beendet hatte, war Mitternacht weit vorüber. Die Sonne stand tief im Norden und überstrahlte schräg die Gipfel der nach Süden zu flacher werdenden, felsigen Raune-Hügel, sie in ein geheimnisvoll kalkiges und doch warmes Licht tauchend. Himmel und Wasser verschwammen dazwischen zu einem tintigen Blaugrau, das umrahmt von den vom Sonnenlicht gestreiften Uferbergen fast etwas Unwirkliches hatte.
Niemand sagte, nachdem Bélèc geendet hatte, fast eine Viertelstunde lang ein einziges Wort. Die Spannung und Erwartung, wie Jeanne auf diese Erzählung reagieren würde, lastete drückend auf den drei anderen. Endlich, nach einer Zeit, während der niemand zu sagen gewagt hätte, was in Jeanne vorging, öffnete sie die Augen, löste die übergeschlagenen Beine voneinander, stand auf und lehnte sich mit dem Rücken an den dunklen Balkenpfosten der Verandatür, von wo aus sie weit über die mitternächtige Fjordlandschaft hinaussah.
»Ich habe noch nicht die geringste Ahnung, wie ich jetzt weiterleben soll«, sagte sie in dieser Haltung nach einer Weile.
»Wir leben alle weiter wie bisher«, sagte Arne. »Nichts wird dadurch anders, daß nun auch du die Wahrheit kennst.«
»Ihr habt sie alle gekannt?« fragte Jeanne. »Du auch, Arne?«
»Ich auch, Jeanne.«
»Hättest du diese Briefe nicht wegwerfen können?«
»Doch«, sagte Arne. »Das hätte ich. Ich habe auch lange

mit dem Gedanken gespielt. Und ich habe mit Bess und René deswegen telefoniert. Schließlich wagten wir es nicht, Dokumente einfach zu vernichten, die an dich adressiert sind und in denen von so viel Geld die Rede ist.«
»Wenn wir auch alle glaubten, daß du nicht bereit wärst, die Geschichte, die René dir eben erzählt hat, selbst für eine Million an die Sensationspresse zu verhökern.«
»Auch nicht für zehn, Ma«, sagte Jeanne und wandte sich an ihren Mann: »Wann hast du die Geschichte erfahren, Arne?«
»Bevor wir uns verlobten«, sagte Arne. »René hielt es für seine Pflicht, mir alles so rückhaltlos zu offenbaren, wie er es eben auch bei dir getan hat.«
Jeanne nickte, ohne ihre Haltung sonst zu verändern, vor sich hin. Dann, nach einigen weiteren Sekunden, löste sie sich von dem Türpfosten und ging ins Haus. Die drei, die auf der Terrasse zurückblieben, sahen sich an, sagten aber kein einziges Wort. Es mochte eine weitere Viertelstunde vergangen sein, als Jeanne wieder zurückkam. Sie trug jetzt einen weißen Pullover und hielt eine Pudelmütze in der Hand. Sie beugte sich zu Bess und René herunter und küßte beide auf die Stirn.
»Ma«, sagte sie. »Ma und Pa, ihr habt viel für mich getan. Ich bin euch dankbar.«
»Es war das Einzige, was ich überhaupt tun konnte, um etwas gutzumachen«, sagte Bélèc. »Und auch darauf mußte mich Bess erst bringen.«
»Du hast nichts gutzumachen«, sagte Jeanne. »Du warst im Recht. Und du warst ja auch nicht der Richter.«
»Meine Triebfedern waren Ressentiments, Rachsucht und Haß«, sagte Bélèc. »Das werfe ich mir vor. Und daß er der letzte war, der in Kanada auf diese Weise starb.«
Jeanne Bélèc schüttelte den Kopf. »Es wäre alles auch ohne dich so gewesen. Es kommt auf das gleiche heraus.«

»Für alle anderen«, murmelte René Bélèc. »Nur nicht für mich.«
»Arne«, sagte Jeanne, »versprichst du mir, diese Briefe morgen zu vernichten? Nein...«, fuhr sie fort, als Arne antworten wollte, »... sag jetzt nichts. In ein paar Stunden bin ich zurück.«
Damit verschwand sie nach unten aus dem Blickfeld der Zurückbleibenden.
»Wo geht sie hin?« fragte Bélèc.
»Auf ihr Schiff«, sagte Arne. »Und wenn sie zurückkommt, hat sie es verarbeitet. Ich kenne sie.«
»Ganz allein?« sagte Bess.
»Keine Sorge, Bess. Sie ist eine prachtvolle Seglerin und hat alle Patente.«
Sie warteten, bis nach zwanzig Minuten aus dem toten Winkel der felsigen Uferböschung die Segelyacht herausgesteuert wurde, sahen zu, wie Jeanne das Schiff so legte, daß der Wind das Großsegel füllte und das Boot mit rauschendem Kielwasser rasch Fahrt aufnahm. In der Plicht hockte Jeanne, Pinne und Großschot in einer Hand und winkte mit der anderen zu ihnen zurück.
»War ein verdammt schlimmer Tag für sie«, sagte Bélèc, stopfte seine Pfeife nach und setzt sie erneut in Brand.
»Auch für dich«, sagte Arne.
Sie sahen dem davonrauschenden Boot nach, bis es nur noch einen einsamen, wie von allen irdischen Bindungen losgelösten weißen Punkt in dem unwirklichen Blaugrau des Fjordgewässers bildete.
»Ich wäre glücklich«, sagte Bess nach einer Weile, »wenn der Fall Guay jetzt auch für dich endgültig zu Ende wäre.«

NACHWORT

Das Ereignis, das der Handlung zugrunde liegt, hat sich am 9. September 1949 wie geschildert wirklich zugetragen und seinerzeit für Schlagzeilen in der Weltpresse gesorgt. Die Ermittlungen und ihr Ablauf wurden, unter Mitverwendung veröffentlichter Recherchenergebnisse von Jürgen Thorwald, im großen und ganzen wirklichkeitsgetreu wiedergegeben. Die Persönlichkeit einiger Beteiligter und ihr weiteres Schicksal sind dabei romanhaft erweitert und phantasievoll ausgestaltet, aber nirgends nachteilig verfälscht worden. Die Anregung zu dem Roman gaben Gedanken über das Töchterchen Liese des Ehepaares Guay, über dessen wahres Schicksal ohne Nachforschungen in Kanada selbst nichts in Erfahrung gebracht werden konnte.

Der Verfasser

Roman

Knaur

Taschenbücher

Band 1295
320 Seiten
ISBN 3-426-01295-2

Es geht hochpolitisch zu in diesem Roman, der im Ölland Mexiko und in den USA spielt. Mexikanische, arabische und israelische Öl- und Machtinteressen spannen die »kleinen Leute« in ihre Strategien ein. Der Konflikt zwischen Palästinensern und Israelis wirkt sich bis in die intimsten Beziehungen aus, Geheimdienste und Doppelagenten treiben ihr verwirrendes, gefährliches Spiel.
Felix Maldonado wird gegen seinen Willen in die dramatischen Ereignisse verwickelt, er wird gelenkt, manipuliert und muß erkennen, daß selbst seine persönlichsten Gesten gesteuert werden. Er bezahlt mit dem Verlust seiner Identität. Am Ende schließt sich der Kreis, und alles beginnt von vorne.